우리
리
의

계
절

우리의
계절

제1판 1쇄 2022년 10월 5일

지은이 이상택
펴낸이 이경재

펴낸곳 도서출판 델피노
등록 2016년 8월 11일 제2020-000082호
주소 서울시 양천구 신정중앙로 86, 덕산빌딩 5층
전화 070-8095-2425
팩스 0505-947-5494
이메일 delpinobooks@naver.com
ISBN 979-11-91459-37-1 (03810)

우리의 계절

이상택 장편소설

델피노

차례

갓 마흔 회사원의
봄

1

한 달 전 그날 사고 이후 나는 잠을 제대로 자지 못했다. 그러나 아이러니하게도 다시 꿈을 꾸기 시작했다.

월 마감과 몽상 때문에 자정이 넘어서 회사를 나선 나는 꽃가루처럼 흩날리는 가랑눈 아래서 재킷 깃을 세운다. 젖은 보도블록을 꾹꾹 밟으며 지난 십 년간 만 번은 오갔을 대로변을 따라 전철역으로 향한다. 이어폰에서 금주 빌보드차트 탑텐 곡 〈위 아 영〉이 특유의 드럼 비트로 시작한다. 둥둥둥 둥둥둥 둥둥 둥둥둥~.
1번 출입구가 다가온다. 그런데 평소와 다른 뭔가 싸한 기운도 온다. 뭐지? 멈칫.
다시 걷는다. 하나, 둘, 세… 그때.
수천 명이 지르는 비명 같은 굉음이 터진다. 고개를 돌린 우측 도로에서 검정 독일 중형차가 괴물처럼 나를 향해 돌진한다. 와이퍼가 왔다 갔다 하는 윈드실드 너머에서 기괴하게 악을 쓰는 운전자의 얼굴이 핸들 위로 툭 떨어진다. 차가 뱃고동 같은 경적을 올리며 휘청하더니 인도 위로 치솟는다. 거대한 쇳덩어리가 나를 종이 한 장 차로 비켜 날아가 건물 상점을 뚫고 들어간다. 폭음과 함께 튀어 오른 파편들이 동상처럼 선 나를 기적적으로 피해 간다.

나는 발을 뗄 수가 없다. 오줌을 쌀 것만 같다. 차가 처박힌 상점 앞으로 사이렌과 인파가 몰려든다. 아비규환.

그 와중에 나는 혼돈 너머의 낯익은 얼굴을 본다. 의주…? 그녀도 나를 본다.

유혈이 낭자한 운전자를 실은 들것이 내 앞을 지나간다.

낯익은 얼굴은 온데간데없다. 잘못 본 건가? 이런 시간에, 이런 상황에, 인제 와서, 의주를 볼 리가 없지 않은가?

아깐 분명 눈이었는데, 가랑비가 내린다. 사이렌이 가늘어진다. 나는 바닥에 떨어져 있는 이어폰을 본다. 이번 주는 누가 1위지? 또 아델? 오줌보가 터질 것 같다.

자다 말고 번쩍 눈을 뜨자마자 욕실로 종종걸음을 쳤다. 오늘도 시계는 새벽 3시를 가리켰다. 기억보다 디테일한 꿈이었다. 아니, 꿈이라기보다는 당시 현장을 재생한 영상에 가까웠다. 그날 이후 나는 매일 같은 꿈을 꾸고 같은 시간에 같은 방식으로 잠을 깼다.

침대로 돌아와 휴대폰의 날짜를 봤다. 2012년 3월 5일. 어제 예상한 대로 내 마흔 번째 생일이다. 지금 내가 바라는 최고의 생일선물은… 잠이다. 제발.

기를 쓰고 다시 눈을 감는데 문득 나 자신이 측은했다. 퇴근길을 걷다가 5리터짜리 즙이 될 뻔한 뒤 한 달 가까이 (낮엔) 공황장애와 (밤엔) 불면증에 시달리는, 이젠 사십 대라니.

그렇다고 지난 십 년이 그립거나 하진 않을 거다. 싱글, 야근, 독거, 무념, 무상, 몽상으로 점철된 시간. 솔직히 말하면 나는 그 기간을 살았다기보다는 두 고목 사이에 매단 커다란 해먹 같은 시공간에 대자로 널브러져서 좌우로 흔들거리기만 했다. 생각이란 걸 하지 않아도 몸이 알아서 사는 일상.

한참을 뒤척이다가 미간이 아파 더 이상 눈을 감고 있을 수 없었다. 그래서 울리려면 세 시간이나 남은 알람을 끄고 침대 밖으로 나왔다. 창밖은 아직도 잠자리에 들 때만큼 어두웠지만 월요일은 이미 시작되었다.

사무실로 올라가기 전, 일 층 편의점에 들러 커피 우유와 삶은 달걀 한 개를 먹었다. 아침 루틴이다. 오늘은 로또 한 장을 샀다. 스스로 주는 생일선물이었고, 매일 새벽 나를 깨우는 핏빛 악몽을 재물의 징조로 삼았다.

좀 나아지지 않았을까? 편의점 앞에 선 나는 로또를 부적처럼 쥐고서 한 블록 떨어진 사거리 전철역 1번 출입구를 향해 눈을 부라렸다. 숨이 가빠왔다. 심장이 멎는 공포가 스멀스멀 피어오르면서 식은땀이 흘렀다. 얼른 눈을 떨구고 허리를 굽혔다.

조금도 나아지지 않았다. 그날 이후 나는 더 이상 사고 현장을 지날 수도 쳐다볼 수도 없었다. 덕분에 전철을 타고 삼십 분이면 족한 출근길이 버스를 타고 돌아오느라 한 시간으로 늘었다. 그래도 불면의 새벽을 보내는 통에 출근은 빨라졌다.

12층에서 엘리베이터 문이 열리면 시선이 향하는 정면에 우리 회사의 현판이 붙어 있다. 지난주 기획팀이 예고한 대로 주말 동안 현판 교체 작업을 진행했는지, 회사의 영어 이니셜 명이 굵고 반듯한 고딕체로 바뀌었고, 바로 뒤에는 전엔 없던 '엄지척'이 들어가 있었다.

SHIT 👍 **소핫정보기술(주)**
So Hot Information Technology Co., Ltd.

전 세계 시가총액 1위 기업으로 우뚝 서겠다는 회장의 포부와 야망을 상징적으로 표현했다는데…. 아, 저 이니셜 좀 어떻게 안 되나? 엄지척은 또 뭐야, 왜 하필 금색이야? 위에 김만 모락모락 나면 딱이겠군. 직원마다 한마디씩 하는 게 눈에 선했다.

머그샷 같은 목걸이 사원증을 리더기에 대자 자동유리문이 열렸다. 사무실에는 벌써 목은 거북, 다리는 닭의 형상을 한 무리가 돌아다니고 있었다. 도대체 집에 가기는 하는 건지 언제 와도 저 좀비들은 늘 이곳에 있다.

그들과 마주치지 않기 위해 나는 머리를 숙이고 휴대폰과 대화하는 척 ("어→ 어↗ 어↘ 어↑") 하면서 잽싸게 사무실을 가로질렀다. 복합기와 문서세단기 소음이 음악처럼 흐르는 이 음지 바른 구석이 우리 팀 섹터다. 연간실적 최하위 내리 5연패에 빛나는 영업4팀, 나는 명실상부 팀의 에이스이자 유일한 정상인—모두의 객관적인 평가가 그렇다—이다.

텅 빈 섹터에 앉은 나는 여태껏 로또를 손에 쥐고 있다는 걸 깨닫고는 지갑에 넣으려다가 거기에 찍힌 여섯 개 숫자를 보았다. 의주 생일과 우리가 처음 만난 날의 조합. 그러자니 또 그날 사고가 떠오르고 심장박동이 빨라졌다. (요즘 정말 시도 때도 없다.)

기괴하게 악을 쓰던 운전자, 그는 어떻게 됐을까? 죽었을까? 몰려든 인파 너머에 홀로그램처럼 나타난 얼굴. 의주였을까? 정말? 멀긴 했어도 나와 눈이 마주쳤는데 그녀는 신기루처럼 사라졌다. 세월 때문에 날 못 알아본 걸까?

어느새 9시가 됐다. 우리 팀 용사들이 커튼콜 때 무대 옆에 대기하고 있다가 호명되면 뛰어나오는 배우처럼 하나씩 모습을 드러냈다.

팀 막내 반 대리가 등장했다. "요즘 부쩍 아침잠이 없으신 우리 차장님, 오늘도 일등이시군요. 충성!" 그가 외투를 벗는 둥 마는 둥 노트북을 켜자 경주마가 트랙을 질주하는 말발굽 같은 소리가 났다. 저렇게 쓸 내용이 많은 걸 봐서 업무는 확실히 아니다.

뒤이어 우리 팀 대빵인 방 팀장이 들어오면서, 오는지도 모르고 있던 나와 반 대리의 뒤통수에 대고 "어, 그래. 주말 잘 쉬었⋯ 킁?" 하고 물었다. 비염이 심한 그는 술에 취하면 다중인격 수준의 주사를 부리는 거로 유명했다.

마지막으로, 현재 출산휴가 중인 우리 팀의 홍일점 숙 과장. 다둥이 엄마인 그녀는 특유의 긍정에너지로 칙칙한 우리 팀을 밝혀주는 백열등 같은 존재였다. 빵과 빤만 봐야 하는 요즘 쑥의 빈자리가 크게 느껴졌다.

"회장님 곧 이동하십니다. 다들 가셔서 미리 착석해주세요." 한 발 앞서 회장의 동선을 알리고 다니는 게 주 업무인 기획팀 석두리 대리가 턱살과 뱃살을 출렁거리며 전쟁통에 호외를 뿌리는 소년처럼 뛰어다녔다. 매달 첫째 주 월요일은 55명의 전 직원이 참석하는 〈바꾸자! 전사 회의〉가 있는 날이다. 참고로 회장의 이름이 '박구자'다.

잠시 후, 영업이 대부분인 전 직원이 교육실을 가득 메웠다. 회장은 연단의 가장자리에, 생전 처음 여권 사진을 찍는 사람처럼 앉아서 특유의 미소를 흘렸다. 하필 바로 위에 전등이 있어서 가뜩이나 빈약한 머리칼은 아예 보이지 않았다.

첫 번째 발표자인 영업1팀 알렉스 킴 차장(일명 알 차장)이 발표대에 섰다. 나의 입사 동기인 그는 대학 때 교환학생으로 필리핀에 다녀오고, 호주에서 6개월 워킹 홀리데이를 했다고 곧 죽어도 영어 이름만 고집했다. 그가 회장에게 목례를 한 후, 켜지지도 않은 마이크를 빼서 트로트 가수처럼 세 손가락 끝으로 쥐었다.

"하이 에브리원, 알 킴입니다. 큐원 클로징으로 비쥐하실텐데 이렇게 모두 어텐드해주셔서 감사합니다. 이번 세션에서는 제가 직접 애널롸이즈한 마켓 데이러를 익스쁠… 아암… 설명해 드리고, 원먼뜨밖에 남지 않은 큐원 타깃을…."

필리핀에서는 현지어(타갈로그어)를 쓰는 학교로 잘못 들어가서 알파벳은 구경도 못 했고, 호주에선 한인 소유의 아보카도 농장에서 픽킹 작업만 하다 왔으면서 입만 열면 대명사와 조사 빼고 다 영어였다. 그를 볼 때마다 저놈의 자신감은 도대체 어디서 나오는지 그 원천이 궁금했다.

알 차장을 버텨내자, 이번엔 영업팀장들이 월간 실적발표를 위해 차례로 올라왔다. 그들은 회장을 힐끔거리면서 세계시장 점유율 1위를 향해 어쩌고 하는 헛소리를 해댔다. 방 팀장 순서가 되자 회장이 혀를 깨문 것 같은 표정으로 불쑥 끼어들었다. "방 팀장은 뭐 딱히 한 거 없잖아? 시간도 오바했는데 다음 거로 넘어가지." 어차피 제대로 준비하지도 않았을 방 팀장이 속으로 쾌재를 부르는 표정이 역력했다.

늘 회장의 앞 순서에 올라가 자리를 데워놓는 기획팀장 도미미가 한 달밖에 남지 않은 일사분기의 지랄(GRAL: Gross Revenue After Loss) 타깃 달성을 위해 매진해 달라며 목에 핏대를 세웠다. 참고로 '지랄'은 회장이 자기가 업계 최초로 정립했다고 떠드는 매출 산정 방식인데, 내가 보기엔 그냥 전체 매출에서 본인 유흥비니, 손주들 유학비니, 마누라 쇼핑비니, 죄다 손실로 떨어낸 뒤 쪼그라든 숫자를 들이밀며 직원들을 닦달하기 위해 만든 거였다. 영업직원 개인별 지랄인 '개지랄'은 어쨌든 회사가 가장 신경 쓰는 직원 능력 평가 기준이었다.

지난달 '베스트 개지랄러'를 발표하겠다는 도 팀장의 멘트에 맞춰 석 대리가 전사 실적관리 시스템인 페니스(PENIS: Performance Estimation 'N' Inquiry System)를 스크린에 띄웠다. 그런데 갑자기 오류가 발생해 페니스가 버벅대다가 먹통이 됐고, 당황한 석 대리의 턱살에서 육수가 뚝뚝 떨어졌다. 도 팀장이 서둘러 마무리했다. "극적 효과를 높이기 위해 발표는 내일로 미룰게요, 호홍. 자 그럼, 여러분이 가장 기다리는 시간이죠. 우리의 영원한 롤모델이신 회장님을 앞으로 모시겠습니다."

회장은 연단에서 영원히 내려오지 않을 사람처럼 떠들고 떠들고 또 떠들었다. "…매출 증대, 비용 절감, 이 두 마리 토끼를 한꺼번에 확一." 그가 누군가의 모가지를 움켜잡듯 팔을 휘두르자 얼마 없는 머리칼이 파도타기를 하는 몇 안 되는 관객처럼 날개로 들썩했다. 자기도 너무 흥분했다고 생각했는지 헛기침을 두어 번 했다. "오늘도 새벽 5시에 출근하는데 문득 이런 질문이 엄습하더군요. 나는 육십 평생을 얼마나 치열하게 살아왔나? 연초에 발간한 내 자서전을 보면 상세히 나와 있습니다만⋯."

시계는 벌써 6시를 가리키고 있었다. 나는 하품을 참으며 주위를 둘러보았다. 방 팀장의 손가락은 콧구멍을 들락거렸고, 반 대리는 눈이 턱에 달리지 않으면 불가능한 각도로 휴대폰을 탐닉했다. 맨 앞줄에는 알 차장, 도 팀장, (방 팀장 외의) 영업팀장들이 못난이 인형처럼 붙어 앉아 회장 입에서 내리는 비를 맞으며 머리가 떨어져라 끄덕여대고 있었다.

나는 창밖의 하늘을 봤다. 들불처럼 타는 노을 위로 창문에 붙은 작은 벌레 같은 비행기가 조금씩 나아가고 있었다. 또 의주 생각이 났다. 의주를 처음 만났던 1983년 내 열 번째 생일도 하늘이 이랬었다.

생일선물로 받은 프로스펙스 운동화를 신은 나는 신이 나서 동네 여기저기를 뛰어다닌다. 그러다 문득 멈춰 서서 노을 진 하늘의 작은 비행기를 눈으로 좇는다. 점점 작아지던 비행기가 사라지고 이어서 노랫소리가 들려온다. 마치 둘이 연결되기라도 한 것처럼.

동네에 새로 문을 연 레코드 가게 안에서 지금 하늘색처럼 알록달록한 원피스 차림의 여자애가 피아노를 치며 알아들을 수 없는 말로 노래를 부른다. 옆에서 주인아저씨가 커다란 금색 피리(색소폰)를 분다. 하나 된 둘의 소리가 아름답다. 계속 듣고 싶지만, 커다란 가방을 어깨에 맨 손님이 가게 안으로 들어가자 음악이 멈춘다. 여자애가 주인아저씨한테 말한다. "아빠, 손님 오셨어."

며칠 후 신학기에 새로 배정된 반에서 나는 여자애를 다시 만난다. "난 여의주라고 해. 너 요즘 맨날 우리 가게 앞에 기웃거리지?" 이렇게 묻는 그 애 앞에서 나는 머리를 긁적이며 대답한다. "너랑 아저씨랑 하는 노래가 좋아서…." 여자애는 내가 자기를 처음 본 날 부른 노래가 빌리 조엘이라는 미국 가수가 부른 〈피아노맨〉이라고 알려준다. 나는 손바닥에 받아 적는다.

그날부터 우리는 단짝이 되어 매일 붙어 다니고, 그렇게 나는 의주를 따라 팝송의 신세계에 빠져든다.

우리는 매주 화요일을 기다린다. 의주 아버지가 새로운 주의 빌보드차트 핫100 복사본을 진열대에 꺼내 놓는 날이다. 우리는 한 장을 챙겨서 한 주간의 변동사항을 꼼꼼히 체크하며 환호하기도 하고 탄식하기도 한다. 그러고 나면 의주는 DJ처럼 능숙한 손놀림으로 LP판을 뽑아 턴테이블에 올려놓는다. 마이클 잭슨의

〈빌리진〉과 〈빗 잇〉 사이에 깜짝 1위를 한 (이름이 길어서 자꾸 까먹는) 어떤 영국밴드의 〈컴 온 에일린〉이라는 흥겨운 곡에 맞춰 우리는 머리와 엉덩이를 흔든다. 흥이 오르면 의주는 악보도 보지 않고 피아노를 치고 나는 껑충껑충 뛴다. 내 십 평생 처음 느껴보는 행복이다.

"개지랄." 연단에 선 회장이 선창했다.

"맞추자, 맞추자, 맞추자!" 전 직원이 일어서서 주먹을 쥐고 외쳤다.

"세상을." 회장이 또 선창했다.

"바꾸자, 바꾸자, 바꾸자…." 이번엔 모두가 멈추지 않고 구호를 이어갔다.

회장이 불끈 쥔 주먹으로 박자를 타며 연단을 내려오자 도 팀장이 직원들을 향해 말했다. "긴 시간 고생했어요. 고지 드린 대로, 한 달밖에 남지 않은 올해 첫 분기의 전원 개지랄 달성을 독려하기 위해 회장님께서 목요일에 회식 자리를 마련하셨습니다. 저녁 8시, 장소는 '무제한 삼겹살'. 영업팀은 열외 없이 전원 참석 바랍니다. 바꾸자, 바꾸자, 바꾸자…."

"그놈의 삼겹살 진짜." 반 대리가 나와 방 팀장만 들을 수 있게 말했다. "그리고 회식은 왜 매번 8시예요? 하여튼 야근시키는 방법도 가지가지야."

"아 참, 오늘 고 차장 생일이지? 킁?" 방 팀장이 물었다.

"네, 그래서 저녁에 약속 있어요." 내가 얼른 답했다.

"차장님, 에이 거짓말. 우리한테까지 그러실 필요 없어요. 불쌍하신 거 다 아니까 그냥 같이… 킉킉."

나는 반 대리의 목을 진짜 죽일 것처럼 졸랐다.

2

모두의 예상대로 2월 베스트 개지랄러는 (나를 간발의 차로 누른) 영업1팀의 알 차장에게 돌아갔다. 그는 전사 메일을 보내 두 달 연속 탑을 차지한 소감을 밝혔다. *디어 컬리그스, 개지랄 타깃을 150프로 어치브한 알 킴입니다.*

웃긴 건, 그는 글을 쓸 때도 말할 때처럼 영어를 막 갖다 붙이는데 죄다 한글로 쓴다는 거였다. 장장 A4지 한 장 분량에 걸쳐 일관성 있게 오타를 섞어가며 회장에 대한 찬양을 늘어놓은 메일을 읽어 내려갈수록 몸이 오그라들어 마지막 문장을 읽고 나면 내가 마침표가 되어버릴 거 같았다. 그나마 다행인 건, 회장이 태어날 때 알을 깨고 나왔다든가, 가랑잎을 타고 태평양을 건너왔다든가, 거기까지는 가지 않았다는 것이다. 충분히 그러고도 남을 위인이었다. …*오늘도 회장님의 가래침을 되새기며 어게인 외칩니다. 개지랄, 맞추자! 세상을, 바꾸자! 해장님, 감시하고 사망합니다!*

저녁 회식 때 영업팀 모두 삼겹살집에 집결했다. 영업이 아닌 사람은 회장과 그의 그림자 도 팀장, 그리고 그녀의 그림자 석 대리뿐이었다. 도 팀장이 숟가락 꽂은 소주병을 들고 온갖 희한한 이름을 갖다 붙인 상을 수여하는 내내 스포트라이트는 알 차장과 영업1팀을 떠나지 않았다. 잘해서 주는 상 수여가 끝난 뒤, 제발 잘 좀 하라고 주는 상 순서가 되자 스포트라이트는 우리 테이블로 옮겨왔다. 호명된 방 팀장이 일어나 머리를 벅벅 긁자 밑에서 반 대리가 가오리처럼 몸을 펼쳐 삼겹살을 보호했다.

회장이 비계 씹는 표정으로 다가와 장난감 같은 트로피와 시가만 오천 원 상당의 세면도구 세트를 방 팀장에게 건넸다.

"방 팀장 쪽은 도대체 언제쯤 밥값을 할까?"

"킁, 그게… 지금 몇 군데 뚫고 있으니까… 긁적긁적, 다음 분기엔… 기대킁셔도…."

"제품을 팔아야지, 뭘 자꾸 뚫어? 겨울 다 지났는데 거기 들어가서 겨울잠 자게?"

"그게 아니고… 공공 쪽에 예산 집행이… 땅겨져서 기회가 킁…."

"그만 좀 킁킁거려. 그리고 무슨 대단한 신념이 있어서 그런 거 아니면 인간적으로 좀 씻고 다니는 게 어때? 그래서 오늘 부상도 특별히 세면도구 세트를 준비한 거야. 방 팀장한테는 육이오 때 태어난 나도 처음 맡아보는 희한한 냄새가 나.”

방 팀장이 녹아내리듯 앉다가 엉덩이가 바닥에 닿을 때 큰 소리가 났다. “뿍.”

“뭐?” 회장이 물었다.

“네? 쿵?”

“뭐라고 안 했어?”

“안 했는데요, 쿵.”

“몸에서 시도 때도 없이 이상한 소리가 나니까 도대체 뭐가 뭔지 알 수가 있나, 쯧쯧….” 회장은 혀를 차며 머리를 절레절레 흔들다가 나와 눈이 마주쳤다. 그는 얼른 주름진 미간을 펴고 특유의 미소를 지었다. “그래, 영업4팀의 구십구를 해내는 흙 속의 진주, 미완의 대기, 개천의 용, 우리 고배인 차장. 근데 요즘 표정이 어두워. 무슨 고민 있나?”

“아닙니다.” 내가 대답했다.

“하기야 안 어두울 수가 없지. 동기는 저렇게 매달 상 받고 잘나가는데, 능력 빠지지 않는 본인은 팀장 잘못 만나서 개고생만 하고 말이야. 자자, 오늘은 다 잊고 실컷 마셔. 그리고 조만간 나랑 얘기 좀 하지. 긴히 상의할 게 있으니까.”

이렇게 말하고는 회장이 방 팀장을 한 번 더 흘기면서 면전에 대고 과장되게 그를 흉내 냈다. “쿵 쿵 쿵 쿵!”

회장은 테이블을 돌면서 직원들에게 소주 한 잔씩을 따라준 뒤 늘 하는 건배사를 했다. ("개지랄, 맞추자! 세상을, 바꾸자!") 그러고는 한참을 자기 자서전 얘기를 늘어놓다가, 내일 새벽에 고객사 임원과 골프 회동이 있다면서 휙 자리를 떴다. 그래 봐야 스크린 골프면서.

호랑이가 떠나자 취기 오른 여우들이 설치기 시작했다. 한쪽 테이블에서 도 팀장이 발동을 걸었다. 대학 때 여러 미인대회에서 입상한 경험이 있는데, 그중에서도 강화도에 MT를 갔다가 제3대 고인돌아가씨 '진'으로 뽑혔던 게 가장 기억에 남는다고 했다. 친구와 압구정에 놀러 갔다가 대형 연예기획사 관계자한테 배우 제안을 받았지만 엄격한 아버지 때문에 거절했다는 대목에서 나는 더 이상 참지 못하고 소주잔과 젓가락만 챙겨 다른 테이블로 피했다.

설상가상 하니 진퇴양난이라. 이쪽에서는 알 차장이 자기 연애 사랍시고 떠들고 있었는데, 이름만 대면 다 아는 탑 여배우와 결혼을 전제로 진지한 만남을 이어오다가 불과 두 달 전에 헤어졌다며, 사람들이 그게 누구냐고 캐묻자 그가 말했다. "아직도 날 잊지 못하는 그 친구에 대한 도리가 아니죠. 이름을 밝힐 순 없고 왕년의 탑 걸그룹 출신 L모 양이라고만 해두죠." 지난번 회식 때는 분명히 P모 양이었는데 저놈의 이니셜은 말할 때마다 바뀌었다. 나는 알코올을 입이 아니라 귀에 붓고 싶었다.

도 팀장과 알 차장의 허언증 배틀이 정점을 찍을 때, 한쪽 구석에서 아무도 모르게 혼자 만취한 방 팀장이 벌떡 일어나더니 기어코 이번에도 일을 내고 말았다.

"야, 니네가 모가 그러케 잘나따고! 우리 아들은 미쿡 컬렁버스 대학에 장학킁 받구 당겨, 이거뜨라!"

나는 얼른 가서 방 팀장을 잡고 식당 밖으로 끌어당겼다. "팀장님, 컬럼비아잖아요."

"킁 맞다, 컬렁비아." 방 팀장이 소리쳤다. "배인아, 이거 나바. 저거뜨리 자꾸 날 무시하자나. 이거뜨라, 니넨 개지랄이나 실컷 맞춰라. 난 내 아들 졸업해서 실리콘베리에 스카우트되면 미쿡으로 뜰 거야, 킁!"

나는 가까스로 방 팀장을 끌고 나갔다. "또 언제 이렇게 많이 드셨어요? 바래다 드릴 테니까 저랑 같이 가세요."

"배인아," 그가 갑자기 울먹였다. "정자랑 올챙이는 똑같이 생겼능데, 인간이랑 개구리는 왜 이러케 다르게 생긴 걸까? 왜 나만 개구리같이 생겨찌, 킁?"

"그러니까 팀장님만 정상이고 다른 사람들이 비정상이죠."

"그치? 그거지?"

"네."

"마저 니 말이 킁저, 나만 지대로야." 방 팀장이 갑자기 내 손을 뿌리치고는 식당 입구로 달려갔다. 반대로 홱 돌아서더니 엉덩이만 식당 안으로 집어넣고 허리를 숙여 다리 사이로 전 직원을 거꾸로 봤다. "큭, 이 비정상드라. 기분이다. 오늘 안주는 내가 쏜다. 받아라!"

"팀장님, 제발."

나는 방 팀장을 끌고 큰길로 나갔다. 그 와중에도 그는 길 가는 사람들이 자기를 무시한다며 이상한 권법 포즈로 시비를 걸었고, 나는 허리가 끊어져라 굽신거려야 했다.

대로변엔 형형색색의 네온 빛이 쏟아졌다. 사무실의 열기가 식으면 여기는 타오른다. 이미 곳곳에 여러 방 팀장들이 흐느적거리고 있었다. 나는 한 손으로 방 팀장을 잡고 한 손으론 택시를 세우려고 기를 썼다. 그러나 방 팀장이 다짜고짜 택시 기사가 자기를 무시한다며 달려드는 통에 여러 대를 그냥 보내야 했다. 버스도 마찬가지였다. 나는 방 팀장을 부축하고 서서 망설였다. 선택의 여지가 없어 보였다.

그래. 술도 좀 들어갔겠다, 오늘 한번 가보는 거야. 어차피 계속 이렇게 피할 순 없잖아.

나는 심호흡을 깊이 하고는 힘이 잔뜩 들어간 발을 전철역 쪽으로 뻗었다. 그리고 걸었다.

"배인아, 내가 우리 아들이 예쁜 여친이랑 스키장 가서 찍은 사진 보여준나, 큭?"

"아니…요." 전철역이 가까워질수록 숨이 조여왔다.

"이거 바바. 여기가 캐나다래. 멋지지, 킁?"

"네, 멋지…네요. 저 팀장님, 잠깐만요."

나는 걸음을 멈추고 가까이 있는 건물 입구를 찾아서 계단에 주저앉았다. 역시 무리였다.

"배인아, 왜? 너두 안 조아?" 방 팀장이 내 등을 두드려주었다.

"아니요. 그게 아니라 그냥 숨이 좀 차서요. 잠깐만 앉아 있을 게요."

"배인아, 그럼 이러케 된 거 우리 뜨악 한 잔만 더하고 갈까? 킁?"

나는 심호흡에 집중했다.

"뜨악 한 잔만. 지금 집에 가면 잠이 안 올 거 가테서 그래."

코로 마시고 입으로 길게 뿜기를 반복했다. 십 분 정도가 지나자 널뛰기하던 심장박동이 잦아들었다. 애처럼 떼쓰던 방 팀장은 어느새 내 옆에서 반으로 접혀 코를 골았다. 숨을 길게 내쉬며 천천히 고개를 드니 길 건너에 전철역이 보였다. 이 정도면 그날 이후 가장 가까이 왔다.

사람들은 무심하게 전철역 안으로 들어가고 밖으로 나오고 있었다. 나는 그날 내가 서 있던 곳과 차가 뚫고 들어갔던 상가를 보았다. 나란히 불을 밝힌 상가 중에 그곳만 어두웠다. 복구공사는 끝났지만 아직 상점이 재입주하기 전인 듯했다.

저기가 원래 뭐였더라? 약국이었나? 편의점? 아 맞다, 통신사 대리점이었지. 일 년 전에 저기서 핸드폰을 개통했었다.

천만다행으로 사고 당시는 너무 늦은 시간이라 내부에 아무도 없었다. 끔찍한 사고였다. 나중에 들은 바로는 당시 운전자가 다량의 약물에 취해 있었다고 했다. 눈발이 날리는 윈드실드 너머에서 고통의 악을 쓰던, 초점이 흔들린 사진 속 인물 같았던 그의 기괴한 모습을 잊을 수가 없다.

"잠시만요. 지나갈게요." 그때 어떤 여자가 건물 입구를 막고 앉은 나와 방 팀장을 피해 안으로 들어가려고 했다.

"아 네, 죄송합니다."

길을 터주려고 일어서다가 무심코 그녀를 봤을 때 내 심장은 다시 요동치기 시작했다. 뭐지? 또 시작인가?

아니다. 그 때문이 아니었다.

그날 내가 봤다고 믿는, 매일 새벽 꿈속에 나타나다 못해 종일 시도 때도 없이 떠오르는 얼굴이었다. 그녀는 지하 계단을 내려가고 있었다. 코트도 그날 내 기억대로였다.

그렇다고 의주인지 확신할 수는 없었다. 솔직히 그날 내가 본 얼굴도 의주인지 장담할 수 없었다. 의주를 마지막으로 본 게 20년 전이다. 강산은 두 번 변하고 사람은 수없이 변할 수 있는 시간이다. 당장 따라 내려가서 확인해봐야 했다.

나는 지하로 내려가기 전에 건물 밖에 붙은 핑크빛 네온사인을 확인했다. 〈포시즌스〉. 바로 옆에 영어로도 쓰여 있었는데, 'F'에 불이 안 들어와서 'our Seasons'로 보였다. 그 밑에는 조그맣게 '고품격 클래식 라이브 피아노 바'라고 돼 있고, 끝에 'B1'이라고 선명하게 표시돼 있었다.

"팀장님," 나는 너무 흥분해서 그의 목덜미를 잡고 흔들었다. "일어나세요. 한 잔 더 하자면서요. 오늘은 기분도 그렇고 양주 한 병 때리죠."

방 팀장은 계속 코를 골았다.

"제가 쏠게요."

"큥? 아프지 않게 살살 쩍 따니에르로?"

"네, 부장님 좋아하는 잭콕으로."

"오우 쩍콕. 아임 빠인 땡큐 앤 유?"

나는 방 팀장의 팔을 둘러매고 지하 피아노 바로 내려갔다. 방 팀장의 상태를 보고 께름칙해하는 웨이터를 따라 한쪽 테이블에 앉았다. 메뉴판에는 고가의 양주가 즐비했지만, 방 팀장의 구미에는 달달한 잭앤콕이 세상에서 가장 질 좋은 술이었다.

웨이터가 잭 다니엘과 콜라, 얼음통을 테이블에 놓을 때까지 나는 주변으로 고개를 돌리지 못했다. 어디선가 그녀가 나를 보고 있을 것만 같았고 당장은 눈을 마주칠 자신이 없었다. 우선 잭앤콕을 한 잔 달짝지근하게 타서 방 팀장에게 건넸다.

"큥, 쩍콕. 마이 썬 콜럼비아 유니버시티, 유노?"

나는 스트레이트로 석 잔을 연거푸 마셨다. 위스키가 회식 때

마신 소주와 섞이면서 가슴과 머리를 뜨겁게 달궜다. 나는 주위를 둘러보기 시작했다.

은은한 푸른빛이 도는 천정과 벽면의 간접 조명에 둘러싸인 탁 트인 홀에는 회사 임원 분위기를 풍기는 중년 남자 서너 그룹이 드문드문 테이블을 차지하고 있었다. 다들 수십만 원대의 양주를 마셨다. 백조처럼 생긴 디캔터에 와인을 담은 구석 테이블에는 중년 커플이 앉아 있었는데, 주위의 시선은 아랑곳하지 않고 둘만의 세계에 푹 빠져 있었다.

제발 아니길…. 휴, 다행히 의주는 아니었다.

"배인아, 너 쩍 다니에르가 어떻게 죽었능지 아냐? 킁?"

"안 궁금해요."

방 팀장은 잭 다니엘이 만취해서 자기 사무실 금고를 발로 차다 부러진 발가락 후유증으로 패혈증에 걸려 죽었다면서 인생무상이라고 떠들었다.

기다란 바탑에는 세 명이 뒷모습을 보이고 앉아서 칵테일을 마셨다. 그중 두 명이 여자였고 바텐더와 대화를 나누고 있었다. 역시 의주는 아니었다. 이젠 노골적으로 여기저기 둘러봐도 그녀를 찾을 수가 없었다.

분명히 여기로 들어왔는데. 어디로 간 거지? 그녀가 그날처럼 또 사라졌다. 너무 보고 싶은 마음에 내가 계속 환영을 보는 건가?

바탑 안에 있는 직원 공간을 관찰하면서 스트레이트로 몇 잔을 더 마셨다. 목구멍이 뜨겁고 머리가 멍하더니 웃음이 나기 시작했다. 잭 다니엘이 죽은 일화를 열 번쯤 반복하던 방 팀장은 올챙이와 정자 얘기로 옮겨가더니 개구리를 닮은 자신만 정상이라고 떠들었다. 그때였다.

줄곧 배경처럼 흐르던 음악이 멈추고 정적이 흘렀다. 나는 방 팀장을 조용히 시켰다.

어디선가 살아 숨 쉬는 듯한 라이브 피아노 선율이 전해오며 모두의 주의를 끌었다. 바의 어두운 한쪽 구석에서 조명을 받은 작은 스테이지 위에 검은 그랜드 피아노가 형체를 드러냈다. 피아노 선율이 어릴 적에 덮던 담요처럼 포근하게 나를 감쌌다. 좋았다. 비스듬히 열린 피아노 리드와 보면대에 가린 연주자의 가느다란 팔이 악보를 넘기는 게 보였다. 기억이 알코올의 얇은 막을 뚫고 나왔다.

베토벤 피아노 소나타 8번 비창 2악장.

나도 모르게 음악에 맞춰 허밍을 하기 시작했다. 큰 소리로 불렀다. 연주 템포가 원곡보다 훨씬 더 빠르고 경쾌했지만, 나는 이 특별한 버전에 더 익숙했다. 몸속에서 양주와 소주가 뒤섞여 머리를 흔들었고, 내 앞엔 어린 시절 레코드 가게에서 이 곡을 연주하는 의주가 있었다.

"모야?" 방 팀장이 나를 현실로 불러왔다. "여기 노래두 돼? 왜 너 혼자 신청해써? 난 콩리망자로에 표범. 여긴 누르는 거 엄나? 웨이터, 삼삼육육콩." 그가 반쯤 일어나 손바닥으로 이마를 치며 다리를 흔들었다. "콩싸."

나는 피아노 연주자가 들을 수 있게 더 크게 허밍을 했다.

웨이터가 다가왔다. "손님, 여기서 이러시면 안 됩니다."

나는 웨이터의 제지를 뿌리치고 벌떡 일어섰다. 그리고 피아노 쪽에 대고 소리쳤다. "의주야, 여의주. 너 의주 맞지?"

피아노 연주가 멈추었다. 보면대에 가려 연주자가 나를 보고 있는지는 알 수 없었다. 나는 피아노 쪽으로 걷는데 몸은 자꾸 다른 방향으로 갔다. 피아노만 제자리고 세상이 흔들렸다.

결국 나는 다른 테이블 위에 엎어지고 말았다. 피 같은 고가 양주가 쏟아지고, 깨진 술잔 너머로 네모난 얼음들이 멀리까지 미끄러져 나갔다. 화들짝 놀란 그 테이블 중년들이 뒤로 서너 발짝 피했다. 웨이터 하나가 더 합세하더니 아까 내가 방 팀장에게 했던 것처럼 나를 잡고 질질 끌고 나갔다.

"이거 놔." 내가 대항했다.

"얘는 잘못한 거 엄써요. 내가 오자고 한 거예요, 콩." 방 팀장이 졸졸 따라왔다.

"의주야, 나 배인이야. 의주야, 여기 좀 봐봐."

웨이터 둘은 비틀거리는 나와 방 팀장을 건물 밖으로 끌고 나왔다. 그러고는 길가에 대기하고 있던 택시 안으로 우리를 밀어

넣었다.

"사장님들," 웨이터가 말했다. "많이 취했어요. 오늘은 이만 들어들 가세요."

"잠깐만," 나는 그가 택시 문을 닫지 못하게 한쪽 다리를 뻗었다. "하나만. 그 피아노 치는 여자 이름이 뭐야?"

"이봐요," 웨이터 둘을 양쪽으로 밀치고 스포츠머리에 붉은 살이 통통하게 오른 무표정한 얼굴이 택시 안으로 쑥 들어오더니 말했다. "나 저그 사장인디, 좋게 나올 띠 돌아갑시다아. 아까 기물 파손에 옆 테이블 손님들 술까장 수십 배로 덤탱이 쓰는 수가 있응께."

"누가 앙간대…요? 노래 하나 부릉 거 갖구 되게 그러네. 배인아, 쿵자. 우리 동네 엄청 좋은 노래방 이써. 거긴 펴니점에서 술도 사 갈 쑤 이써. 기사 양반, 쿵림동."

"그깟 거 물어주면 될 거 아냐." 택시가 출발하는 바람에 내가 던진 명함이 허공을 지그재그로 날다가 떨어졌다. 차가 사거리에서 오른쪽으로 돌자 피아노 바의 핑크빛 네온사인은 더 이상 보이지 않았다.

"팀장님, 분명히 의주였어요. 확실해요, 여의주."

"당여나지, 여의주가 학씰하고 말고. 언제까지 영업일팀 놈들한테 꿀릴 순 없어. 우린 용이 될 거야. 걱쩡마, 배인아. 그 노래방은 술도 사 갈 수 이써, 쿵."

"다시 돌아가야 해요. 의주가 기다리고 있어요. 의주가 깜짝 놀라서, 배인이였구나, 내가 제일 사랑하는 친구 배인이였구나 하고 반겨줄 거예요."

"당연하지. 여의주는 기다리고 이써. 영업일팀 놈들은 깜짝 놀라 자빠질 큥야. 우린 용이니까. 운전수, 저기서 큥회전. 야, 운전이나 하지 멀 노려봐? 무시하냐?"

방 팀장은 차창에 머리를 쿵쿵 찧더니 코를 골기 시작했다. 나는 머리와 몸이 후끈거리고 무거웠다. 어떻게 해야 할지 판단이 서지 않았다. 잠들면 안 돼. 방 팀장을 집에 내려주고 다시 가는 거야. 정말 의주가 맞는다면 내가 오길 기다리고 있을 거야. 그리고 "배인아, 왜 이제 왔어?"라면서 좋아할 거야.

"배인아, 빨리 와봐. 빨리." 어린 의주가 재촉한다. 그러고 뭔가를 내민다. "빌리 조엘 테이프야. 오늘 새로 나왔는데 아빠가 제일 먼저 우리 걸 챙겨놨어. 빨리 들어보자." 우리는 오토리버스 기능이 있는 카세트로 열 곡을 듣고 또 듣는다.

화요일, 학교를 마치자마자 우리는 서로 앞서거니 뒤서거니 레코드 가게로 뛴다. 이번 주 빌보드차트가 나오는 날이다. 기대했던 대로 차트 맨 꼭대기에 새 앨범에서 첫 싱글 커트 된 〈텔 허 어바웃 잇〉이 있다. 우리는 의주네 하숙생 형이 적어준 노랫말 뜻을 음미하며 노래를 따라 부른다.

나는 빌리 조엘이 내 이야기를 하고 있다는 착각에 빠진다. 의주에게 느끼는 내 감정과 의주 때문에 갖게 된 내 꿈과 의주가 내게 얼마나 큰 의미인지 당장 말해주고 싶다.

이 앨범에서 여러 개의 히트곡이 나오지만, 의주는 베토벤의 피아노 소나타 비창 2악장에 가사를 붙인 〈디스 나잇〉을 가장 좋아한다. 히트하지도 흥겹지도 않은 곡이지만, 의주는 나랑 깔깔거리며 놀다가도 이 노래가 나오면 하숙생 형이 적어준 노랫말 뜻을 보며 가만히 앉아 듣기만 한다. 그러고는 베토벤의 원곡을 틀어놓고 이렇게 말한다. "너무 느리고 슬퍼. 나라면 이 곡을 이렇게 나약하게 연주하지 않았을 거야."

현관문을 열고 들어가서 방 팀장을 어두운 거실 바닥에 눕혔다. "팀장님, 씻고 얼른 주무세요." 나는 그를 위해 거실 불을 켜주었다. 그러고는 그만 얼음이 되고 말았다. "이게… 다 뭐예요?"
집 꼴이 말이 아니었다. 거실인지 골방인지 구분이 안 되는 좁고 휑한 공간 한복판에 고인돌처럼 우뚝 솟은 종이박스 위에는 먹다 남은 라면 면발이 눌어붙은 냄비가 있었고, 바닥에는 휴대용 버너와 부탄가스 통, 인스턴트 김치 봉지가 나뒹굴었다. 구석에 반쯤 접힌 누런 매트리스 위에는 후줄근한 추리닝이 피살당한 시체처럼 널브러져 있었다. 그게 내가 볼 수 있는 집안 구성품 전부였다.

"팀장님…." 난 이 말밖에 나오지 않았다.

"노래방 갈 거 아니면 그냥 큰길에 내려주라니까." 방 팀장이 바닥에 누운 채로 말했다.

"사모님은…?"

"미국에 애랑 같이 있지."

틈만 나면 미국에 있는 아들 자랑을 하던 방 팀장이 이런 꼴로 사는지는 꿈에도 몰랐다.

"배인아, 나 부탁 하나만 해도 돼?" 내가 오늘 방 팀장한테 들은 말 중에 가장 멀쩡한 발음이었다.

"뭔데요?"

"요즘 회사에서 회장이 보자고 하지, 큭?"

"네?"

"회장이 너한테 할 말이 있어서 그럴 거야."

"그게 뭔지 안다는 뜻이세요?"

"만약 회장이 너한테 우리 팀 팀장 자리를 제안하면, 제발 내 생각한답시고 거절하지 말고 네가 큭 맡아줘."

"그럴 리가요. 그리고 설령 제안이 온다 해도 전 팀장님 두고 그럴 생각 없어요. 진짜예요."

"부탁할게. 난 이미 틀렸어. 회장한테 찍힌 지 오래야. 나 자신도 언제부턴가 몸, 머리, 마음, 아무것도 따라주지 않아, 큭. 그래서 말인데, 내 아들이 졸업하려면 이제 2년 남았어. 2년만 버티면 돼. 회사에서 내가 믿을 사람은 너밖에 없큥. 네가 팀장이 돼서 날 팀원으로 2년만 더 써줘. 그땐 정말 민폐 안 끼치고 열심히 할게. 정말이야. 행여라도 내가 윗사람이었어서 불편하다고 생각하지 말아줘. 요즘 세상에 큥런 게 어딨어?"

나는 누워서 이렇게 말하는 방 팀장의 눈 양 끝으로 눈물이 흘러내려 귓바퀴 안에 고이는 걸 보았다. "미국에 있는 사모님은 팀장님이 이렇게 지내는 거 알고 계세요?"

"딱 2년이야, 배인아. 2년만 버티면 그 후엔 우리 아들이 실리콘밸리에 스카우트될 거고, 그러면 우리 가족은 아무 걱정 없어. 큥."

내 머리로는 도무지 이해할 수 없었다. 지금 내가 알 수 있는 건, 내 앞에 무기력하게 누워서 눈물을 흘리는 사람은 이 순간 세상에서 가장 작고 여린 존재라는 것뿐이었다.

3

그날 사고 현장을 지나가다 죽을 뻔한 후 나는 달라졌다. 새벽에 깼고, 전철역을 피해 다녔고, 의주를 떠올렸고, 현재의 삶에 의구심을 갖기 시작했다. 피아노 바를 갔다 온 후 나는 또 달라졌다.

새벽에 더 일찍 깼고, 전철역은 여전히 피했고, 의주를 찾아 나섰고, 손 닿지 않는 곳 깊이 묻어놓았던 내 어릴 적 꿈을 끄집어냈다.

나는 더 일찍 깬 덕분에 늘어난 아침 시간을 온전히 나 자신을 위해 썼다. 바에서 소란을 피운 다음 날, 숙취를 느낄 틈도 없이 원래 계획에 있던 것처럼 작업에 착수했다.

방구석에서 옷걸이 역할을 하던 15년 묵은 할로우바디 전자기타와 이펙터를 거실 한복판으로 옮겨와 케이블을 연결했다. 4년 전 빌리 조엘의 내한 공연을 관람한 후(그때도 공연장에서 의주를 본 것 같았지만, 당시 여자친구가 옆에 있어서 따라가 확인할 수 없었다), 되살아난 어릴 적 꿈과 열정에 취해 눈 딱 감고 질러버렸던 홈레코딩 장비들—마스터 키보드, 오디오 인터페이스, 콘덴서 마이크, 모니터 헤드폰—을 꺼내 전원을 켰다. 컴퓨터 책상을 옮겨와 거실 한가운데 배치한 뒤, 기억을 되살리고 인터넷을 참조해가면서 장비와 프로그램을 세팅하는 데 꼬박 이틀을 썼다.

마지막으로 창고 구석에 금고처럼 보관하던 60리터짜리 플라스틱박스를 꺼내와 먼지를 털어내고 덮개를 열었다. 그 안에는 백여 개의 카세트테이프—지금은 사라진 새한미디어 테이프들과 공테이프 임무에 충실했던 영어 회화 테이프 세트—가 빽빽이 들어차 있었고, 구석에 휴대용 카세트 플레이어도 있었다. 의주와 내가 음악을 향한 꿈과 열정으로 가득 찼던 학창 시절의 산물이

자 나의 재산목록 1호다.

나는 하루도 거르지 않고 새벽에 일어나자마자 기타와 키보드 연주, 창의적인 코드 진행, 미디 시퀀서를 맹렬히 연습했고, 출근할 때 카세트테이프를 디지털화해 담은 MP3 플레이어를 앞주머니에 넣고 귀에 이어폰을 꽂았다. 4년 전에는 이런 충동이 딱 석 달을 갔었다. 돌이켜보면 이런 식의 열정 표출이 지난 20년간 4, 5년 주기로 살아났다가 사그라들기를 반복했던 것 같다. 사십 대가 된 지금은, 더 이상 시간이 내 편이 아니란 걸 깨달은 지금은, 의주와 감동적인 재회가 불가능하지 않다고 믿는 지금은, 상황이 달랐다.

출근해서는 신경이 온통 피아노 바에 가 있었다. 의주는 더 이상 내 눈앞에 나타나지 않았다. 첫 며칠은 야근을 하다가 그녀를 봤던 시간에만 바 근처를 어슬렁거렸으나, 나중에는 아침 점심 저녁 틈만 나면 주변을 서성였다. 바에 들어가서 이것저것 캐묻고 싶은 마음이 굴뚝 같았지만, 그들(특히 스포츠머리 사장)이 나 같은 진상 고객을 반길 리 만무했다.

어느 날 아침, 기획팀 석 대리가 내 자리에 와서는 회장이 날 찾는다고 말해주었다. 나는 회장실로 갔다.

벌판처럼 넓은 마호가니 책상 위에 〈CEO & Chairman Ph.D. 박구자〉라고 적힌 검정 자개 명패가 번들거렸다. 회장의 자서전 이력에 보면 MIT에서 컴퓨터레저학 (컴퓨터 레저? 이런 학과도 있나?) 박사 학위를 받았다고 돼 있는데, 그 바로 옆에 읽기가 거의 불가능한 폰트 크기로 몰디브공과대학(Maldives Institute of Technology)이라고 쓰여 있었다.

나는 교무실에 불려온 학생처럼 소파에 앉았다. 잘 보이는 테이블 중앙에 경제 전문 매거진 〈FORTUNE〉 지가 놓여 있었고, 표지에는 다리를 어깨너비로 벌린 채 팔짱을 끼고 서서 변태처럼 웃는 회장이 실려 있었다. 회장의 얼굴이 제목 중간부를 가리고 있어서 잠시나마 헷갈렸는데, 자세히 보니 경기도 포천 소재의 한 인터넷매체에서 발행한 이벤트성 잡지였다. 표지사진도 스티커사진을 확대한 것처럼 조잡했다.

"요즘 고생이 많지?" 회장이 물었다.

"아닙니다."

"가끔 몰래 12층에 내려가 보면 고 차장은 항상 야근을 하고 있더군. 게다가 페니스를 보니까, 영업4팀이라는 악조건 속에서도 혼자 매 분기 개지랄을 초과하고 있어. 한마디로 군계이락이야."

발음이 샌 것 같진 않고 군계일학과 오비이락을 섞어 말한 거 같은데, 설마 의도를 가지고 둘을 조합한 건가? 닭 무리에 배 떨어진다? 그냥 무식한 거로.

"무능한 놈들이랑 한 팀을 이뤄서 성과를 내야 한다는 게 얼마나 힘든 건지 내가 누구보다 잘 알지. 내 자서전 3장을 보면, 내가 처음 회사를 창업할 때 겪었던 실화를 바탕으로 아주 실감 나게 설명해놨어.”

나는 듣기만 했다.

“방부재 그 친구, 예전엔 그렇지 않았어. 회사에 살다시피 하면서 물불 가리지 않고 뭐든 다 해치웠지. 추진력이 정말 대단했어. 오죽했으면 별명이 방소개구리, 방도저, 방키호테, 방기스칸, 한둘이 아니었으니까.”

“잘 알고 있습니다. 신입사원 때 저도 방 팀장님 보면서….”

“근데 언제부턴가 몸을 사리기 시작하더니 망가지기 시작했지. 아주 딴사람이 돼버렸어. 새겨들어 둬. 사람 몸이란 건 말이야, 조금이라도 놀리면 안 돼. 그럼 바로 여기저기 통증이 오고 삐걱대기 시작하지. 모르는 놈들은 방 팀장이 혹사당해서 저렇게 됐느니 어쩌니 쑥덕대나 본데, 다 헛소리야. 누가 그러라고 시켰나? 미국에 있는 제 처자식한테 돈 보낸다고 하루에 라면 한 끼 먹고 버티는 독한 놈이야. 근데 희한하게 살은 왜 계속 찌는지 몰라.” 회장이 말을 멈추고는 자신의 직함이 무사한지 확인하듯 책상에 있는 명패를 한참 쳐다보더니 말을 이었다. “그건 그렇고, 내가 자넬 왜 불렀는지 짐작하겠나?” 나와 눈을 마주쳤다. “고 차장도 이제 자기 팀을 꾸려볼 때가 된 거 같은데, 어떻게 생각해?”

나는 대답하지 못했다.

“적임자로 결정되면 판을 어떻게 짤지 전권을 주지. 팀에 필요한 놈만 남기고, 싹 다 바꿔 달라면 바꿔줄 거야. 팀장 대우는 확실히 해줄 거고, 올해 남은 기간은 팀 리빌딩 차원에서 내가 투자하는 셈 치지. 당장 올해 안에 결과물을 만들어내지 못해도 이해하겠단 뜻이야. 내년부터 영업4팀 지랄 타깃만 쭈욱 맞추면 돼. 그게 다야. 어떤가? 속에서 승부욕이 꿈틀거리나?"

회장은 최종 확정되면 3분기 시작에 맞춰 〈바꾸자! 전사 회의〉에서 공표할 테니 그때까지 아무한테도 알리지 말고 팀에 어떤 변화를 줄지 밑그림을 그려보라고 했다.

인사를 하고 나오려는데 그가 덧붙였다. "아 참, 오늘 신입 최종 면접 있는 거 알지? 면접관 리스트에 고 차장도 넣어놨으니까 마음에 드는 놈 있는지 와서 찬찬히 살펴봐. 아 그리고, 오늘도 야근하나?"

"네? 아 네, 합니다."

"음." 회장이 진미를 음미하듯 눈을 지그시 감고 고개를 끄덕였다.

"일찍 퇴근해도 달리 할 게 없어서요."

"그래, 그 자세가 맘에 들어. 크게 되겠어. 좋아, 가봐."

나는 회장실에서 나와 엘리베이터로 갔다. 직장인으로서 그의 제안이 기쁠 법도 한데 전혀 기분이 나지 않았다.

"왓첩, 배인쓰?" 닫히는 엘리베이터 문 사이로 알 차장이 불쑥 손을 밀어 넣었다. "방금 회장님 룸에서 나오던데? 좋은 거 있으면 혼자만 알지 말고 쉐어 좀 해줘. 모티베이션 좋다는 게 뭐야?"

"모티베이션? 그 동기는 그 동기가 아닌 거 같은데."

"아니라고?" 알 차장이 고개를 갸우뚱했다. "지금 그게 중요한 게 아니고, 애니웨이, 회장님 룸엔 무슨 일이야?"

"별거 아니고, 회장님 자서전 많이 샀다고 칭찬받았어. 그러려고 산 건 아닌데, 연말 평가 때 반영하시겠다네. 게다가 다 영수증 처리하라셔."

"얼마나 샀길래?"

"백 권."

"왓? 그 가비지를…." 알 차장이 자기가 말하고도 깜짝 놀라서 혹시 누가 듣진 않았는지 주위를 살폈다. 아무도 없는 걸 확인하고 안도하며 말했다. "얌전한 캣이 스토브에 먼저 클라임한다더니. 하여튼 스터디할 게 많은 친구야. 그건 그렇고, 말 나온 김에 우리 모티베… 동기들끼리 한번 뭉치자. 쫄따구 땐 종종 그랬잖아. 간만에 한잔 콜?"

"응. 마시기 전에 너 카드 나한테 맡기던가, 끈으로 묶는 부츠 안 신고 온다고 약속하면." 엘리베이터 문을 잡은 알 차장의 손을 쳐냈다.

나는 자리로 돌아와 페니스에 접속해서 진행 중인 계약들 상황을 업데이트하다가, 담배를 피우고 들어와 자리에 앉는 방 팀장을 보았다. 그의 눈썹이 15인치 노트북 모니터 바로 위에서 실룩거리기 시작했다. 며칠 전 그의 부탁이 떠올랐다. '만약 회장이 너한테 우리 팀 팀장 자리를 제안하면, 제발 내 생각한답시고 거절하지 말고 네가 콱 맡아줘.'

반대편에 앉은 반 대리도 눈에 들어왔다. 녀석은 실성한 사람처럼 인상을 쓰다가 히죽거리다가 하면서 쉴 새 없이 자판을 두드리고 있었다. '…싹 다 바꿔 달라면 바꿔줄 거야.' 나는 고개를 저었다. 뺀질대긴 해도 생긴 거랑 다르게 순수하고 누구보다 내 말을 잘 따르는 녀석이었다.

"아 맞다, 빤이 있었지!" 나도 모르게 입 밖으로 튀어나온 말에 반 대리가 깜짝 놀라서 나를 힐끗 보더니 마치 일하고 있었다는 양 이마를 훔치며 피곤한 미소를 지어 보였다. 격렬했던 말발굽 소리가 갑자기 물방울 떨어지는 소리로 바뀌었다.

그래, 내가 왜 그 생각을 못 했지? 반 대리를 보내서 알아내면 되잖아. 녀석은 얼굴만 좀 받쳐줬다면 칸을 제집 드나들 듯 다녔을 미친 연기력의 소유자였다. '와우, 방금 연주하신 분이 누구죠? 재야의 고수를 만난 느낌이에요. 제가 이번에 클래식 컴필레이션 앨범을 하나 구상 중인데, 괜찮다면 저분 꼭 한번 만나 뵙고 싶군요.'

나는 다짜고짜 메신저로 반 대리에게 이유는 묻지 말라고 경고하고 단도직입적으로 작업을 의뢰했다.

......

고배인: 빤, 그럼 월요일 밤이다. 잘 할 수 있겠지?

반성중: 당근, 오이, 가지, 호박...

고배인: 음악감상 하러 온 사람처럼 혼자 가야 돼.

반성중: 딱 저예요. 밤에 그런데 혼자 다니는 거 엄청 좋아잖아요.

고배인: 술은 발렌17까지 OK

반성중: 완전 콜. 역시 이 회사에서 후배위 하는 건 차장님이 최고 ㅎ

고배인: 띄어쓰기 똑바로 안 해!

반성중: 앗 죄송ㅠㅠ 이 회사에서 후배 위하는 건 차장님이 최고 ㅎ

고배인: 오바하지 말고, 뭐든 알아내

반성중: 실패하면 그 자리에서 자결하겠슴다. 알코올 오버더즈루다가 ㅋ

고배인: 기밀 유지 철저히

반성중: 보안이야말로 제가 의뢰인을 대하는...

고배인: 이제 닥치고 일 좀 해 제발

반성중: 눼~~

반 대리의 경주마들이 다시 전력으로 달리기 시작했다. 최근에 듣던 중 가장 격렬한 말발굽 소리였다. 방 팀장은 점심 먹으러 나가기 전에는 모니터 위로 올라오지 않을 것이다. 회장의 제안과 방 부장의 부탁, 반 대리의 작전까지, 내 머리는 복잡했다. 집중은 글러 먹었다.

나는 일 층 편의점으로 내려가서 차가운 탄산수 한 병을 사서 마셨다. 이어폰을 끼고 MP3에 담아놓은 테이프를 들으면서 주변을 걸었다. 도로 건너편에 의주를 봤던 피아노 바가 점점 가까워졌다. 때맞춰 이어폰에서 의주의 앳된 목소리가 나왔다.

"들어봐. 이거 어때?" 의주의 통통 튀는 피아노가 빠르게 흘러나왔다.

"나 이거 아는 건데, 누구 거더라?" 어린 내가 물었다.

"베토벤, 비창 2악장. 내가 새로 편곡한 거야."

"진짜? 와, 이렇게 신나게 치니까 훨씬 더 좋다. 빌리 조엘 꺼보다도 좋아."

"가능할까?" 피아노 멜로디가 멈추고 의주가 물었다.

"뭐가?"

"우리나라에서도 언젠간 빌보드 1위 하는 사람이 나올까?"

"글쎄, 한 백 년 후면 가능하지 않을까?"

"그렇게 오래 걸린다고?"

"아마도. 누가 됐던 영어를 무지 잘해야 할 거야." 내가 말했다.

"그럼 40위는? 김광한 아저씨가 하는 아메리칸 탑포티에 나올 수 있게."

"글쎄, 그건 40년. 근데 그 아저씨가 그때까지 방송을 할 수 있을까?"

"우리가 한번 도전해볼까?" 의주의 웃음소리.

"우리가? 우린 영어도 못 하잖아."

"영어 잘하는 옆방 오빠를 영입하면 되지. 잠깐만 기다려봐. 말 나온 김에 오빠 데리고 올게."

"지금? 아냐, 의주야. 잘 생각해보니까 영어 못해도 상관없어. 연주곡으로 하면 되잖아. 그냥 우리끼리 놀자."

"그래도 어차피 기타는 필요해. 있어 봐. 금방 갔다 올게."

의주가 후다닥 나가면서 문 닫는 소리가 났고, 내가 힘없이 중얼거렸다. "그깟 기타 내가 치면 되잖아." 그다음 찰칵하고 카세트 버튼 누르는 소리가 났다.

사이를 두고 새로운 곡이 시작됐다. 피아노와 색소폰과 기타가 어우러지는 멋진 합주였다. 테이프의 잡음마저 최신 EDM에 나오는 세련된 전자음처럼 들렸다. 이 곡을 녹음했을 당시의 광경이 벽에 걸린 대형액자 속 사진처럼 눈에 선했다.

의주의 피아노와 아저씨의 색소폰에 맞춰 하숙생 형이 신나게 기타를 친다. 중간중간 의주가 주는 손짓에 따라 빨라졌다가 느려졌다가 세졌다가 약해졌다가 하는 셋의 모습이 비틀스처럼 멋지다.

아니야, 내가 저기 있어야 비로소 4인조 비틀스가 되는 거야. 나는 춤추기를 거부한다. 다들 악기를 연주하는데 더 이상 나만 바보처럼 흐느적거리고 싶지 않다. 밴드의 일원이 되지 못하고 언제나 관객인 내 처지가 처량하다.

세 악기 사이로 맑고 청량한 의주의 콧노래가 또 하나의 근사한 악기처럼 섞여 들어간다. 가슴이 따끔거리고 눈물이 핑 돈다. 나는 밖으로 나가버린다.

다음날부터 난 하루도 빠짐없이 의주네 하숙생 형을 찾아가 기타를 가르쳐 달라고 조른다. 동정을 사려고 울면서 의주에 대한 내 마음을 털어놓는다. 형은 키득거린다. 그럴수록 오기가 생긴다. 결국 할 수 없다는 듯 형은 일주일에 심부름을 일곱 번씩 하는 조건으로 내게 코드 잡는 법을 가르쳐준다.

나는 의주가 집에 없을 때만 형의 하숙방을 찾는다. 의주에겐 결과만 보여주고 싶다. 올해가 가기 전에 형을 밀어내고 내가 기타를 치겠다는 일념 하나로 맹연습에 돌입한다. 손가락 끝이 딱딱해질수록 나는 더 큰 행복감에 젖는다.

"죄송합니다. 요즘 정신이 없네, 킁." 방 팀장이 와이셔츠 한쪽을 벨트 위에 내놓은 채로 허겁지겁 회의실로 들어와 빈자리를 찾아 앉았다. 그가 긴 테이블을 사이에 두고 우리를 마주 보았다.

"팀장님, 거긴 면접자 자리예요. 이쪽으로 오세요." 내가 조용히 말했다.

회장이 못마땅한 듯 방 팀장을 흘겼다. "왜? 거기 앉아서 다른 팀 한번 지원해보게?"

방 팀장이 옅은 화장실 냄새를 풍기며 내 옆으로 와 앉았다.

"뿅."

"가지가지 하네, 진짜. 하는 일 없이도 심심해하지 않는 이유를 알겠어." 회장이 고개를 저으며 바깥에 대고 소리쳤다. "자, 빨리 시작하지. 들여들 보내."

석 대리가 문을 열고 면접자 첫 세 명을 들여보냈다.

간절함과 절실함으로 무장한 셋은 우리—회장, 도 팀장, 방 팀장, 나, 알 차장—를 마주 보고 앉았다. 기획팀의 서류전형과 영업팀장들의 1차 면접을 통과한 아홉 명 중 오늘 최종면접을 통해 한 명만 살아남을 것이다. 원래 이 자리에는 회장과 도 팀장만 있으면 되지만 회장이 친히 나와 알 차장을 초대했고, 방 팀장은 영업팀장들이 진행한 1차 면접 때 설사병이 나서 혼자 빠진 걸 만회하겠다고 눈치 없이 들어와 앉았다.

셋은 자기소개서를 같은 사이트에서 다운받았는지, 가정환경, 성장 과정, 성격의 장단점, 부모님의 가르침이 거의 한집에 사는 세쌍둥이 수준으로 똑같았다. 글로벌 리더가 되고 싶어 업계를 선도하는 귀사에 지원했다는 마무리는 토씨 하나 다르지 않았다. 도대체 이 회사가 어느 업계를 선도하는지 따져 묻고 싶은 충동을 억누르며 나는 옆을 슬쩍 보았다. 회장은 공감한다는 듯 두 눈을 꾹 감고 머리를 위아래로 흔들고 있었다. 나날이 줄어드는 그의 머리칼이 들썩거렸다.

재채기에 가까운 수준의 질문과 답변이 오가는 사이 첫 번째 팀과 두 번째 팀의 면접이 끝났다. 회장은 밖에서 자기에 대해 들어봤는지, 면접이 끝나고 누가 물으면 뭐라고 대답할 건지에 대해 집요하게 파고들었다. 면접이 끝나면 석 대리가 들어와 면접비 대신 〈박구자와 함께 세상을 바꾸자〉라는 제목이 붙은 회장의 자서전을 한 권씩 나눠주었다. 낮잠 잘 때 베기에는 너무 낮고 더울 때 부채질하기에는 너무 두껍지만, 라면 냄비를 올려놓기에는 딱 맞는 사이즈였다.

석 대리의 안내를 받으며 마지막 팀이 들어왔다.

"근데 여기는 왜 둘뿐이야?" 회장이 물었다.

"면접자 중에 백수군 씨가 오늘 급한 사정이 생겨서 십 분 정도 늦는다고 연락이 왔습니다. 지금 전철역에서 뛰어오고 있다고 정말 죄송하다고 양해를 꼭 좀 구해 달라고 했습니다." 석 대리는 마치 자기가 뛰어오고 있는 면접자인 양 헐떡거렸다.

"무슨 일인데 인터뷰를 늦어요?" 알 차장이 회장을 힐끗 보더니 대뜸 소리를 높였다.

"그게… 가족이나 다름없는 고양이가 텀블러에 머리가 끼여서…."

"왓? 캣이 텀블러에 헤드를?" 알 차장이 어이없다는 듯 고개를 저었다. "그런 마인드로 뭘 하겠다는 거죠? 우리가 찾는 인재는 언제든 컴퍼니를 위해 기꺼이 사숙자가 될 수 있는 마인드가 있어야 해요." 그가 눈동자만 움직여서 회장의 반응을 살폈다.

"근데 사숙자가 뭐야?" 회장이 조용히 물었다.

"아 네, 회장님. 거리에 살면 노숙자, 회사에 살면 사숙자."

"그래? 음, 좋은 지적이야. 근데 영어에도 그런 바람직한 단어가 있나?"

"아닙니다. 잉글리쉬로는 노숙자건 사숙자건 집에 안 살면 다 홈리스라고 봐야죠. 웨스턴애들은 그런 걸 구분할 만큼 센시티브하지가 못합니다."

"음, 그럴 거야." 고개를 끄덕이고는 회장이 지각 면접자의 이력서를 집어서 훑어보았다. "뭐야, 이건. 2년제 전문대에 축산학과? 여기가 무슨 동물병원인 줄 아나? 도 팀장, 이런 건 서류전형에서 걸러줘야 하는 거 아냐?" 그가 이력서를 휙 던졌다. "됐으니까 집에 가서 텀블러 망가지지 않게 고양이 머리나 잘 빼라 그래."

"지금 거의 다 왔다고 연락이 왔습니다." 석 대리가 평소 그답지 않게 회장의 말에 대꾸하다가 도 팀장의 엄중한 고갯짓을 보고는 포기하고 나갔다.

"안녕하세요, 공다희입니다." 참한 외모의 여성 면접자가 회장의 정면에 앉았다.

"반갑습니다." 그 옆에 앉은 남성 면접자가 레크리에이션 강사 같은 톤으로 말했다. "우리 회사의 미래가 될 준비를 마치고 부름만 기다리고 있습니다. 저는 매사에 솔선수범 나대기를 좋아하는, 지원번호 8번 나대기라고 합니다."

나대기의 짧은 인사말 동안 하품을 두 번이나 한 회장은 그의 이력서를 뒤집어서 내려놓은 뒤 공다희의 이력서를 다시 집고는 특유의 미소를 지었다.

"아버님이 정통부에 계시네?"

"네, 맞습니다."

"그래요?" 방 팀장이 오늘 처음 입을 뗐다. "정통부 어느 쪽에 킁세요?"

"그건 왜? 거기도 지원해보게?" 회장이 빈정거렸다.

도 팀장이 끼어들었다. "자, 그럼 한 분씩 간단히 자기소개해보세요. 영어로."

"아암…," 공다희가 시작했다. "하우 두 유두? 아암… 아임 다희 콩. 마이 파더 아암… 웍 포 미니스트리 오브… 아암…" 그녀의 말끝마다 알 차장이 "으흠." 하며 추임새를 넣었다. 나대기가 바통을 이어받았다. "굿 애프터눈. 마이 네임 이즈 대기 나, 앤드 마이 잉글리쉬 네임 이즈 존, 존나! 아임 더 퓨쳐 어브 유어 컴퍼니…." 자기와 캐릭터가 겹칠까 봐 불안한지 알 차장이 불쑥 끼어들었다. "뭐 그 정도 레벨의 잉글리쉬 스킬 가지고 굳이 잉글리쉬 네임까지 니드한가? 존나?"

요번 팀은 앞의 두 팀에 비해 제법 활기를 띠었다. 공다희는 답변할 때 양 볼에 홍조를 띠며 조곤조곤 말하다가도 면접관이 뭔가를 끄적일 때면 매의 눈을 하고서 뭐라고 적는지 훔쳐보았다. 나대기는 이번에 떨어지면 엘리베이터가 아니라 12층 창문으로 나가기로 결심한 듯 필사적이었다. 회장은 공다희를, 도 팀장은 나대기를 선호하는 눈치였다. 물론 이런 경우 승자는 공다희였다.

면접을 끝내고 나왔을 때 나는 내가 면접자였던 것처럼 진이 빠졌다. 회장과 한 공간에 십분 이상 있는 건 언제나 피곤한 일이었다. 화장실에서 찬물로 세수를 한 뒤, 계단으로 내려가려고 비상구로 나왔다가 한층 밑에서 들려오는 대화 소리에 걸음을 멈추었다.

"그걸 고양이 때문이라고 곧이곧대로 말하면 어떡해? 길가에 쓰러진 노인을 도왔다거나, 아이 혼자 있는 집에 불이 나서 뛰어들었다거나, 뭔가 그럴싸한 이유를 댔어야지."

"그게 그럴싸해? 갑자기 물어보니까 나도 당황해서 어쩔 수 없었어. 그러게 빨리 좀 오지."

"야, 스텐으로 된 텀블러에 머리가 끼여서 울고불고 난리 치는데 어떡해. 말도 마. 그거 빼려고 별짓 다 했어. 아, 그건 그렇고 면접은 뭐 방법이 없을까? 붙여 달라는 것도 아니고, 원래 보려고 했던 면접 다시 보게 해 달라는 건데. 내 생애 최종 탑나인까지 간 건 처음이거든. 부탁한다, 친구야."

"내가 무슨 힘이 있냐?" 석 대리가 한숨을 푹 쉬었다. "그나저나 묘쉐이는 좀 어때? 어쩌다가 텀블러에?"

"아침부터 나랑 또 한바탕 했지 뭐. 〈순간포착 세상에 저런 일이〉에 한 번만 나가자고 사정사정하는데 죽어도 싫다잖아. 패서라도 끌고 나가겠다고 협박했더니 차라리 죽어버리겠다고 머리를 그 안으로 쑤셔 넣는 거야. 아 진짜, 딱 한 번만 출연해도 초대박일 텐데."

나는 소리 내지 않고 다시 복도로 나와서 엘리베이터를 탔다. 이 건물에 정신병동이 들어왔나? 오늘 면접 불참자가 석 대리 친구이고 한 번 더 기회를 달라는 것까지는 알겠는데, 그 외엔 당최 뭔 소리인지 알아먹을 수가 없었다. 텀블러에 머리가 낀 거면 아까 석 대리가 말했던 고양이 얘기를 하는 거 같은데, 티브이 프로에 나가자고 사람이 협박하고 고양이는 죽어버리겠다고 텀블러에 머리를? 나는 요즘 청년실업이 정말 심각한 사회문제라고 결론 내렸다.

자리로 돌아오자 방 팀장의 두 눈이 노트북 모니터 위로 쓱 올라오더니 초승달처럼 구부러졌다. '배인아, 오후 내내 고생 많았어. 회장이 친히 널 면접에 들어오라고 한 걸 보니까 내 말이 틀림없어. 축하해. 근데 알 차장 녀석도 들어온 걸 봐서, 회장이 경쟁을 붙이려는 거야. 절대 지면 안 돼. 그런 의미에서 내일 팀별 보고도 나 대신 네가 해. 멍석은 내가 알아서 깔아줄 테니까 넌 아무 걱정하지 말고 실력 발휘만 해.'라고 말하는 것 같았다. 그는 다시 모니터 밑으로 사라졌다.

나는 자판을 두드리느라 경주마를 타고 달리듯 어깨를 들썩이는 반 대리를 보았다. 내가 저 녀석한테 이토록 간절히 바라는 게 있게 될 줄이야. 아무려면 어떤가. 월요일아, 빨리 와라.

4

집을 뛰어나와 새벽길을 미친 듯이 달려서 제일 먼저 눈에 띄는 택시를 잡아탔다. 몸이 차 안에 갇히자 심장이 뛰어나갈 것처럼 요동쳤다. 차창 밖을 봤다. 세상이 뒤로 가는 건지 내가 앞으로 가는 건지 헷갈렸다.

"차장님, 내일 회사에서 말씀드리려다가 안 주무시고 기다리실 것 같아서요." 잠이 오지 않아 최근 작업 중인 음악을 듣고 있는데 새벽 2시쯤 반 대리한테서 전화가 왔다.

"그래, 잘했어. 뭐 좀 알아냈어?"

"오늘 피아노 치는 사람이 나오긴 했는데, 남자였어요. 그래서 어쩔 수 없이 그 바 사장한테 가서 소문 듣고 왔다고 둘러대고, 차장님이 말한 날 피아노 쳤던 여성분에 관해 물어봤죠. 그랬더니 대번에 제가 차장님이 보낸 사람이란 걸 알아차리더라고요. 저도 깜짝 놀랐어요. 그 사장 몽타주도 장난이 아닌데다가….” 내가 반 대리의 말에 이처럼 집중한 건 녀석을 알아온 5년 동안 처음이었다. “그날 그 여자분이 사장한테 얘기했대요. 차장님은 이상한 사람이 아니고 자기가 가장 사랑하는, 둘도 없는 어릴 적 친구라고요. 그날 차장님이 깨트린 다른 손님 술값도 다 그 여자분이 배상했대요.”

그 얘기를 듣는데 눈물이 와락 쏟아졌다. 반 대리에게 들키지 않기 위해 어금니를 꽉 물었다. 집에 가만히 있을 수가 없었다. 전화를 끊자마자 피아노 바로 달려가야 했다. 당장 바 사장을 만나야 했다.

“그 여자분이 그랬대요. 차장님이 꼭 다시 찾아올 거라고. 그러면 전해 달라고 사장한테 짧은 편지 같은 걸 남겼는데, 그건 저한테 줄 수 없고 본인이 직접 오면 주겠다 그러더라고요.”

내가 바에 들어갔을 때 사장은 기다리고 있었다는 듯 편지를 내게 건넸다. 의주의 작고 동글동글한 글씨는 음악 노트의 절취선을 따라 반듯하게 자른 오선지에 담겨 있었다.

배인아,

많이 놀랐지? 나도 그랬어. 반갑게 맞아주지 못해서 미안해. 너무 갑작스러워서 당황했던 거 같아. 이해해줄 수 있

지? 너 하나도 안 변했더라. 어릴 적 모습 그대로이던데. 부인은 뭐 하는 사람이니? 아이는 몇? 아직도 음악 하니? 궁금한 게 참 많다. 너도 그렇지? 난 남편하고 열 살짜리 공주님하고 행복하게 잘 살아^^

혹시라도 바에서 날 본 거 때문에 걱정되는 거면 전혀 그럴 필요 없어. 지인 부탁으로 몇 번 도와준 것뿐이야. 바쁜 거 끝나면 연락할게. 여기 사장님한테 네 명함 받아 놨어. 너를 다시 봐서 너무 좋았어.

사랑하는 친구, 의주

"아따," 사장이 글러브를 낀 것 같은 손으로 핑크 하트가 바둑판처럼 새겨진 손수건을 꺼내더니 붉게 부풀어 오른 눈가를 닦고 코도 풀었다. "아 이런, 미안혀요. 나가 참 주책이네이."

사장은 지혈하듯 손수건으로 양 눈을 꾹 눌렀다. 외모와 달리 당사자인 나만큼이나 슬퍼하는 그의 모습이 영화 속 재미를 더하는 유쾌한 조연 캐릭터를 보는 것처럼 친근했다. 말을 섞어보니 그는 폭력성과는 거리가 먼, 오히려 과하게 여성스러운 클래식 애호가였다.

그의 말에 따르면, 의주를 처음 소개받은 건 두 달 전이었고, 예전에 이 바에서 일했던 여성 매니저가 추천해줬다고 했다. 지금까지 네 번 정도 약속한 시각에 와서 연주하고 갔는데, 연락처는 남기지 않았고 이런 바가 처음인 것 같은 인상을 줬다는 것이다. 그녀의 연주는 다른 시간대 연주자들의 판에 박힌 감성과는 전혀 색다른 분위기를 풍겼다고 했다. 그게 무슨 뜻인지 난 이해할 수 있을 것 같았다.

"그럼 그 매니저분한테 연락을 할 수 있을까요?"

"그거슨 어렵지 않지마는," 사장이 콧바람을 길게 뿜었다. "그날 이후로 안 나오는 것도 그렇고, 거시기 그 편지에 굳이 가족 얘기도 쓰고 낭중에 연락하겠다고 하는 거 보믄, 어떤 사정인진 모르것지만 당장은 그짝 만나기를 좀 꺼리는 게 아닌가 해서요오."

"남편하고 열 살 딸이랑 평범하게 사는 주부가 왜 새벽에 바에서 일해야 하는지, 그리고 사장님 말 대로 날 피하려는 사정이 있는 거면 그게 뭔지 전 알아야 해요. 의주가 무탈하다는 것만 알면 돼요. 맹세코 그게 다예요. 저한테는 정말 소중한 친구예요. 도와주세요. 부탁드립니다."

"아따, 참말로." 사장은 한동안 망설이다가 핑크 커버를 씌운 휴대폰을 꺼내서 연락처를 훑더니 전화를 걸었다. "근디 야가 일하는 디가 좀 거시기 혀서 쪼까 걱정이 되긴 하는디, 뭐가 됐던 너무 놀라진 마쑈."

그가 말한 '거시기'가 정확히 뭘 의미하는지 알 수 없었지만 상관없었다. 나는 잠자코 기다렸다.

그가 휴대폰을 탁 소리 나게 내려놓았다. "아따, 야가 또 번호를 바꿔부렀네. 이번엔 또 언 놈이랑 엮여서…. 하이간 월간행사여, 월간행사."

나는 좌절했다.

그가 잠시 생각에 잠기더니 말했다. "그럼 이랍시다. 야가 일하는 주점 위치를 알려줄랑께 직접 가서 한번 찾아보겠소? 아작까장 거기 붙어 있다믄 만날 수 있겄지. 그전에라도 나가 갸랑 연락이 닿으믄 바로 연락 줄랑께. 갸가 가끔 술에 흠뻑 젖어서 불쑥 찾아오거나 전화할 때가 있응께."

나는 의주가 남긴 오선지 뒷면에 사장이 알려준 정보를 받아 적었다.

나가려는데 사장이 내게 흰색 봉투를 건네면서 말했다. "언제가 됐건 틀림없이 만날텡께, 글면 이거 쫌 전해주쑈." 그 안엔 그날 의주가 내 뒤치다꺼리 때문에 받지 않고 갔다던 연주비가 들어 있었다. "아따, 참말로." 사장은 훌쩍거리며 탑바로 가서 그 안을 정리하고 있던 깔끔하게 생긴 웨이터의 어깨에 팔을 둘렀다. 둘은 안쪽에 난 작은 문을 열고 들어갔다.

나는 바에서 나와 새벽길을 걸었다.

오선지에 노랫말처럼 쓴 의주의 글을 읽고 또 읽었다. 뒷면을 봤다. 의주를 바에 소개해준 사장의 지인이 유흥주점의 마담이라는 사실이 자꾸 어떤 불길한 암시처럼 가슴을 압박했다. 그런데 하필이면 이때 길 건너편 사고 현장이 눈에 들어왔고, 심장이 또 요동치기 시작했다.

난 걸음을 멈추고 길거리 한복판에 주저앉았다. 그러고서 심호흡을 했다. 숨을 크게 마시고 얇고 길게 내뿜었다. 한참을 그러고 있다가 박동이 잦아든 것 같아 천천히 고개를 들었다. 그런데 눈앞에서 기이한 광경이 펼쳐졌다.

불과 십 미터쯤 떨어진 가로등 밑에서 중세 수도사복 같은 희한한 복장을 한 멀쩡하게 생긴 남자가 "수에 관심이 있으십니까? 우주의 삼라만상은 숫자로 이루어져 있습니다."라고 외쳤다. 어두워서 얼굴이 잘 드러나진 않았지만 30대 중반쯤으로 보였다. 그는 나를 향해 "무슨 근심 걱정이 그리도 많습니까? 이리 와서 함께 나누시지요. 수에 모든 해답이 들어있습니다. 제가 그 공식을 알려드리겠습니다. 우주의 진리를 위하여!"라고 소리쳤다.

나도 모르게 일어나서 그에게 다가가려는 순간, 내 뒤에서 가방을 사선으로 맨 대학생쯤으로 보이는 젊은 남자애가 비틀거리며 어깨로 나를 툭 치고 앞질러서 먼저 그에게 다가갔다.

젊은 남자애의 입에서 말이 침처럼 질질 흘러내렸다. "저엉말 수에 해답이 이써의—? 나처렁 버림받등 루저를 위한 답또 이써의—?"

"물론입니다, 형제님." 수도사복이 말했다.

나는 새벽 3시에 길 한복판에서 펼쳐지고 있는 이 광경이 너무 비현실적이라 혹시 꿈이 아닐까 의심했다. 꿈이 맞는다면 이쯤에서 의주가 등장할 텐데. 그러나 의주의 편지만 내 손에 들려 있을 뿐 그런 일은 일어나지 않았다.

나는 다시 걷기 시작했다. 그러면서 고개를 돌려, 길바닥에 주저앉아 수도사 캐릭터의 위로인지 설교인지를 듣고 있는 남자애를 보았다. 그 애는 계속 같은 말을 하는 것 같았다. '나처럼 버림받은 루저를 위한 답또 이써의—?' 수도사 캐릭터는 그에게 계속 뭐라고 얘기하는 와중에도 힐끔힐끔 나를 보았다. 만약 그가 옷을 조금만 정상인처럼 입었다면 아마 나도 저 남자애 옆에 앉아서 어깨를 부여잡고 함께 펑펑 울었을지도 몰랐다. 20년 전에 그랬던 것처럼.

나는 지원한 대학교의 ARS 번호를 누른다. 전화기를 들고 있기 힘들 정도로 손이 떨린다. 마침내 수화기 너머에서 그토록 기다렸던 문장이 들려온다. "합격을 축하합니다." 그 소리를 듣자마자 엄마는 거실에서 덩실덩실 춤을 추고, 나는 점퍼를 휘두르며 집 밖으로 뛰어나간다. 이제 당당히 의주를 만날 수 있다.

고등학교 때 멀리 이사 간 나와는 달리 의주는 십 년째 같은 집에 산다. 레코드와 테이프가 CD로 옮겨갈 때 아저씨는 가게를 악기 수리점으로 바꾸었다. "너 대학 합격하는 날, 우리 가게에서 멋진 축하 파티를 열자. 그때까진 힘들겠지만…." 일 년 전 의주의 위로가 귓전에 울린다.

이제 의주는 서울대 음대 2학년이고, 난 서울에 있는 공대 신입생이다. 어릴 적부터 우리 성적에 늘 그 정도의 격차는 존재했으니 아쉬울 건 없다. 바라고 예상한 최선의 결과다.

나는 버스를 내려서 달린다. 출발하기 전 아저씨한테 전화를 걸어서 의주를 놀라게 해주고 싶다고 신신당부했지만, 그 부녀 사이에 비밀이란 없다는 걸 안다. 내가 가게 문을 열면, 고깔모자를 쓰고 피아노 앞에 앉아 기타가 놓인 빈 의자를 가리키며 "텔 허 어바웃 잇! 그녀에게 고백할 준비가 됐나요?"라고 외치는 의주와, 그 옆에서 색소폰을 들고 의주의 시작 사인을 기다리는 아저씨가 눈에 선하다.

그러나 얼마 안 가 내 행복한 상상은 산산조각이 난다. "배인아, 어쩌지? 의주가 준비 중인 공연에 문제가 생겨서 급하게 학교에 갔어." 아저씨는 내 눈을 똑바로 바라보지 못한다. 난 무언가 심각하게 잘못되었음을 직감한다. "괜찮아요, 아저씨. 어쩔 수 없죠. 제가 의주한테 전화해볼게요." 내 말에 아저씨는 지난 십 년 동안 내가 한 번도 보거나 들어본 적 없는 표정과 어조로 내 이름을 부른다. "저기, 배인아."

날 마주할 자신이 없었던 의주는 학교 로고가 새겨진 오선지에 편지를 남겼고, 나는 아저씨한테서 그걸 받아 든다. 편지에는 미안하다는 말밖엔, 친구로도 남을 자신이 없다는 말밖엔, 대학에 가면 자기보다 더 좋은 사람을 만날 거라는 말밖엔, 어떠한 이유나 해명도 없다. 우리 사이가 이렇게 쉽고 편리한 거였나? 나는 의주가 없는 피아노 옆에 주저앉아 오열한다.

"그땐 그랬지만, 지금은 달라." 하고 나는 중얼거렸다. 그때는 어떤 설명도 듣지 못한 채 물러나야 했지만, 이번엔 의주를 찾아 대면할 것이다. 이번뿐만 아니라 그때 왜 그랬는지도 따져 물을 것이다.

"반신반인의 피타고라스시여!" 뒤에서 수도사 캐릭터가 탈진할 거 같아 보이는 남자애의 머리에 손을 얹고 직각삼각형 모양의 뭔가로 하늘을 찌르며 바락 소리를 질렀다. "이 버림받은 젊은 영혼이 가야 할 길을 보여주소서. 우주의 진리를 위하여!" 그러더니 그는 나름의 박자를 타며 이상한 율동을 취하다가 정박자로 읊조리기 시작했다. "웃짜, 삼-사-오, 오-십이-십삼, 하, 육-팔-십, 칠-이십사-이십오, 아싸, 팔-십오-십칠, 구-십이-십오, 웃짜~."

나는 옷깃으로 목을 감싸고 걸음을 재촉했다.

열 살 때 의주를 만나면서부터 나는 음악에 대한 꿈을 꾸기 시작했다. 중학교 때까지도 의주, 아저씨, 하숙생 형과 함께 매달 빌보드차트 1위 곡을 선정해서 우리만의 콘서트를 열었다. 고등학생이 됐을 때 의주와 나는 2인조를 결성해서 본격적으로 자작곡을 만들고 논쟁하고 연주했다. 놀라운 건, 그때 카세트로 녹음해놓았던 우리 곡들은 지금 들어도 내 귀에 하나도 촌스럽지 않다는 것이다. 특히 의주의 피아노와 내 기타가 하나의 악기처럼 어우러진 몇몇 곡들은 프로 뮤지션의 실황 공연처럼 세련되고 지적으로 들리기까지 했다. 물론 당시 의주의 음악적 재능이 훨씬 더 큰 지분을 차지했다.

그날 목격한 차 사고를 기점으로 나는 다시 꿈을 꾸기 시작했다. 집에 있는 시간을 온전히 다 음악에 쏟아부었고, 회사에 출근해서도 (회장이 몰래 내려와서 누가 야근하는지 체크할 때나, 도 팀장이 페니스의 성능을 개선했다고 생색낼 때나, 알 차장이 또 개지랄 타깃을 초과 달성했다고 자랑할 때나, 방 팀장이 모니터 뒤에서 눈썹을 실룩거리거나 반 대리가 자판기로 경마장 소리를 낼 때도) 나는 열정에 흠뻑 젖은 뮤지션이 되어 무대를 휘저어 다녔다. 물론 무대 한쪽에는 언제나 피아노 너머로 나를 보며 웃어주는 의주가 있었다.

퇴근 후에는 실제 의주를 찾아 나섰다. 며칠 동안 혼자 주점을 찾았지만 성과는 없었다. 입구에서 바 사장이 알려준 마담의 이름을 대고 이것저것 캐물으면, 양복 차림의 사내들이나 짙은 화장을 한 여자들은 하나같이 처음 듣는 이름이라면서, 놀러 온 거 아니면 영업에 방해되니 얼쩡대지 말라고 인상을 썼다. 나는 멀리서 기다리다가 처음 보는 여자가 나오면 달려가서 같은 질문을 했고 같은 반응을 접했다.

그러다가 오늘 퇴근 30분 전에 바 사장으로부터 전화가 왔다. 아직 그 마담과 직접 통화를 하지는 못했다면서도, 의미 있는 정보를 주었다.

"아따, 갸가 무슨 쇼핑몰이니 보험이니 솔찬히 하는 일이 많아서 거그는 일주일에 하루만 나온다는디, 그게 금요일이라네. 글구 거그서는 예명을 쓴다는디, 거 모라더라⋯."

금요일, 오늘이다. 기다릴 이유가 없었다.

그러나 지난 며칠의 실패를 반복하지 않으려면 작전이 필요했고, 작전엔 투자가 필요했다.

고배인: 오늘 제가 **여기**서 난사하겠습니다.

반성중: 헐~

방부재: 여기가 어딩데?

반성중: 팀장님, 차장님이 쓴 **여기**에 링크가 걸려 있어요.

방부재: 헐

고배인: 30분 후 편의점 앞 출발. 1초라도 늦는 사람 바로 아웃.

반성중 님이 대화방에서 나갔습니다.

방부재 님이 대화방에서 나갔습니다.

주점에 도착하니 한 시간 후에 문을 연다고 해서 나는 둘을 맞은편에 있는 대폿집으로 데려가 일단 소주와 맥주를 먹였다. 금요일 저녁이라 이른 시간임에도 빈자리가 거의 없었다. 반 대리는 나중에 양주 마실 걸 고려한 듯 소주를 슬쩍슬쩍 버렸지만 문제 삼지 않았다. 나는 둘에게 숙지 및 주의 사항을 전달했다.

반 대리는 첫 작전 때 함께했던 터라 이해가 빨랐다. "차장님은 이 시대 최고의 로맨티시스트예요. 차장님의 첫사랑을 위해 오늘 기꺼이 이 한 몸 불사르겠습니다." 녀석이 숟가락을 마이크처럼 잡고 일어섰다. "사랑해써요~ 그땐 몰라써요~." 방 팀장도 일어서서 반 대리와 어깨동무를 하고 몸을 좌우로 흔들었다. "아들아, 사랑한다~."

그런데 그때 예상치 못한 문제가 발생했다.

우연히 이쪽을 지나가던 석 대리가 우리를 본 것이다. 양손으로 배낭 가방의 어깨끈을 움켜잡은 그는 배를 불룩 내밀고 서서 우리 테이블 불판 위에서 노랗게 익어가는 항정살을 구경하고 있었다. 눈을 끔뻑이며 우리 얼굴을 번갈아 가며 보는 그의 두 눈이 초롱초롱 빛났다.

반 대리와 방 팀장은 어깨동무를 미처 풀지 못하고 몸이 붙은 쌍둥이처럼 서서 내가 무슨 말이든 해주길 기다렸다.

나는 고민했지만 오래 끌지 않았다. 중차대한 일을 앞두고 심신을 정갈히 하는 마음으로 모든 이들에게 관대해지기로 했다.

"빤, 가서 같이 가자고 해."

그가 가서 뭐라고 떠들고 나자 석 대리가 그의 손을 꽉 움켜잡는 거로 봐서 안 들어도 뻔했다. ("두 분 다 싫다고 하는데 그래도 넌 내 동기니까 이 형님이 친히 챙겨주는 거야. 자, 들어가자.")

주점이 문을 열자마자 이들 셋은 마치 먹잇감을 발견한 들개떼처럼 달려들어 갔다. 오랜 시간 억압받았던 주접 본능이 불꽃놀이처럼 폭발했다.

나의 첫사랑을 위해 기꺼이 한 몸 불사르겠다던 반 대리는 진짜 불붙기 최적의 상태가 되려고 작정한 듯 알코올을 자기 몸 안에 쏟아부었다. 방 팀장은 겁에 질려 뒷걸음질하는 여종업원을 끝까지 쫓아가 그녀의 귀에 대고 미국 명문대에 다니는 아들 자랑을 멈추지 않았다. 테이블 위에는 흰 와이셔츠와 연분홍 피부가 땀으로 딱 달라붙어서 알몸이나 다름없는 석 대리가 음악에 맞춰 성난 파도처럼 출렁거렸다.

이 와중에 나는 두 가지 이유에서 초조했다. 하나는 웨이터가 세 번이나 들어와서 내가 찾는 마담이 아직 출근하지 않았다며 계속 연락을 취하고 있으니 조금만 더 기다려 달라고 했기 때문이고, 또 하나는 갑자기 문이 활짝 열리면서 마녀처럼 화장한 마담이 의주의 손을 끌고 들어올 거 같은 끔찍한 예감 때문이었다.

그러나 불행인지 다행인지 나는 아무런 성과 없이 청구서만 받아 들었다. 내가 감당할 수 있는 예산을 초과해서 철수를 결정할 수밖에 없었다. 삼총사는 이대로 물러날 수 없다며 3차를 부르짖었다.

우리는 주점 맞은편 대폿집으로 다시 갔다. 웨이터에게는 그곳에 가 있을 테니 마담이 오면 꼭 좀 전해 달라고 부탁하고는 팁도 후하게 쥐여 줬다.

석 대리가 오늘처럼 즐거운 회식은 생전 처음이라며 반 대리에게 자기를 끼워줘서 고맙다고 하자, 반 대리는 민망했는지 오늘 만찬을 베푼 사람도 그를 끼워준 사람도 다 나라고 실토했다.

"아 그럼 역시," 석 대리가 말했다. "미리 한턱내러 오신 거군요."

"한턱?" 반 대리가 말했다. "한턱이 아니라 이 시대 최고의 로맨티시스트 우리 차장님의 순애보….."

"에이, 저도 알아요. 도 팀장님이 알려줬어요." 석 대리가 말했다. "고 차장님이 곧 팀장님 되실 거라고, 시간 날 때 페니스에 고 차장님의 직급이랑 개지랄 쿼터랑 다 팀장 레벨로 수정할 준비하라고 하셨어요."

"진짜? 와아….." 반 대리가 일어서서 환호성을 지르려다가 아차 싶은지 도로 앉아서 방 팀장을 흘긋 봤다.

"내 눈치 볼 거 엄써, 쿵." 방 팀장이 말했다. "배인이를 내 후임으로 민 사람이 바로 나니까. 난 우리 아들 졸업하면 그리로 갈 거야. 배인아, 축하한다. 쿵."

"만세!" 방 팀장의 말이 끝나기가 무섭게 반 대리가 외치자 주변 테이블이 모두 우리를 쳐다봤다. "지금 얘기지만, 요즘 분위기가 좀 싸해서 혹시 우리 팀 어떻게 되는 건 아닌지 걱정이 이만저만 아니었는데. 아흐, 정말 잘 됐어요. 그럼 모든 게 그대로인 거죠? 그죠?"

"그건 이제 배인이 마음이지, 큭." 방 팀장이 날 보며 씩 웃었다. "나 2년 정도는 책임질 수 있는 거지?"

"역시 전 사람 보는 눈이 있다니까요. 제가 입사하면서부터 일편단심 고배인 바라기였잖습니까. 이참에 아주 평생 차장님을 위해 이 한 몸 불사르겠습니다. 제 맘 아시죠?"

"참, 그리고 그거 들으셨어요?" 석 대리가 말했다. "이번에 새로 입사한 공다희 씨가 4팀에 조인하는 거로 결정됐어요. 오늘 아침에요."

"아싸, 드디어 내 밑으로." 반 대리가 소주잔을 콧잔등까지 들었다. "모든 게 제자리를 찾아가고 있어요. 이제 차장님만 그분을 찾으시면…."

그때였다.

"저기," 진한 향수가 코를 찔렀다. "고배인 씨?"

"세상에," 반 대리가 소주를 꿀꺽 삼켰다. "이건 한 편의 각본 없는 드라마야!"

5

마담도 나를 돕고 싶어 했다. 바 사장을 통해 내가 좋은 사람이라고 확신한 듯했다. 문제는 (천만다행으로) 그녀가 의주를 직접 아는 사이가 아니라는 거였다. "친한 선배 언니가 부탁했어요. 피아노를 굉장히 잘 치는 분을 알고 있는데, 사정이 있어서 그러니 어디 아르바이트할 데 없냐고요. 일주일에 하루 이틀 정도 늦은 시간에 연주할 수 있다고."

그녀는 조금 있으면 선배 언니가 가게 문을 열 시간이지만, 토요일은 너무 바빠서 통화는 정확히 언제 할 수 있을지 알 수 없다고 했다.

나는 집으로 돌아와서 컴퓨터를 켜고 카세트테이프를 틀었다. 레코드 가게에서 의주, 아저씨, 하숙생 형―그때는 이미 상당한 수준으로 올라온 나에게 기타를 넘기고 형은 퍼커션을 쳤다―과 함께했던 합주곡이 흘러나왔다.

색소폰이 기상나팔처럼 시작을 알렸고, 피아노가 새처럼 날아들었고, 기타와 퍼커션이 햇볕과 바람처럼 생동감을 불어넣었다. 작은 스피커에서 우리 넷은 몸이 점점 더 높이 떠오르는 것처럼 허밍을 했다. 나는 그 시절 분위기에 도취해 음률 하나하나를 미디 시퀀서의 각 트랙으로 옮기고 그 위에 음색을 입혔다.

오랜 세월 묵혀두었던 꿈을 꺼내서 이리저리 돌려보고 만져보고 떼었다 붙였다 하는 게 요즘 내겐 가장 소중한 일과였다.

그러는 사이, 어두웠던 베란다의 커튼이 환해졌다가 다시 어두워졌다. 하루가 갔는데도 기다리는 전화는 끝내 오지 않았다. 분명 무슨 사정이 있을 거로 생각했다. 이유를 설명할 순 없지만 나는 그녀가 꼭 전화해줄 거라는 걸 의심하지 않았다.

두 발을 방바닥에 둔 채로 침대에 누워 잠이 들었다가 눈을 떴다. 두 시간쯤 지났나, 아니면 한 시간? 그런데도 커피를 수십 잔 마신 것처럼 피곤하거나 졸리지 않았고 가슴이 두근거렸다.

또 컴퓨터 앞으로 가서 무아지경에 빠졌다. 어두웠던 베란다 커튼이 환해졌다가 어느새 또 어두워졌다.

그렇게 또 하루가 멀어져갈 때 마침내 휴대폰이 울렸다. 낯선 번호만 떴다. 저장해 놓았던 '의주 소개녀'가 안 떠서 실망하려는 순간, 상대는 여성치고는 상당히 저음으로 자신을 미자—마담의 이름이었다—에게 여의주 씨가 피아노 연주할 수 있는 곳을 알아봐 달라고 부탁한 선배 언니라고 소개했고, 나는 전화기를 귀에 바짝 붙였다.

"여의주 씨를 찾는 분이라고요?" 그녀가 물었다.

"네, 어릴 적 친굽니다. 사정이 있어서 지금 연락이 닿지 않는데…."

"얘기 들었어요. 저와 같은 교회에 다니셨어요, 여의주 씨요. 성가대에서 피아노를 쳐주셨죠."

"교회요? 성가대요?" 내가 놀라서 물었다. 의주와 가장 어울리지 않는 단어를 하나 꼽으라면 나는 고민하지 않고 종교라고 말할 것이다. 내가 기억하는 의주는 냉철한 현실주의자이자 무신론자였고, 그런 그녀의 성향은 어린 내게도 커다란 영향을 끼쳤었다.

"다녔다면, 지금은 아니라는 뜻인가요?" 내가 또 물었다.

"무슨 일인지 지난 2주 동안 안 나오셨어요. 제가 전화를 늦게 한 이유도 혹시 이번 주일은 나오지 않을까 기다리느라. 그러니까 3주가 됐네요, 교회에서 의주 씨를 못 본 지. 저도 걱정이 많이 돼요." 그녀는 의주가 전화번호도 바꿨다고 했다. 교회에 다닌 지는 1년 정도 됐는데, 교우 중 어울리는 사람이 없었다고 했다. "그나마 저랑 제일 친했어요. 교회에 있을 땐 혼자 피아노 치는 걸 좋아했죠."

나는 가족이 있는 의주가 새벽까지 바에서 연주해야 하는 이유를 꼭 알고 싶다고 했고, 그녀는 내 말뜻을 이해해주었다. "사실 저도 의주 씨가 저에게 그런 부탁을 했을 때 궁금했지만 물어볼 수가 없었어요." 특히 그녀는 의주가 자신이 소개해준 그 바에서 무슨 안 좋은 일이 있었던 건 아닌지 걱정하고 있었다.

"아니요. 바 사장님을 직접 만나봤는데 좋은 분이었어요. 그분도 의주를 걱정하고 있어요." 나는 언제라도 좋으니 무슨 소식이든 들으면 바로 연락 달라고 부탁했다.

"저기," 전화를 끊으려는데 그녀가 말했다. "어릴 적 친구시라고 하니까 혹 도움이 될지 모르겠네요. 의주 씨 아버님이 교회에서 아주 가까운 곳에 사시는 것 같았어요. 예배 끝나고 식사라도 같이하자고 하면 항상 아버님 집에 딸이 기다리고 있어서 가서 같이 먹어야 한다고 했거든요. 가는 길에 태워준다고 하면, 걸어서 십 분도 안 걸린다고 극구 사양했어요."

그러고 보니 여태껏 교회가 어디 있는지 묻지도 않았다는 걸 깨달았다. "죄송한데 교회 위치가 어디죠?"

"서울대입구역 아세요? 거기 사거리에서…."

아뿔싸, 빨간벽돌 교회. "내가 왜 그 생각을 못 했지?"

"네?"

"아, 아니에요. 오늘 이야기 너무 감사합니다. 큰 도움이 됐어요."

"먼저 만나시게 되면 성가대 식구들이 많이 걱정하고 있다고 꼭 좀 전해주세요."

"그럴게요."

나는 작업해놓은 음원을 틀어놓고 거기에 맞춰 기타를 쳤다. 몇 마디를 수정하고 나니 듣기에 더 좋았다. 그렇게 몇 시간을 더 보낸 뒤 침대에 누워서 어릴 적 녹음했던 합주곡을 틀었다. 의주의 목소리가 나오는 구간을 반복 재생으로 듣고 또 들었다. 마음이 따뜻해지고 차분해졌다. 그러나 잠은 오지 않았다. 머릿속으로 양을 세는 마음으로 의주의 얼굴을 떠올렸다.

어제까지 작업한 곡이 아침 내내 머리와 입가에서 떠나질 않았
다. 인트로에서 후렴구로 가는 진행에 뭔가 허전하고 부자연스러
운 느낌을 지울 수가 없었는데, 그게 멜로디 문제인지 리듬이나
편곡 문제인지 콕 집어낼 수가 없었다. 높여서, 빠밤빠밤빠바~ 낮
춰서, 빠밤빠밤빠바~. 뭐가 문제지?

사무실에 앉아 이러고 있는데, 멀리서 도 팀장이 하이힐 굽으
로 인조대리석 바닥을 딱딱 때리며 다가오는 게 보였다. 내 앞에
멈춰선 그녀가 대뜸 말했다. "고 차장님, 그렇게 안 봤는데 정말
실망이에요."

"네? 제가 무슨…?"

"석 대리는 순수한 영혼이에요. 다음부턴 그런 저급한 회동에
우리 석 대리는 빼주시면 고맙겠어요."

"아, 그거…요." 그 순수한 영혼이 테이블에 올라가서 자유를
갈구하는 모습을 도 팀장님도 봤어야 했는데요, 하는 말이 목구
멍까지 찼다. "그날은 너무 많이 마셔서 다들 좀 오바했어요. 아
무튼 죄송합니다."

"석 대리는 요즘 페니스 성능 개선작업 때문에 잠잘 시간도 없
다고요."

그때 알 차장이 서류철을 흔들고 지나가면서 깐족댔다. "지금 때가 어느 땐데 스틸 그런 플레이스를 비짓해? 그렇게 안 봤는데 디써포인트야, 고 차장." 그러면서 얼굴은, 자기는 안 부르고 석 대리 같은 맹물을 데리고 가다니 이해할 수 없다는 표정이었다.

알 차장이 멀찍이 가는 걸 확인하고는 도 팀장이 나만 들을 수 있게 말했다. "회장님이 찾으시니까 빨리 올라가 보세요. 고 차장님도 이제 시야를 더 넓게 갖고 회사의 중장기 비전에 어떻게 기여할지 고민해야 할 거예요. 팀장이 되면 개지랄은 더 이상 의미가 없어요. 팀의 지랄을 맞추고, 나아가서 회사의 지랄을 맞추는 데 강한 책임감을 가져야 해요. 앞으로 차장님의 신선하고 혁신적인 리더십 기대할게요."

"네⋯." 석 대리 놈은 금요일 밤에 뭐 했는지도 팀장한테 보고를 하나?

나는 13층으로 가서 화장실에 먼저 들러 거울을 봤다. "색소폰, 빠밤빠밤빠바~." 인트로가 너무 긴가? 브릿지가 좀 약한 거 같기도 하고. 화장실을 나와서 복도 끝에 있는 회장실 앞으로 갔다. "피아노, 딴딴딴딴 따단따단따~." 전체적으로 멜로디가 너무 단순한 거 같기도 하고. 반복이 너무 많아.

나는 노크를 하고 회장실 안으로 들어갔다. 마호가니 책상 위의 길쭉한 자개 명패 뒤에서 회장은 커다란 모니터에 집중하고 있었다. 나는 모니터의 옆면만 볼 수 있었지만, 맞고 아니면 오목,

둘 중 하나라는 데 내 손모가지를 걸 수 있다.

"어 그래, 어서 와." 회장이 말했다. "거기 소파에 있는 경제
전문지랑 시사주간지들 한쪽으로 밀어 놓고 그쪽에 좀 앉지. 옳
지, 그래. 아냐, 그거 볼 필요 없어. 고 차장은 봐도 잘 모를 거야.
CEO들만 보는 전문적인 내용들이라." 회장의 시선이 다시 모니
터로 갔다. "거의 끝나가니까 잠깐만 앉아 있어. 이놈의 회사는
뭐든 내 손을 거치지 않으면 돌아가질 않는다니까."

"네, 천천히 하세요." 아무리 생각해도 색소폰 혼자 끌고 가는
인트로가 너무 밋밋한 게 마음에 들지 않았다. 인트로 후반부에
뭔가 포인트를 줄 수 있는 굵고 짧은 추임새를 넣으면 어떨까? 그
위에 비트와 반주가 점점 강하게 들어오면서 곡의 바디로 넘어가
는 거야. 추임새는 뭐가 좋을까? 빌보드에 가려면 영어가 좋겠는
데. 예를 들면…?

"혼자 뭔 생각을 하는데 그렇게 심각해?" 회장이 나를 힐끗 보
면서 말했다.

"오케이."

"뭐가?" 회장이 물었다.

"네?"

"오케이라고 안 했어?"

"아뇨."

"그 팀 사람들은 몸에서 자꾸 무슨 소리가 나." 그가 갑자기 자

판기를 막 눌렀다. "아 잠깐, 아 안 돼. 에이 씨, 그걸 못 봤네." 맞고든 오목이든 진 듯했다.

마치 무슨 난제라도 해결했다는 양 숨을 길게 내쉬면서 일어난 회장이 내 쪽으로 와서 소파 상석에 앉았다. 그가 말했다. "다른 게 아니고, 그때 말했다시피 다음 달 〈바꾸자! 전사 회의〉에서 하반기 인사이동을 공표해야 하거든. 작업 중인 팀 리빌딩 플랜 마무리해서 조만간 같이 한번 봤으면 하는데."

"네." 와이 유 룩 소 시리어스~ 쿵탕쿵탕쿵탕쿵탕 짜잔짠 짠짜잔~. 이건 좀 짧은 거 같은데.

"내 자서전 7장을 보면 알겠지만, 쓸데없이 페이지만 잡아먹는 '애즈이즈'는 필요 없어. 무조건 '투비'야. 적어도 향후 5년간 팀이 어떻게 지랄을 맞출 건지 구체적인 숫자와 함께. 그게 전체 분량의 구십 퍼센트 이상 차지할 것. 내가 내일 출장 갔다 목요일에 오니까 금요일쯤 보면 좋겠는데. 어때, 괜찮지? 나랑 도 팀장만 보면 되니까 편하게 6시 이후로 시간 잡아봐."

"알겠습니다." 와이 유 룩 소 시리어스~ 아 유 뤠리 투고~. 이러면 길이랑 박자가 맞아떨어지겠어.

"그리고 팀원 구성은 어떻게 할지 별첨으로 장표 하나 따로 만들어봐. 뜬구름 잡는 소리 하지 말고 구체적으로 필요한 이름만 박아 넣어."

"네. 근데 기존 팀원으로 가도…?"

"그렇게 해도 목적지에 도달할 수 있다면야, 와이 낫?" 회장이 탐탁지 않은 듯 입술을 실룩거렸다. "하지만 명심해. 지는 데 익숙한 놈들은 아무리 많은 기회를 줘도 매번 질 뿐이야. 이건 내가 자서전 8장에 언급했을 거야. 가서 잘 한번 읽어봐."

"9장으로 기억하고 있습니다."

"아하, 그런가? 허허." 회장이 삐져나오는 웃음을 참지 못했다.

그가 갑자기 다리를 쩍 벌리고 번들거리는 머리를 쑥 내밀었다. 옆통수에서 시작해서 머리 반대편까지 가 있던 몇 가닥이 흘러내렸는데 어깨에 닿을 만큼 길었다. 그걸 조심스럽게 쓸어 올려 정수리에 다시 얹고는 그가 말했다. "공다희가 그 팀으로 가기로 한 건 알고 있지? 아버지가 그쪽이라 도움이 많이 될 거야. 다음 주부터 출근이지, 아마?"

"네, 월요일부텁니다."

"참, 근데 아까 페니스 보니까 고 차장 이번 주에 휴가를 며칠 냈던데. 뭔 일 있는 건 아니지?"

"아니요. 별일은 아니고 본가에 좀 갔다 올 일이 있어서요."

"금요일까지 플랜 준비하는 데는 문제 없겠지? 잘 한번 만들어 보라고. 나야 당연히 고 차장을 최우선순위로 염두에 두고 있지만, 그 자릴 노리는 사람들이 꽤 있어. 중요한 자린데 나도 명분이 서야 할 거 아냐? 바쁠 텐데 가서 일 봐." 회장이 덧붙였다. "오늘도 야근하지?"

"저 오늘은 일이 좀 있어서 일찍 퇴근을⋯."

"그래?" 회장이 탐탁지 않다는 듯 또 입술을 실룩거렸다. "그럼 얼른 가봐. 야근 안 할 거면 일분일초도 다른 데 쓰면 안 되지. 진작 말했으면 얘기를 더 빨리 끝냈지."

빠밤빠밤빠바~ 와이 유 룩 쏘 시리어스~ 아 유 뤠리 투고~ 쿵탕쿵탕쿵탕쿵탕 짜잔짠 짠짜잔~. 그래, 이거로 가보자.

내가 여길 마지막으로 찾은 건 20년 전 아저씨로부터 의주의 편지를 전해 받은 그날이었다. 아, 아니지. 그 이후로도 다섯 번 더 왔었다. 그다음 날, 그다음 날, 그다음 날, 그리고 입대 전날과 제대한 날. 그때마다 근처만 몇 시간을 배회하다 돌아갔었다.

지금은 주변 환경이 많이 변해 있었다. 걸어서 15분 거리에 전철역이 생겼고, 역 주변에 고층 건물이 여럿 솟았다. 주택가로 들어가는 길을 따라 다양한 상점이 눈에 띄었다. 옛 우리 집이 있던 일대엔 지은 지 얼마 안 돼 보이는 4층짜리 빌라 여러 동이 자리했다.

그런데 여기서 불과 백 미터 거리에 있는, 오늘 나의 목적지 3층 건물은 20년 전 기억과 비교해서 외벽 색깔만 단정한 연회색으로 바뀌었을 뿐 외형은 거의 변하지 않았다. 눈에 띄는 또 하나의 변화는 1층 상점이 악기 수리점이 아닌 부동산이었는데, 안을 확인해볼 필요도 없이 아저씨와는 전혀 어울리지 않는 일이었다.

당시 의주의 방이었던 3층 창문을 올려다봤다. 그리고 바로 탄식이 나왔다. 세상에, 지금 위에 있다. 결혼한 의주는 아니어도 아저씨는 분명히 위에 있다. 내 오감이 일제히 같은 말을 하고 있었다.

나는 계단을 올라가 심호흡을 한번 하고는 초인종을 눌렀다.

"잠깐만요. 나갑니다." 예전보다 조금 더 힘이 빠지고 거칠어졌지만 아저씨의 목소리였다.

문을 열고 나를 마주한 아저씨는 머리만 하얗게 셌을 뿐 70세라고 믿기지 않을 만큼 정정했다. 많은 시간이 흘렀지만 아저씨도 단번에 나를 알아봤다.

"세상에, 이게 누구야? 배인이구나. 그렇지? 배인이 맞지?"

"안녕하셨어요, 아저씨?"

"그래. 내가 간밤에 아주 좋은 꿈을 꿔서 로또라도 한 장 사야하나 했거든. 반가운 손님이 찾아온다는 표시였구나."

아저씨는 항상 나를 좋아했다. 20년 전 그날도 가게 문을 닫고 몇 시간이 됐건 말없이 내 옆에 있어 주었다. 아저씨는 나와 의주가 잘 되기를 바랐다고 나는 믿는다. 당신 입으로 직접 그렇게 말한 적은 없었어도 나는 늘 느낄 수 있었다. 우리는 애써 눈물을 참았다.

"그래 신수가 아주 훤해 보이는구나, 배인아."

"아니에요. 회사 다니면서 남들이랑 똑같은 걱정 하면서 그냥 저냥 살아요."

"결혼은? 애는 몇이야? 데리고 오지 그랬어? 너 닮았으면 아주 똘똘한 녀석이겠지."

내가 아직 미혼이라고 하자 아저씨는 자기가 무슨 큰 잘못이라도 저지른 것처럼 한참 동안 고개를 들지 못했다.

"의주 때문은 아니니까 걱정하지 마세요. 곧 좋은 사람 만나겠죠. 아저씨, 근데 의주는…?"

그때 내 뒤편에서 방문 열리는 소리가 났다.

"할아버지." 눈을 반쯤 감은 꼬맹이 여자아이가 내복 차림에 헝클어진 머리를 긁적이면서 걸어 나왔다.

"우리 공주님, 깨셨어요?" 아저씨는 그 애를 안고 와서 무릎에 앉혔다(노인이 무릎에 앉히기엔 애가 좀 큰 거 같았다). 그리고 말했다. "자애야, 인사드려. 이 아저씨는 엄마가 우리 자애만 할 때부터 제일 친했던 친구란다."

꼬맹이는 신기한 듯 나를 쳐다보았다. 그녀의 호기심 어린 얼굴에서 피아노 앞에 앉아 알아들을 수 없는 말로 노래하던 어린 의주가 보였다.

"이름이 자애니? 참 예쁘게 생겼구나. 몇 살이야?" 내가 물었다.

꼬맹이는 자다 깨서 말하기 귀찮은지 대답 대신 손가락 열 개를 다 폈다.

아저씨는 내가 뭘 듣고 싶어 하는지 아는 듯했지만 무릎을 떠나지 않는 손녀 때문에 속 깊은 얘기를 꺼내지 않았고, 나도 물을 수 없었다. 우리는 추억을 소환하고 거기서 웃을 거리를 찾는 거로 만족했다.

내가 이만 가봐야 한다고 집을 나설 때 아저씨는 손녀를 잠시 집에 두고 1층으로 따라 내려왔다.

"실은 의주한테 널 봤다는 이야기 들었다." 아저씨가 말했다. "의주가 그러더구나. 조만간 네가 여길 찾아올지도 모르겠다고. 네가 원체 착한 아이라 자기 걱정을 많이 할 거라고."

"아저씨, 아직도 의주가 절 보길 원치 않는 거라면 전 그렇게 할 수 있어요. 지금까지 해왔던 것처럼요. 하지만 하나만 대답해 주세요. 의주, 아무 문제 없이 잘 지내고 있는 거죠?"

"의주는 혹시라도 네가 와서 물으면 그냥 잘 지낸다고만 해 달라고 신신당부했다." 아저씨는 내게 전화번호가 적힌 메모지를 건넸다. "내가 의주에 대해 이러쿵저러쿵 말하는 건 그 애에게 공평치 않은 것 같구나. 특히 너한테라면 말이다. 네가 직접 의주한테 물어보거라. 일요일에 자애를 데리러 여기 올 거야."

달리는 기차 안에서 보는 바깥 풍경처럼 하루하루가 빠르게 지

나갔다. 내 의식과 감각은 지금이 아닌 (의주를 처음 만난) 30년 전과 (의주를 떠나보낸) 20년 전 사이를 오가고 있었다. 이런 식의 생활과 기분이 하나도 어색하지 않은 거로 봐서 어쩌면 난 늘 거기에 살았는지도 몰랐다.

스피커에서 흐르는 의주와 나의 합주곡 사이사이에 우리 둘의 대화가 마치 곡의 일부인 것처럼 섞여 나왔다. 십 대 내내 우리는 함께였다. 나는 지금 그 십 년의 기억을 끌어모아 하나의 곡으로 그려내고 있었다. 그때의 순수함만 보여주고 싶었지만, 그 후 십 년의 그리움과 또 그 후 십 년의 아련함이 섞여 들어가는 건 어쩔 도리가 없었다.

난 우리의 꿈을 잊은 적이 단 한 번도 없었다. 나의 꿈이자 의주의 꿈이었고, 둘만 공유하던 은밀한 상징이자 목표였다. 화요일마다 아저씨가 챙겨 놓는 빌보드차트의 맨 꼭대기에 언젠간 우리의 음악 제목이 쓰여 있을 거라고 얘기하고 또 얘기했고 꿈꾸고 또 꾸었다.

의주는 언제 그 꿈을 포기했을까? 나를 안 보기로 마음먹었을 때? 남편을 만났을 때? 자애를 가졌을 때?

고심 끝에 나는 방 팀장, 반 대리, 숙 과장—출산휴가 중이라 전화로 설명하려 했지만 한사코 나오겠다고 했다—과 자리를 갖고 나의 중대 결정을 통보했다.

방 팀장은 예상보다 충격이 큰 듯했다. 그의 굳게 다문 입은 움직일 줄 몰랐고 붉어진 두 눈은 휴대폰에 있는 아들만 보았다. 반대리는 직설적으로 말했다. "꼭 이뤄야 할 꿈이 있다고 하시니 제가 뭐라 말할 순 없지만… 오랜 시간 믿고 따랐는데, 우리 팀도 이제 나아지고 있는데, 이렇게 훌쩍 떠나신다니 정말 무책임하세요." 반면에 숙 과장만은 내 성격에 얼마나 많은 고민을 거듭했을지 눈에 선하다면서 역시 나답고 멋지다고 응원해주었다.

알 차장을 찾아갔다. 나는 회장이 팀장 자리를 두고 나와 알 차장을 경쟁시키는 중이고 아직도 마음의 결정을 내리지 못했다는 걸 알고 있었다. 알 차장은 내 결정에 몹시 놀랐지만 표정 관리하느라 애를 먹는 듯했다. 내가 그를 찾은 이유는 팀원들을 부탁하기 위해서였는데 막상 말을 꺼내려다 보니 그게 얼마나 주제넘은 짓인지, 하물며 공감 능력제로의 알 차장에게 얼마나 무의미한 짓인지, 무엇보다 내가 팀장이 됐어도 당장 실적을 위해 숙 과장 외엔 아무도 지킬 자신이 없었다는 걸 문득 깨닫고는 그냥 돌아섰다.

금요일 오후 6시, 회장과 도 팀장이 발표용 노트북도 없이 회의실에 들어오는 나를 의아한 눈으로 보았다. 내가 짧고 굵게 할 말만 하고 끝냈을 때, 회장은 의외로 당황하지 않았고 어떻게 보면 안도하는 듯했다. 순간, 내가 아니라 알 차장이었구나 하는 생각이 들자 조금이나마 위안이 되었다. 최근 몇 달을 과거에서 허우적댄 나의 회사 실적은 당연히 바닥이었고, 그사이 알 차장은 한 번도 베스트 개지랄러를 놓치지 않았다. 회장은 내가 옳은 결정을 한 건지 자기 자서전 10장을 잘 읽어보라고 하고는 먼저 자리를 떴다.

모두 하나같이 나에게 똑같은 질문을 했다.

"알겠는데, 그래서 대체 뭘 하겠다는 거예요?"

나는 '친구를 찾아서 함께 빌보드차트 정상에 도전할 거예요.'라고 일일이 답하지 않았다.

사실 이번 결정은 순식간에 일어났다. 아저씨의 도움으로 마침내 의주와 통화하는 데 성공했고, 그녀와 대화 후 휴대폰을 내려놓는 즉시 결심했다. 일말의 망설임도 없었다.

그러자 놀랍게도 사고를 겪은 날 이후 나를 괴롭혀왔던 불안증과 불면증이 감쪽같이 사라졌다. 나는 중간에 깨지 않고 여덟 시간 동안 기절한 사람처럼 잤다. 이게 도대체 얼마 만인가?

나는 컨디션 좋은 얼굴을 하고서 오랜만에 전철을 타고 옛 동네로 향했다.

"교회에 가고 싶어. 저녁에 우리 거기서 만나도 될까?" 전화기 너머에서 의주가 물었다.

"물론이지." 내가 대답했다. "솔직히 네가 교회에 다닌다고 했을 때 좀 놀랐어."

"그랬니?" 의주가 웃었다. "내게는 누구의 방해도 받지 않고 피아노를 칠 수 있는 천국 같은 곳이야."

예배와 모임이 없는 평일 늦은 밤 교회의 지하층 복도는 고요했다. 나는 긴 복도를 따라 의주가 알려준 맨 끝방으로 갔다. 문 위에 〈성가대 연습실〉이라고 아크릴 푯말이 붙어 있었다.

문틈에서 불빛과 음악이 새어 나왔다. 문을 열었을 때 피아노 앞에 앉은 뒷모습이 보였다.

"의주야."

그녀가 돌아보았다. "배인이 왔구나."

서른다섯 교주의
여름

1

이 시간에 누구지? 지하층에는 목사실과 성가대 연습실밖에 없다. 그리고 오늘은 성가대 연습이 없는 날인 걸 여러 번 확인했다.

방금 밖에서 난 소리가 목사나 교회 관리인만 아니길 바라며 나는 불빛이 문밖으로 새 나가지 않게 손전등을 밑으로 내렸다. 그리고는 주요 내용을 휴대폰에 담고 난 뒤 자료—주민선교 현황, 선교활동 내역, 지자체 협력안—를 제자리에 돌려놓았다. 확인하고 싶은 정보가 더 있었지만 다음을 기약해야 했다. 문 옆에 비치된 베스트 CCM 모음집 CD를 종류별로 하나씩 챙겼다.

조심스럽게 문을 열고 복도를 살폈다. 왼쪽 끝에 밖으로 올라가는 계단 입구엔 아무도 없었다. 오른쪽 끝방에서 불빛과 음성이 새어 나오고 있었다. 성가대 연습실이었다. 나는 출구 쪽으로 방향을 잡았다가 (남녀의 대화 같은데?) 야릇한 호기심이 동해 연습실 앞으로 가보았다.

갈라진 문틈 사이로 새어 나오는 대화는 알아듣기 쉽지 않았지만 내용은 대략 이랬다. 남자 목소리. "어쩌고저쩌고… 난 회사도 이미 정리했어." 여자 목소리. "넌 정말 아직도 우리가 어쩌고저쩌고… 할 수 있다고 믿는 거야?" 다시 남자. "지난 30년 동안 어쩌고저쩌고… 한 번도 멈춘 적 없었어." 다시 여자. "어쩌고저쩌고… 개인아, 난 아이랑 남편도 있어." 또 남자. "우주야, 우리의 꿈을 어쩌고저쩌고… 제발."

부부나 정상적인 연인 사이는 확실히 아니었다. 누가 봐도 불륜이었다. 그래도 그렇지, 이 야심한 시각에 교회에서 저런 짓을. 일요일이면 시커먼 가죽 성경책을 옆구리에 끼고 나와서 실없이 웃다가 한 시간쯤 졸다 가면 나머지 6일은 무슨 짓을 하고 다녀도 상관없다고 믿는 인간들이었다.

성가대 커플의 은밀한 대화가 조금 더 이어지더니 갑자기 피아노 소리가 나다가 급기야 둘이 듀엣으로 화음까지 넣어가며 콧노래를 부르기 시작했다. "음음 음 나나나나 나나~." 뭐지?

멜로디는 매우 익숙했다. 어디 나오는 노래인지 기억이 날 듯 말 듯 머릿속을 간지럽혔다. 저들이 떳떳한 관계는 아니듯, 찬송가나 CCM은 확실히 아니었다. 아무튼 형제자매님들은 바람도 참 고상하게 피우시네.

"거기 누구쇼?" 그때 절대 듣고 싶지 않은 목소리가 내 뒤통수를 쳤다.

젠장, 교회 관리인이었다. 작고 다부진 체격의 이 노인장은 나를 동네 슈퍼에서 초콜릿 훔치다 걸린 애 다루듯 내 목덜미를 잡고 바깥으로 질질 끌고 나갔다.

"아 진짜, 이거 놓고 말로 해요. 나 올해 서른다섯이요."

"난 예순이다, 이 자식아." 관리인이 내 멱살을 쥐고 확 당겨서 하마터면 입술끼리 부딪칠 뻔했다. "한 번만 더 알짱대다 걸리면 가만 안 놔둔다고 경고했을 텐데. 콩밥 좀 먹어봐야 정신 차리겠어?"

"얻다 대고 콩을 먹으래?" 노인장 쪽으로 더 끌려가지 않으려고 안간힘을 썼다. "저 밑에서 피아노 소리가 나길래 그냥 가서 좀 들은 건데, 그것도 죄요?"

"네놈이 하면 다 죄야." 관리인이 나를 길바닥에 내동댕이쳤다. "이 사이비 교주 같은 놈아."

"뭐 사이비 교주?" 노인네라고 봐줬더니, 이쯤 되면 나이고 뭐고 없다. 불의에는 응징이 답이다.

나는 몇 걸음 물러났다가 도움닫기를 하면서 날아올라 이단옆차기—물론 경고가 목적이었고 땅딸막한 노인장 위로 10센티는 더 뜰 계획이었다—를 날렸다. 그런데 이 다부진 노인네가 아무렇지도 않다는 듯 귓구멍 후빌 때 짓는 표정을 하고서 오른발을 들어 내 엉덩이로 쭉 뻗는 바람에 나는 한쪽 종아리로 땅바닥에 떨어져 새색시처럼 다소곳이 앉는 자세가 되었다. 머리는 대역죄인처럼 헝클어졌다. 나는 일부러 그렇게 착지한 것처럼 자연스럽게 다리와 팔 스트레칭을 하면서 일어났다.

때마침 주차장으로 들어오던 교회 승합차가 다가왔다. 운전석 차창이 스르륵 내려가자 헬멧인지 머리인지 구분이 안 되는, 번들거리는 포마드 덩어리가 쑥 튀어나왔다. "하 집사님, 무슨 일이죠?"

"아이구, 전도사님." 관리인이 구겨진 얼굴을 활짝 폈다. "별일 아니에요. 요 앞 빵집 건물 위층에 사는 인간인데, 또 뭔 짓거리를 꾸미는지 우리 지하에서 서성대다가 딱 걸렸어요."

헬멧이 말했다. "하 집사님, 많이 늦었어요. 주민들 보기에도 안 좋으니까 별일 아니면 그냥 보내드리시죠." 무슨 대단한 배려라도 해주는 양 헬멧이 인자한 표정을 지으며 나를 보았다. "평안한 밤 보내세요. 주님은 사랑입니다." 그러고는 차창을 올리고 주차장 안쪽으로 차를 몰았다.

"어이," 관리인 하 집사가 나를 쏘아보며 말했다. "오늘 운 좋은 줄 알아. 한 번만 더 여기서 알짱대다 걸리면 그땐 진짜 피타고랑인지 피타고물인지, 영원히 그 옆으로 보내줄 테니까 명심하라고."

나는 바지를 툭툭 턴 뒤 무식한 관리인 하 집사를 등지고 걸으며 목청껏 노래를 부르기 시작했다. "마귀들과 싸울지라나나 나나 형제여~." 나는 뒤통수에 와 닿는 노인장의 따가운 시선을 즐

기며 주먹 쥔 양팔을 허공으로 번쩍 들었다 내리기를 반복했다.
"담대하게 싸울지라나나 나나 나나나~."

나는 학당으로 올라가기 전 1층 베이커리에 들렀다. 단돈 천
원에도 목숨을 거는 건물주 영감의 이 원초적인 성냥갑 건물과는
전혀 어울리지 않는 고품격 유럽풍 인테리어를 두른 공간이었다.
(멀리서 이 건물을 보면 꼭 명품 가방을 들고 선 노숙자 같았다.)
　그리고 그 안에는 인테리어보다 한층 더 격조 높은 여인이 있
는데, 나는 보통 하루를 그녀를 보는 거로 마무리했다. 말할 때 입
꼬리만 살짝 올라가 마치 다빈치의 미발표작을 보는 듯한 미소와
가늘지만 황금비율의 안정감 넘치는 바디를 울리고 나오는 천상
의 목소리는 하루 간 내 몸에 쌓인 독소를 깨끗이 씻어주는 디톡
스였다.
　"파장님, 오셨어요. 오늘은 많이 늦으셨네요."
　"네, 파티시엘."
　베이커리의 오너이자 제빵제과사인 그녀를 난 '파티시엘'이라
고 불렀고, 그녀는 나를 (내 명함에 있는 공식 직함인) '파장'으로
불러주었다. 그녀와 나 사이에는 한 건물의 1층과 3층 세입자라
는 공통분모 말고도 또 하나의 중요한 연결고리가 있었는데….
　"파티시엘, 내가 눈치 없이 문 닫으려는데 들른 건 아니죠?"

"그건 괜찮은데요, 유통기한이 오늘 끝나는 빵이 두 개밖에 안 남아서 어쩌죠?" 그녀가 다빈치의 미소를 머금고 말했다.

"봉구랑 한 개씩 먹으면 딱 맞아요. 이건 계산할게요."

"아니에요, 파장님. 아까 봉구가 퇴근할 때 가져간다고 했는데 까먹고 안 가져간 거예요. 남으면 어차피 제가 다 처리해야 해요."

그렇다. 우리 둘 사이를 끈끈하게 이어주는 또 하나의 연결고리는 바로 봉구였다. 봉구는 올겨울 입대를 앞둔 공대 휴학생으로 나의 충성스러운 제자이자 파티시엘의 성실한 직원이었다.

"매번 이렇게 신세만 지네요. 에프하리스토프, 파티시엘." 그리스어로 고맙다는 뜻이다.

그녀가 빵을 건네다가 내 바지를 봤다. "파장님, 아까 하 집사님이랑 또 다투시는 거 같던데, 괜찮으세요?"

"봤어요?" 그제야 나는 바지 골반 쪽 옆선이 터진 걸 보고 손으로 가렸다. 가게의 통유리로 어둑어둑한 빨간벽돌 교회의 주차장이 훤히 보였다. 가로등 아래에 승합차 한 대만 덩그러니 서 있었고 관리인 하 집사는 보이지 않았다. "할 줄 아는 게 몸 쓰는 거밖에 없는 노인네예요. 머리 쓰는 일이라곤 교회 물건 수리할 때 이마로 못 박는 거밖에 없을걸요."

"파장님처럼 지적이고 점잖으신 분이 참으셔야죠." 그녀가 또 미소 지었다. 이번엔 뭐랄까, 요하네스 베… 뭐였더라? "참 파장님, 준비는 잘 돼 가세요?"

"그럭저럭요. 본격적으로 학파 활동 시작하면 파티시엘도 꼭 한번 와서 들어보세요. 우린 만물의 근원으로서 '수'에 대해 논할 뿐이지 절대 종교단체는 아니에요. 저 무식한 관리인 노인네는 나보고 자꾸 무슨 사이비 교주니 뭐니 하는데…."

그때, 문에 걸린 방울이 울리며 중년의 남녀 커플이 베이커리 안으로 들어왔다.

남자가 슈크림빵을 찾았다. "자애가 슈크림빵 좋아한댔지?" 남자가 묻자 여자는 말없이 고개를 끄덕였다. "근데 아저씨 주무시면 어쩌지?" 하고 묻는 남자와, "아빠가 나 오늘 너 만나는 거 알아. 목 빠지게 기다리고 계실걸." 하고 답하는 여자 사이에 나처럼 영적으로 성숙한 사람만 감지할 수 있는 묘한 기류가 흘렀다. 빵을 받아 든 남자는 에스코트하듯 여자의 등에 가볍게 손을 대고 나가면서, 전에 어디서 봤지, 하는 표정으로 나를 흘긋 봤다.

조금만 더 적극적으로 들이대면 곧 넘어오겠는데요, 하는 표정으로 나는 씩 웃어주었다. 매주 이틀은 유동 인구가 많은 전철역 주변에 나가서 '우주의 진리'를 설파하다 보니 종종 날 알아보는 사람들을 만나곤 했다.

"이거 잘 먹을게요, 파티시엘." 나도 빵 두 개를 챙겼다. "준비 끝나면 알려드릴 테니까 그때 꼭 한번 올라오세요."

"그럴게요, 파장님."

"악." 2층 계단을 오르는데 천장의 전등이 켜지지 않아 뒤로 자빠질 뻔했다. 이건 누가 고치지?

2층에서 중고생 대상으로 역사 과목 교습소를 운영하던 김 선생이 지병인 당뇨가 악화해서 일을 접고 퇴거한 지 두 주가 지났다. 뭐 좀 먹으려고 폼만 잡으면 귀신같이 나타나서 우연히 들른 척하는 것만 빼곤, 지적 수준도 나와 비등하고 성격도 무난해서 괜찮은 이웃이자 말동무였다. 이번엔 어떤 사람이 들어올까?

나는 조심조심 계단을 밟고 3층으로 올라가서 학당에 들어가기 전에 오늘 봉구가 새로 단 현판을 보았다.

新피타고라스학파

도장 파는 가게에 맡긴 것 치고는 깔끔하게 잘 나왔다. 여기서 내 공식직함은 학파의 수장인 '파장'이다.

"오셨습니까, 파장님." 문을 열자 잿빛 스카풀라를 갖춰 입은 나의 애제자, 일사제(봉구)가 나를 맞았다.

부지런한 일사제 덕에 어수선했던 학당 내부는 이제 제법 구색을 갖추었다. 입구에서 정면으로 보이는, 내가 설 성단 뒤의 흰 벽면에는 피타고라스학파의 신성한 기호이자 우주의 상징인 〈테트락티스〉가 피라미드처럼 서 있었다.

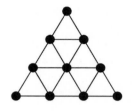

일사제가 공대 측량 장비를 사용해 야구공만 한 점 열 개를 정밀하게 배치해서 성인 키 높이로 그린 정삼각형이었다. 안정적이고 아름다웠다.

"봉구야, 맨 위에 있는 점이 좀 높은 거 아니지?"

"아닙니다, 파장님. 완벽한 정삼각형이에요. 믿으셔도 돼요."

"음 그래, 수고했다. 합해서 십이 되는 최초 네 개의 정수로 우주의 완전함을 형상화한 것이니라. 한 치의 오차도 있어서는 안 된다."

"잘 알고 있습니다, 파장님."

나는 주위를 둘러보았다. 뻥 뚫린 열다섯 평의 매끈한 마룻바닥 위에 황금빛 오각성형이 새겨진 열두 개의 방석이 깔려 있었다. 강의대니 의자니 테이블이니 수납장 따위는 필요치 않았다. 우리는 우주와 같은 순수 공간을 지향했다.

나는 눈처럼 하얀 스카풀라를 입고 고깔 두건을 쓰고 나와 성단에 서 보았다. 일사제가 오각성형 방석 중 하나에 앉아 나를 올려다봤다. 올해가 가기 전에 열한 명의 사제를 더 모아 열두 오각성형 방석을 모두 채울 것이다. 내년이면 적어도 백 평 정도는 알아봐야 할 테고, 이듬해는 조그마한 건물을 구해야 할 만큼 성장할 것이다. 그러기 위해서는 공격적으로 다양한 활동을 펼쳐야 했다. 지금의 이 어지러운 세상은 피타고라스의 가르침이 절실하다.

"봉…일사제야," 내가 물었다. "네가 나에게 온 지 얼마나 되었느냐?"

"오늘이 이십일 일째입니다." 일사제가 답했다.

"벌써 그렇게 됐구나. 때마침 나타난 네가 나 혼자 어렵게 꾸려가던 학파의 창립 준비에 크나큰 도움을 주었다. 넌 분명 피타고라스님이 내게 보내준 선물이야."

여자에게 버림받고 유기견처럼 새벽길을 떠돌던 봉구를 처음 만난 곳은 회사들이 밀집해 있는 전철역 근처였다. "저엉말 수에 해답이 이써의—? 나처렁 버림바등 루저를 위한 답또 이써의—?" 술꼬장 속에서 도움의 손길을 갈구하던 녀석의 처절한 몸부림을 기억한다. 택시비가 없다고 해서 그날 밤 여기서 재워줬더니, 다음날 일어나서는 집도 없다고 했다. ("월세가 밀려서 고시원에서 쫓겨났어요.") 딱한 사정을 들은 파티시엘은 마침 파트타임을 찾고 있었다며 나를 믿고 봉구를 채용해주었고, 그렇게 녀석은 여기에 눌러앉아 나의 첫 번째 사제가 되었다.

"이제 때가 왔큼…." 목소리를 너무 깔아서 목이 메었다. 나는 세상을 품을 것처럼 양팔을 활짝 펼쳤다. "나는 머지않아 〈신피타고라스학파〉의 공식 출범을 세계만방에 선포할 것이다."

"우주의 진리를 위하여!" 일사제가 환호했다.

"수백, 수천, 수만의 마테마떼코이가 모여들 것이고, 나는 그들과 피타고라스학파의 영광을 재현할 것이다. 2,500년 전 키론의 악랄한 음모에 빠져 메타폰툼에서 폭도들에게 처맞고 돌아가신 우리 피타고라스님의 귀환을 세상에 알릴 것이다. 일사제야, 기를 모을 준비가 되었느냐?"

"네." 벌떡 일어선 일사제가 얼마 전 나에게 배운 그리스어로 답했다. 우리말 '네'는 그리스어와 발음과 뜻이 똑같다.

우리 둘은 내가 개발한 피타고라스 리듬과 율동에 맞춰 아랫배 깊숙한 곳으로부터 기를 끌어 올려 피타고라스의 세 쌍(Pythagorean triple)을 합창했다.

"웃짜, 삼-사-오, 오-십이-십삼, 육-팔-십. 더 힘차게! 웃짜 웃짜 웃짜짜, 칠-이십사-이십오, 팔-십오-십칠, 웃짜, 구-십이-십오, 구-사십-사십일~."

깨어 있을 때보다 잠들었을 때 몇 배 더 활동적인—코를 골면서 이도 갈고 잠꼬대까지 하는—일사제를 피해 나는 옥상으로 올라왔다. 이곳은 높은 지대 덕에 하늘에 떠 있는 것 같은 탁 트인 전망을 자랑했다. 딱 하나 옥에 티라면, 한쪽에 멀대같이 서서 360도 파노라마 전경을 방해하는 저 빨간벽돌 교회의 존재였다.

나는 피타고라스의 고향 사모스와 학파의 발원지 크로토나가 있는 서쪽 하늘을 보았다. 피타고라스는 불과 열아홉 살 때 이집트와 아시아를 잇는 대장정에 올라 수학, 과학, 천문학, 음악, 건축학을 아우르는 광범위한 지식을 섭렵했고, 쉰이 넘어 돌아온 고향 사모스에서 가르침을 시작해 크로토나에서 역사적인 피타고라스학파의 태동을 일궜다.

그렇다면 열아홉의 나는?

수학자가 되고 싶었다. 내 눈엔 숫자만 진실했고 숫자만 정직했다. 그것만이 내가 평생 봐온 지독한 위선자의 궤변과 모순에 반대되었다. 위선자는 내 아버지였다. 나는 그의 집요한 강압과 억압에 떠밀려 재능도 관심도 없는 법대에 세 번이나 낙방했고, 실성하기 일보 직전에 집을 뛰쳐나가서 당시 유일하게 필기시험 없이 나를 받아준 군대로 숨어들어 갔다.

그런데 놀랍게도 거긴 내게 오아시스 같은 곳이었다. 머리부터 발끝까지 군대 체질인 나를 발견하고 나 자신도 놀랐다. 내 눈의 일부인 줄 알았던 다크서클이 사라졌고, 돌덩이 같았던 머리가 풍선처럼 가벼워졌으며, 피골이 상접했던 몸 여기저기 근육이 붙었다. 만약 위선자의 그늘에서 제때 벗어나지 못했다면 나는 아마 미쳐서 정신병원에 끌려갔거나 어쩌면 끔찍한 사고를 쳤을지도 모를 일이었다.

지금 내 앞에서 빨간벽돌 위의 십자가가 눈을 부라리며 나를 노려보고 있다. 하지만 더 이상 나는 겁먹지 않았다. 그걸 증명하고자 내 발로 여길 찾아온 거니까. 예전의 내가 아니다. 나는 우리 옥상에도 저 붉은 십자가처럼 높이 테트락티스를 달아야겠다고 마음먹었다.

그때, 교회 주차장에서 아까 그 포마드 헬멧의 승합차가 가로등 빛을 받으며 움직이는 게 보였다. 차 안은 어두웠다. 전도사가 이렇게 늦게까지 남아서 뭐 하는 거야? 머리 손질했나? 승합차가 교회 주차장을 빠져나갔다.

텅 빈 주차장 위에, 교회 위에, 십자가 위에, 밤하늘 위에, 별 하나가 유독 반짝거렸다. 그 별은, 아직은 멀리 있지만 곧 손에 잡힐 나의 꿈—복수 그리고 목표—같아 보였다. 인류 최초로 우주를 코스모스라 칭한 피타고라스는 세상 만물은 수로 이루어졌고, 그 조화에 따라 움직인다고 했다. 입력값을 넣으면 결괏값이 나오듯, 뿌린 대로 거둘 것이다. 그것이 진리이고 세상만사에 적용되는 불변의 공식이다.

"우주의 진리를 위하여!"

2

나는 아침에 일어나자마자 테트락티스 앞에서 명상을 한 뒤 전날 파티시엘이 챙겨준 빵을 먹고, 동네 외곽 길을 따라 뒷산으로 이어지는 긴 조깅 코스를 달렸다. 〈록키〉 1편의 발보아처럼 상체를 앞뒤 좌우로 흔들고 양손을 번갈아 뻗어가며 산의 긴 계단을 뛰어 올라가 정상에서 폴짝폴짝 뛰며 양팔을 번쩍 들어 올렸다.

산의 정기를 쭉 들이마셨다. 그러고는 내 밑에 펼쳐진 동네를 향해, 빨간벽돌 교회에 가려 여기선 보이지 않지만 그 바로 뒤에 있을 피타고라스 학당과 성단을 향해, 베이커리에서 영업 준비에 한창일 파티시엘과 봉구를 향해, 나는 아랫배에서부터 기를 끌어모아 있는 힘껏 외쳤다. "웃짜."

전날 몇 시에 잠이 들건 아침 운동은 빼먹지 않는 게 나의 철칙이다. 열일곱 살에 티가니 대표로 고대올림픽 격투 경기에 출전해서 우승까지 거머쥔 피타고라스는 정신적인 면 못지않게 육체적인 면을 중시했고, 그런 그의 철학을 나는 온전히 계승했다.

다양한 체위의 맨손 근력운동을 한 후 피타고라스의 세 쌍 구호와 리듬("웃짜, 삼-사-오, 오-십이-십삼, 육-팔-십, 웃짜~.")에 맞춰 내가 직접 개발한 피타고라스 수양 체조를 했다. "여보, 저기 봐. 저 사람 또 시작이야." "아이고 마, 아침마다 가지가지 한다." "어머, 볼썽사납게 저긴 왜 자꾸 내밀어? 아으, 흉해." 주위의 수군거림에도 아랑곳하지 않고 나는 수양 체조에 몰입했다. 완벽한 몸의 균형을 찾기 위해, 내 몸 안의 정확한 중력선을 찾기 위해 끊임없이 동작의 개선점을 찾아내고 발전시켜 나갔다.

집으로 돌아가는 내리막길에선 무릎 보호를 위해 뛰지 않고 지그재그로 걸었다. "윽!" 갑자기 물컹한 느낌이 나서 아래를 보니 오른발이 엄청난 양의 견분을 밟고 있었다. (이런 걸 방치하고 가는 인간들은 정말이지 가만두면 안 된다. 걸리면 봉지가 아니라 바지 주머니에….)

나는 오른발 뒤꿈치로 걸으면서 발바닥을 최대한 땅에 닿지 않게 했다. 빨간벽돌 교회 앞에 다다랐을 때 관리인 하 집사가 눈에 띄지 않아서 잽싸게 본당 아치문 앞으로 올라가 무반주로 마이클 잭슨의 문워크를 췄다. 따끈한 식빵 위에 부드럽게 발리는 피넛 버터를 상상하며 견분이 덧대진 신발 바닥을 쭉쭉 끌다 보니 기분이 한결 나아졌다.

지하에서 관리인 하 집사가 나오는 것 같아 얼른 뛰었다. 곧장 학당으로 올라가려다 천상의 소리를 들었다.

"파장님, 방금 내렸는데 아메리카노 한잔 가지고 올라가세요."

"고마워요, 파티시엘." 나는 베이커리 문밖에 서서 일회용 컵을 받아 들었다. "산에서 내려오다가 뭘 좀 밟아서요."

들어가지 않길 잘했다. 안쪽 테이블에 번들거리는 포마드 헬멧이 빵을 질겅질겅 씹으며 머그잔에서 모락모락 올라오는 김에 대고 콧구멍을 벌름거리고 있었다. 꼴사나웠다.

"좋은 아침이에요. 주님은 사랑입니다." 그가 자기 머리가 전혀 무겁지 않다고 증명이라도 하듯 살랑살랑 흔들면서 말했다. "운동 갔다 오시나 봐요? 대단하세요, 하루도 빠짐없이."

나는 대꾸하지 않았다. 헬멧 전도사가 매일 아침 식사를 여기서 해결하는 게 마음에 들지 않았다. 그러나 어쩌겠는가? 모르긴 몰라도 이곳 매상의 대부분은 빨간벽돌 교회의 신도들 주머니에서 나올 터였다. 사실 파티시엘도 거기 교인일 뿐만 아니라 청년부 임원이기도 했다. 그녀를 구해야 한다.

"봉구야, 이따 몇 시쯤 올라올 수 있니?" 나도 머리를 살랑살랑 흔들며 말했다. 헬멧은 내가 자기 흉내 내는 걸 눈치채지 못했다.

"오늘도 열 시쯤 한가해지니까 그때 올려보낼게요, 파장님." 주방에서 나오느라 제대로 못 들은 봉구를 대신해서 파티시엘이 대답했다. "준비할 게 많으시죠?"

"아니에요. 여기 일이 우선이죠. 저 신경 쓰지 마시고 알아서 보내주세요. 나 올라간다, 봉구야. 이거 잘 마실게요, 파티시엘."

나는 헬멧이 주님은 사랑 어쩌고 하기 전에 휙 뛰어 올라갔다.

"금방 올라갈게요, 파장님." 봉구가 입구까지 나와 소리쳤다.

혹시라도 봉구가 교회 사람들의 말에 현혹되지 않을까 걱정이 돼서 나는 요즘 피타고라스학파의 사상과 철학에 대해 좀 더 심도 있는 내용을 가르치려고 노력했다.

"피타고라스님은, 인간은 216년을 주기로 환생한다고 하셨다." 나는 화이트보드에 $\langle 3^3 + 4^3 + 5^3 = 6^3 \rangle$이라고 썼다.

"여기서 3은 남성의 수요, 4는 여성의 수고, 5는 결혼의 수라. 이들이 모이면 6이 되는데, 6은 자신의 약수인 1, 2, 3의 합이 자신 스스로가 되는 최초의 완전수로서 '가정' 혹은 '완전한 인간'을 의미한다. 피타고라스님은 6의 세제곱인 216을 인간이 갖는 완전한 하나의 사이클, 즉 윤회 주기라고 풀이하셨다…."

일사제는 나의 설교에 몰입해서 속기사처럼 받아 적고 중간중간 질문을 했다. 그는 입대 전까지 고향이든 어디든 갈 계획을 잡지 않았다. "더 많은 걸 배우고 싶고, 파장님을 도와서 학파를 하루빨리 궤도에 올리고 싶어요. 그래야 파장님을 혼자 두고 가서도 군 생활을 마음 편히 할 수 있을 거예요."

그는 아침에 일어나서 내가 운동을 나간 사이 홀로 명상과 의식을 치르고 베이커리로 내려갔다. 특별한 일이 없으면 열 시쯤 올라와서 한 시간은 피타고라스 사상을 학습하고, 나머지 한 시간은 학파창립과 교리전파를 위한 각종 준비상황을 나와 체크했다. 베이커리가 바빠지는 점심시간에 다시 내려간 뒤 여덟 시에 유통기간이 다한 빵을 챙겨서 퇴근했다. 그리고 일주일에 이틀 저녁은 바깥세상에 나가 행인들을 대상으로 우주의 진리, 피타고라스 사상을 전파했다. ("저 혹시 수에 관심 있으세요?")

"지난주에 총 다섯 명을 만나서 이야기를 나누었습니다." 일사제가 보고했다.

매우 어려운 일이었다. 거리에서 열에 접근하면 아홉 이상은 우리를 벌레 보듯 흘겨보며 도망갔다. 다섯 명과 대화에 성공했다는 건 족히 백 명을 시도했다는 뜻이었다. "한 중년 남자분은 자제분이 미국 컬럼비아대학에 유학 중인데, 뉴욕에도 도움을 줄 수 있는 우리 지부가 있는지 물으셨습니다." 일사제의 질문에 나는 미국에 신피타고라스학파 지부를 세우려면 3년 정도가 더 필요하다고 답해주었다.

그 외에도 공대생답게 컴퓨터에 능한 일사제는 온라인 전파를 위한 홈페이지 제작과 유튜브 채널 준비에도 많은 시간을 할애했다.

학당 인테리어는 마무리 단계였다. 오늘 낮에는 밖에서 보이는 3층 창문에 흰 바탕에 검은 글자로 〈新피타고라스학파〉라고 쓴 시트지를 깔끔하게 붙였다. 옥상에는 고물상에서 제작해온 철탑을 세워 테트락티스 형상을 달았고 밤이면 크리스마스트리처럼 불을 밝혔다.

"벌써 시간이 이렇게 됐네요. 파장님, 저 내려가 봐야 할 거 같아요." 테트락티스에 조명과 전선 작업을 마무리한 봉구가 말했다.

"고생했어, 봉구야. 빨리 내려가 봐. 파티시엘이 기다리겠다."

나는 옥상에 홀로 남아 삼각형을 이룬 열 개의 점이 반짝이는 테트락티스를 보았다. 역시 안정적이고 아름다웠다. 숫자 10은 언제나 완전하고 신성하다. 나는 고개를 돌려 옥상 너머 건너편의 교회와 십자가를 보았다. 로마 수 X와 한자 수 十을 보라. 어디에서든 그래왔다. 숫자 10은 완전하고 신성하다.

그때 난간 너머를 보니, 교회 주차장의 빽빽한 차들 사이로 고가의 검정 세단이 들어왔다. 차가 본당 앞에 서자, 하 집사가 어디선가 번개처럼 나타나서는 차 문을 열어주었다. 빳빳한 정장 차림에 한쪽 다리를 저는 목사가 하 집사의 의전을 받으며 짧은 계단을 올라가 본당 아치문 앞에 섰다. (그렇지. 내가 집중적으로 피넛버터를 발라놓은 스팟이었다.) 그때 목사가 갑자기 고개를 휙 돌려 멀리 있는 내 쪽을 봤다.

나는 반사적으로 난간 뒤로 엎드렸다. 가슴이 쿵쾅거렸다. 익숙하면서 두려운, 아주 기분 나쁜 기억과 감정이 되살아났다. 현관문을 열고, 마루를 걷고, 텔레비전 뒤에 손을 대고, 주방을 훑고, 내 방문에 귀를 대고, 가만히 숨을 쉴 때, 그때마다 내가 느꼈던 불안과 공포가 내 어린 시절의 유일한 기억이었다. 아무 잘못도 하지 않고 죄인처럼 가슴 졸이며 사는 삶.

나는 주먹을 불끈 쥐었다. 이젠 숨을 이유가 없었다. 벌떡 일어서서 교회를 응시했다. 다 본당 안으로 들어가고 아치문 앞에는 아무도 없었다. 주차장은 차들로 꽉 차 있었다.

분명히 의도적으로 내 쪽을 봤어. 뭐지? 아까 내가 거기에 뭐 발라놓는 걸 봤나? 여기 테트락티스 탑이 눈에 띄었나? 아니면…?

이 와중에 누가 우리 건물 입구에 차를 대고 있었다. 예배가 있는 날이면 이 일대는 교회 신도들의 불법주차 차량이 점령했다. 짜증이 솟구쳤다. 자기들 천당 가겠다고 왜 남한테 피해를 주냔 말이야?

"저기요, 거 남의 집 입구에 차 좀 대지 맙시다. 그러는 거 주님이 무진장 싫어해요!"

오늘 저녁은 봉구가 챙겨온 빵이 많아서 그거로 때우기로 했다.

"오늘 장사가 잘 안됐니?" 내가 물었다.

"그건 아니고 평소랑 비슷했어요. 근데 제가 저번에 주문을 잘못 넣었어요. 곰보빵을 주문해야 했는데 실수로 전부 단팥빵으로 해서 많이 남았…."

"앗." 이미 큰 한입을 베어, 달짝지근한 팥이 입안 한가득 들어와 있었다.

"파장님, 왜요? 상했어요? 그럴 리가요. 유통기한이 오늘까진

데."

"봉구야," 내가 불룩한 볼을 뼈끔거리며 말했다. "우리 피타고리언들은 콩을 먹어서는 안 된다고 몇 번을 말해야 알겠니?"

"그건 알고 있습니다, 파장님. 하지만 이건 팥….."

"팥도 콩이다. 영어로, 뤠드 비인."

"아, 그런가요? 죄송합니다, 파장님. 저는 검은콩만 해당하는 줄 알고." 봉구가 바닥에 풀어헤쳐 놓은 단팥빵을 주섬주섬 담았다.

"잠깐." 봉구의 팔목을 꽉 잡으며 내가 말했다. "니가 잘 몰랐으니까 오늘만 그냥 먹자. 콩이 문제지 빵은 또 무슨 죄니? 다음부턴 주문 잘 넣고. 나 곰보빵 무지 좋아하는 거 알잖아."

"네, 파장님." 봉구가 빵을 다시 바닥에 내려놓았다. "근데 궁금합니다. 피타고라스님은 왜 콩을 먹지 말라고 했을까요?"

"저길 봐라." 나는 성단의 테트락티스를 가리켰다. "피타고라스님은 저 성스러운 열 개의 점이 콩과 닮았다고 보셨지. 만물의 근원은 '수'고, 세상은 '수'의 조화로 이루어졌다. 그 조화는 좌표를 갖고, 좌표는 점으로 이루어졌지. 따라서 '수'는 '점'이고, '점'은 '콩'이다. 우리는 수를 먹지 않듯 콩을 먹지 않는다." 내가 다시 단팥빵을 크게 한입 베어 물었다. "근데 파티시엘은 오늘 별일 없으셨니?"

"사장님이요?" 봉구도 단팥빵을 한입 물었다. "바쁘셨어요. 가게일 보시랴 교회 활동 하시랴, 틈틈이 무슨 공부도 하시는 것 같던데. 항상 바쁘세요. 뵈면 뵐수록 참 열심히 사는 분 같아요. 어디로 보나 파장님이랑 참 잘 어울리는데."

"거 무슨 쓸데없는 소릴, 허헙." 나는 단팥빵 한 봉을 더 뜯었다. "헬멧은 낮에도 자주 오냐?"

"네?"

"거 있잖아. 주님은 사랑이니 어쩌니 하는, 머리 떡칠하고 다니는."

"아, 전도사님이요. 네, 오다가다 들려서 아메리카노 한 잔씩 하고 그러세요."

"안 어울리게 아메리카노는 무슨. 숭늉 좋아할 거 같이 생겨가지고. 근데 파티시엘이 그런 거 다 돈 안 받고 그러는 건 아니겠지?"

"그러진 않으실 거예요. 전도사님 포함해서 자주 오는 교회분들은 장부를 만들어서 월말에 한꺼번에 정산하거든요."

"봉구야," 내가 빵 안의 팥을 한쪽으로 몰면서 말했다. "그 사람들이 너한테 뭐라 하건 절대 귀담아들어서는 안 된다. 그럴듯하게 들리겠지만 우리가 추구하는 이상과는 괴리가 커. 그 사람들의 교리라는 게 말이야."

"잘 알고 있어요, 파장님. 그날 밤 오갈 데 없이 만신창이가 된 저에게 내미신 파장님의 따뜻한 손을 저는 평생 잊을 수 없어요.

파장님과 함께해서 행복하고, 전 앞으로도 계속 파장님과 함께할 거예요."

"짜식." 봉구의 말과 입안의 빵 때문에 목이 메었다. 사실 그날 새벽 봉구를 만난 건 모든 면에서 나에게 더 큰 행운이었다. 녀석을 만나지 않았다면 이 모든 걸 나 혼자 해나가느라 아마도…. 상상하기도 싫다. 역시 손을 내민 건 내가 아닌 봉구였다.

우리 둘은 성단의 테트락티스에 등을 대고 돌아앉아 남은 단팥빵을 마저 흡입했다. 그러고 난 뒤엔 앞으로 매주 일요일에 열 계획인 수련학회—굳이 비교하자면 교회의 주일예배에 해당한다—와 관련해서 의례와 진행순서 같은 준비상황을 꼼꼼히 점검했다. 예정보다 다소 더딘 감은 있지만 이 정도면 모든 면에서 꽤 순조로웠다.

현재로서는 학파의 수련생 확보가 가장 시급한 과제였다. 수련생의 구성은 고대 피타고라스학파의 규정을 따라 수의 연구와 토론을 함께 할 전문생도 격의 마떼마테코이(피타고리언), 그리고 피타고라스 사상의 제너럴한 가르침을 받을 일반생도 격의 아쿠스마틱스(피타고리스트)로 나누었다. 이른 시일 내에 최대한 많은 생도를 모집하기 위해서는 온라인과 오프라인 양면으로 부지런히 뛰지 않으면 안 되었다.

그리고 또 중요한 것이, 중학교 수학 시간 이후 잊고 살았을 '피타고라스'라는 이름을 다시 접했을 때 사람들이 가질 호기심을 자극해서 확 잡아끌 수 있는 체계적이면서 흥미로운 어젠다와 콘텐츠였다. 이 부분은 여러 자료를 참조해서 지난 일 년간 꾸준히 작업해온 덕분에 사상집과 경전이 거의 완성 단계에 이르렀다. 문체가 너무 현대적이고 표현이 지나치게 직설적이라는 일사제의 의견에 따라 지금은 성경을 참조해서 막바지 수정작업 중이다. (오해는 말라. 성경의 문체와 표현방식 정도만 참조한다는 거다.)

마지막으로 빼놓을 수 없는 게, 수련생들에게 일체감과 연대감을 줄 수 있는 음악인데 진도가 가장 안 나가는 영역이기도 했다. 국내외 CCM 모음집에서 몇 곡을 빌려 쓰려고 작업을 해보았지만 쉽지 않았다. 여기서 '작업'이란, 온라인과 같이 공개된 채널로 외부 활동을 하려면 저작권 문제가 걸리기 때문에 최소한 너덧 마디마다 콩나물 대가리 몇 개씩을 살짝살짝 비틀어보았다는 뜻이다. 일사제가 기타를 치며 그간 손본 곡들을 메들리로 쭉 한번 불러보았을 때 내 피드백은 이랬다. "별로야. 많이 바꾼 것도 아닌데, 어떻게 이렇게 딱 바꾼 부분만 별로지? 처음 듣는 사람도 정확히 어디를 마사지했는지 알아차리겠어."

일사제가 기타 여섯 줄을 드르륵 긁으며 말했다. "파장님, 혹시 몰라서 저작권 문제없이 사용할 수 있는 최신 음원들을 다운받아 놓긴 했어요."

"그것도 들어봤는데 좀 그래. 인류 최초의 음악이론 완성자이자 최고의 기타라 연주자였던 피타고라스의 후예를 자처하는 우리가 그런 격 떨어지는 음악으로 세상에 나선다는 게 영 내키지 않아."

고민과 논의를 거듭한 끝에, 적합한 곡을 만들어줄 전문가를 찾을 때까지 우선 분위기에 맞는 베토벤의 몇몇 클래식 곡들을 골라 사용하기로 했다. 지난번 교회 지하에서 우연히 들었던 피아노 소나타 비창 2악장의 애틋하고 끈적끈적한 접착력을 잊을 수가 없었다. (그날 들은 음을 기억해서 제목까지 알아내느라 머리깨나 쥐어짰다.)

"파장님, 그럼 여기에 우리가 가사를 붙여보는 건 어떨까요?"

"아니다. 피타고라스님은 언어의 절제를 중요시했던 과묵한 분이셨다. '수'만이 진정한 우주의 언어라고 하셨지. 현의 길이와 진동수의 조화, 그리고 음률로만 이루어진 순수한 음악을 추구하셨다. 이런 명곡에 어설프게 뭐 갖다 붙이지 말고, 저작권도 없는데 당분간 그냥 그대로 쓰자."

"잘 알겠습니다, 파장님."

일사제가 기타로 베토벤의 비창 2악장을 멜로디와 코드를 섞어가며 치기 시작했다. "거기서 쫌 더 빨리." 템포가 더 빨라졌다. "그래, 그거야." 그날 교회 지하에서 들었던 템포가 이쯤 됐었다. 좋았다. (믿거나 말거나 내가 연구한 바에 따르면 베토벤도 피타고라스의 추종자였다. 베 선배님, 잘 쓸게요.)

나는 슬슬 몸으로 리듬을 타면서 자리에서 일어섰다. "그래, 가사가 전혀 없으니까 조금 밋밋하긴 한데. 중간중간에 추임새 정도만 살짝살짝 넣어주면 감칠맛 날 거 같기도 하고." 박자에 맞춰 내가 재빨리 들어갔다. "웃짜, 이 정도 어때? 웃짜 웃짜 웃짜짜." 그러고는 잠시 흐느적거리다가 다시 들어갔다. "삼-사-오, 오-십이-십삼, 육-팔-십, 웃짜~, 이거 어때?"

"베토벤 소나타와 피타고라스 트리플의 만남. 괜찮은데요, 파장님." 일사제의 기타는 더 신이 났다.

계속 리듬을 타며 내가 물었다. "헬멧 전도사가 베이커리에 들르면, 웃짜, 파티시엘이 많이 좋아하시지? 웃짜 웃짜 웃짜짜."

"아니요, 별로요. 제가 보기엔 사장님은 파장님한테 제일 친절하세요." 이렇게 말하며 일사제는 목뼈가 없는 사람처럼 머리를 흔들며 기타를 쳤다.

"무슨 그런 말도 안 되는…." 나는 나오는 웃음 참을 수 없었다. "웃짜, 칠-이십사-이십오, 팔-십오-십칠, 웃짜 웃짜 웃짜짜~."

3

학당에 홀로 남아 피타고라스 음률과 음계에 몰입하고 있을 때 구청 직원 두 명이 불쑥 찾아왔다. 하나는 길쭉한 숟가락 자루 같앉고 하나는 둥그런 숟가락 바닥 같았는데, 문을 열었을 때 둘이 딱 달라붙어 있어서 사분음표가 서 있는 줄 알았다. (순간 피타고라스님이 내 갈구에 대답한 거로 착각하고 환호할 뻔했다.)

그들은 자기들이 무슨 투캅스라도 되는 양 내가 하는 일과 이곳 3층의 용도 등에 대해 꼬치꼬치 캐물었다. 둘은 내게 질문을 하는 중에도 자기들끼리 쳐다보고, 내가 대답할 때도 잠깐 나를 봤다가 다시 서로를 봤다. 웃기는 건, 언제나 숟가락 자루가 먼저 말하고 나면 숟가락 바닥은 바보처럼 그의 끝마디만 따라 했다. "그런 일을 하신다니 좀 이상해 보이는군요. 일반적이지 않아요." 라고 자루가 말하면 "일반적이지 않아요." 하고 바닥이 반복하는 식이었다. 어쨌든 나는 잘못한 게 없었으므로 그들의 질문에 있는 그대로 대응했다.

"도대체 민원이 어디서 들어왔다는 거죠?" 내가 물었다.

"그건 말씀드릴 수 없고요," 숟가락 자루가 대답했다. "다들 껄끄러워서 선생님한테 직접 말하진 못하지만 당장 이 건물에 계신 분들도 많이 불편해하십니다."

"많이 불편해하십니다." 숟가락 바닥이 반복했다.

"그럴 리가요. 건물주분은 나한테 한 번도 그런 얘기를 한 적이 없고요, 2층은 비어 있어요. 그리고 1층 베이커리 사장님은 여러 가지로 저를 도와주는 분이세요. 저 모르게 그런 민원을 내실 분이 아니에요."

"제 말씀은 그분이 민원을 냈다는 게 아니라…." 자루가 도움을 청하듯 밑을 보았지만, 바닥은 따라 할 말이 없자 입을 꾹 다물고 자기 눈높이에 있는 내 젖꼭지를 뚫어지게 보았다.

"좀 더 정확히 말해줄 수 없나요?" 내가 몰아붙였다.

"아무튼 요지는 이웃분들이 이곳을 주거단지에 부적절한 시설로 보고 있다는 겁니다."

"부적절한 시설로 보고 있다는 겁니다."

"몇 번을 말해야 합니까? 여긴 종교시설도 아니고 상업시설도 아니에요. 그냥 뜻 맞는 사람들끼리 모여서 공부하고 연구하는 곳입니다. 필요한 서류가 있다면 알려주세요. 준비해서 제출하겠습니다. 그리고 민원을 낸 분이 누군지 알려주면 내가 직접 찾아뵙고 오해를 풀어보겠습니다."

"우선 옥상에 있는 삼각형 철탑을 당장 치워주세요." 숟가락 자루는 내 말은 무시하고 자기가 준비해온 말만 했다. "불법 시설물이고, 곧 태풍이 올 텐데 떨어지기라도 하면 아주 위험해요. 그리고 미관상 안 좋아서 그러니 저기 창문에 '친피타고라스학파'라고 붙여놓은 것도 제거해주세요."

"친피타고라스학파라고 붙여놓은 것도 제거해주세요."

"'친'이 아니고 '신'입니다. 새 신."

"새 신이건 헌 신이건 제거해주세요."

"제거해주세요."

숟가락 자루가 다음 주에 다시 와서 점검하겠다는 말을 남기고 휙 돌아서자 숟가락 바닥도 따라서 휙 돌아섰다. 계단을 내려가는 자루의 목소리가 들렸다. "제대로 된 일을 찾아서 할 생각은 안 하고, 하여튼 별의별 사람들 다 있어." 바닥의 목소리도 들렸다. "별의별 사람들 다 있어."

나는 옥상으로 뛰어 올라갔다. 사분음표가 막 건물을 나서고 있었다. 둘은 구청 마크 옆에 '친절봉사'라고 찍힌 회색 경차가 주차된 교회 주차장 쪽으로 갔다.

그때 교회 관리인 하 집사가 나타나서 구청 직원들과 인사를 나누며 한참을 서서 대화를 나누었다. 그러다가 그들이 동시에 나 있는 쪽으로 고개를 돌려서 나는 얼른 몸을 숙였다. 전투력이 끓어올랐다. "그래, 한번 해보자 이거지."

나는 학당으로 내려가서 아침 운동할 때의 복장으로 갈아입었다. 계단을 큰소리로 밟고 내려와 교회를 향해 걸었다. "파장님." 하고 뒤에서 파티시엘의 목소리가 들렸지만 나는 돌아보지 않고 계속 갔다. 구청 차는 막 떠났고, 하 집사가 주차장 한쪽에서 빗자루질하려다 말고 나를 보았다.

우리 둘은 서로 마주하고 섰다.

"무슨 일이세요?" 하 집사가 물었다.

"이렇게 큰 교회가 나 같은 사람 하나가 뭐가 무섭다고 그렇게 치사한 방법으로 공격을 하는 겁니까?" 내가 하 집사의 코앞에 바짝 다가섰다.

"무슨 얘긴지 모르겠군요."

"허, 언제는 아랫놈 대하듯 욕지거리나 하다가 오늘따라 왜 이렇게 예의를 차리실까? 구청 직원들한테 어떻게 대처해야 탈이 없는지 제대로 교육받으셨나 보네."

"지난번엔 제가 너무 흥분해서 미안하게 됐습니다."

이 노인네가 왜 이래, 갑자기? 안 어울리게.

그에게서 한 번도 본 적이 없는 낯선 태도였다. 이번 구청 민원에 개입한 자들이 머리를 맞대서 나온 계략이 분명했다. 그렇게 순순히 당할 내가 아니었다.

"누구든, 가서 분명히 전하쇼. 날 쫓아내고 싶은가 본데, 꿈도 꾸지 말라고. 대한민국은 자유민주주의 국가요. 내 집에서 뭘 하든 그건 내 자유란 말이요."

"파장님," 어느새 파티시엘이 옆에 와 있었다. "뭐 때문인지 모르겠지만 일단 마음 가라앉히시고 저랑 같이 가세요. 가서 따뜻한 차 한잔 드시면서 얘기하세요."

"그게 좋겠어요. 뭔가 오해가 있으신 거 같은데, 주님은 사랑입니다."

깜짝이야. 헬멧은 또 어디서 나온 거야? 분쟁이 있는 곳이면 어디든 나타나는 무슨 헬멧맨이야, 뭐야?

내 팔을 당기는 파티시엘의 포근한 기운을 느끼며 나는 못 이기는 척 베이커리로 향했다. 파티시엘과 단둘이 걸으면 그림이 괜찮을 텐데, 짜증나게 헬멧이 졸졸 따라왔다.

편의점 앞 파라솔에 앉아 이런저런 주제로 한 시간 넘게 대화를 나누어보니 헬멧 전도사는 내가 생각했던 그런 맹탕은 아니었다. 솔직히 말해서 꽤 놀랐다. 그는 자기와 관련이 없는 여러 다양한 분야에도 상당한 수준의 지식을 갖추었고, 편견 없이 균형 잡힌 관점으로 세상을 바라보는 자세를 지니고 있었다. 일례로 우리는 무리수 ϕ의 무한성에 대해 논했는데, 그는 일반적으로 알려지지 않은 많은 역사적 사실들을 나와 주거니 받거니 하는 데 전혀 밀리지 않았다.

"네, 잘 알죠." 헬멧이 말했다. "3,500년 전에 바빌로니아인들이 파이를 3.125로, 이집트인들이 3.16으로 적용했던 기록이 남아 있잖아요."

"그거 아세요?" 내가 맞받았다. "구약성서에도 파이를 3으로 사용했다는 기록이 있다는 거?"

"그럼요, 열왕기상과 역대하요. 그럼 이건요? 코일렌인가 하는 독일 수학자…"

"루돌프 반 코일렌이요. 평생을 파이 계산에 바쳐서 소수점 아래 서른다섯 자리까지 계산하고 죽었죠."

"자기 묘비에 파이값을 새겨 달라는 유언을 남겼다죠? 평생을 파이 계산에 바치다니 정말 대단한 신념이에요. 요즘은 슈퍼컴퓨터가 수십조 자리까지 계산해내잖아요. 그런데도 역시 아무런 패턴도 발견되지 않았어요."

"글쎄요," 내가 말했다. "제 생각은 조금 달라요. 전 이 세상에 질서 혹은 패턴이 없는 건 존재하지 않는다고 봐요. 단지 그 패턴의 주기가 인간이 인지하기에는 너무 크거나 작을 뿐. 예를 들어서 파이의 소수점 이하 삼억 경 열두 번째 자리마다 3이 반복된다고 가정한다면, 엄연히 패턴은 존재하지만 너무 커서 우리가 모를 뿐이잖아요. 우주의 진리를 깨닫기에 인간의 인지력이란 한없이 미천하죠."

"그렇군요. 듣고 보니까 파장님 말이 맞네요."

"근데," 내가 물었다. "전도사님이 교회 바로 앞에서 저랑 이렇게 맥주캔을 들고 있는 걸 다른 신도들이 봐도 괜찮겠어요?"

"걱정하지 마세요. 저도 혈기 왕성한 삼십 대 남자예요. 이렇게 좋은 분이랑 편의점 파라솔에 앉아서 캔맥주 한잔하는 것도 이해 못 해줄 신도라면 저도 그런 사람 신경 안 씁니다."

누가 전도사 아니랄까 봐, 말은….

나는 맥주를 입안 가득 들이켰다. 차가운 알코올 기운이 약간의 자신감을 더해주었다. "혹시," 망설이다가 내가 말했다. "좀 개인적인 거 물어봐도 돼요?"

"파장님이라면 뭐든지요." 헬멧도 한 모금 마셨다.

"아까 미혼이라고 하셔서, 혹시⋯ 여자친구는 있으세요?"

"그런 걸 뭐 그렇게 어렵게 물어보세요." 헬멧이 껄껄 웃으면서 주위에 아무도 없는지 살피는 시늉을 하고는 말했다. "이건 교회에서도 아무도 모르는 비밀인데요, 왠지 파장님한테는 고백해도 될 거 같은 마음이 생기네요."

"그래요?" 나도 모르게 가슴이 두근댔다. 제발 그녀만 아니길. 제발 파티시엘이라고만 말하지 마. "그 정도 급이라면, 이렇게 하죠. 공평하게 저도 제 일급비밀을 하나 깔게요. 서로 무덤까지 갖고 가는 거로 하고. 어때요?"

"뭐가 됐건 절대 흉보지 않기."

"흉보지 않기." 나는 새끼손가락을 보여주기만 할 의도였는데, 헬멧이 굳이 자기 손가락을 걸고 엄지 도장을 찍은 후 손바닥 복사까지 하려고 해서 얼른 손을 뺐다.

"콜입니다." 헬멧이 주위를 한 번 더 확인하고는 내 앞으로 몸을 숙였다. "저 실은⋯."

"전도사님!" 그때 교회 쪽에서 파티시엘이 뛰어오고 있었다. "여태 여기 계시면 어떡해요? 어머, 맥주까지요? 오늘 교회발전 토론회 있는 거 모르세요? 대예배실에 벌써 다 와서 전도사님 기다리고 있어요. 목사님도 곧 오실 거고요."

"걱정 마세요, 파티시엘. 파장님이 배려해주셔서 저는 입술만 적셨어요." 헬멧이 나를 보며 눈을 찡긋했다. "근데 이 호칭 정말 입에 착착 달라붙는데요. 나도 이제 자매님 말고 파티시엘이라고 불러야겠어요. 파장님, 어떻게 이 품격 있는 자매님의 이미지랑 딱 맞는 이런 훌륭한 호칭을 생각해내셨어요?" 그가 자리에서 일어나 엉덩이를 툭툭 털었다. "그리고 아까 구청 민원 건은 너무 걱정하지 마세요. 운영위원인 제가 모르는데 교회 이름으로 그런 민원을 넣었을 리가 없어요. 가서 알아보고 문제 있으면 다시 말씀드릴게요."

나는 말없이 고개를 끄덕였다.

"파장님," 두어 걸음 멀어진 헬멧이 말했다. "곧 제대로 날 잡아서 오늘 못다 한 비밀 얘기 하깁니다. 그럼 아쉽지만 오늘은 이만. 주님은 사랑입니다."

파티시엘이 그의 옆에 바짝 붙으며 "무슨 비밀이요?" 하고 물었다. 둘은 걸으면서 서로 번갈아 웃어가며 대화를 나누었다. 헬멧 전도사가 내 선입견과 달리 호감형이란 사실이 날 더 초라하게 만들었다. 본당의 아치문에 가까워지는 선남선녀의 뒷모습이 꽤 잘 어울렸다.

아니야, 아직은 아닐 거야. 어쩌면 헬멧도 나처럼 일방적으로 짝사랑 중이거나. 정말 사귀는 사이라면, 파티시엘같이 순수한 사람이 나랑 봉구를 이렇게 감쪽같이 속일 리 없어.

나는 다 마신 맥주캔을 구부린 뒤 휴대폰을 들었다.

"봉구야, 요즘 이것저것 준비하느라 많이 힘들지? 나 여기 앞에 편의점인데 간만에 둘이 호프집 가서 치킨에 오백 어때? …그건 그냥 내일 같이 하자. 그래, 빨리 내려와."

날이 후덥지근하고 찌뿌둥한 게 곧 비가 올 것 같았다. 나는 헬멧이 마시던 맥주캔을 들어 입에 닿지 않게 부었다. 한 방울이 내 인중으로 똑 떨어졌다.

아, 저런 탕자를 봤나. 입술만 적시긴.

부슬부슬 내리는 초여름 빗속에 나는 이리저리 춤을 추며 걷다가 뛰다가 공중으로 폴짝 뛰어올라 양발을 마주쳤다. "웃짜." 그러고는 길을 따라 지그재그로 춤을 이어가며 큰 소리로 노래를 불렀다. "아임 씽~잉 인 더 뤠인~ 아임 씽~잉 인 더 뤠인~."

내 노래와 빗소리 그리고 뒤따라오는 봉구의 웃음이 뒤섞여 멋진 앙상블을 이뤘다.

"어때, 봉구야?"

"진짜 진 켈리 같아요."

"햐, 니가 진 켈리를 다 아네."

"그럼요. 〈사랑은 비를 타고〉, 열 번은 봤을 거예요." 봉구가 말했다. "파장님, 그만하시고 이리 와서 우산 쓰세요. 감기 걸리시겠어요."

"아, 기분 좋다." 나는 멈춰 서서 양팔을 벌리고 비를 맞았다. "봉구야, 12월에 너 군대 가면 나 어떡하냐? 한 달 전까지만 해도 난 혼자인 게 세상 편했는데 이젠 너 없는 생활은 상상이 안 가."

"걱정 마세요, 파장님." 봉구가 와서 내게 우산을 씌워줬다. "요즘은 휴가도 많이 준대요. 그리고 이십몇 개월 눈 깜짝할 새 갈 거예요."

"봉구야, 오늘 우리가 얼마나 마셨지?"

"꽤요. 합쳐서 오백으로 여섯 개는 마셨을 거예요."

"그거론 안 되지. 암만, 안 되고말고. '육'이란 숫자는 성스럽지 않아." 내가 편의점을 가리켰다. "봉구야, 들어가서 프로모션 하는 캔맥주 큰 거로 네 개 사와. 성스럽게 딱 열 개 채우자. 집에 가서 깔끔하게 걔네만 인수분해하고 자는 거야."

"예이, 분부대로 합죠." 봉구가 편의점으로 뛰어 들어갔다.

그때 뒤에서 자동차 경적이 울렸다. 교회에서 나온 검정 세단이었다. 운전자의 대각선 뒤에 목사가 등을 기대고 앉아 어떤 책자를 보고 있었다. 나는 움직이지 않았다. 운전사는 경적을 더 울리지 않고 기다렸다. 차의 와이퍼가 천천히 왔다 갔다 했고, 빗물을 잔뜩 먹은 아스팔트 냄새가 스멀스멀 올라왔다.

그제야 목사가 책자를 내려놓고 차창과 빗물 너머로 나를 봤다. 나도 그를 봤다. 운전사가, 참으려던 재채기가 새어 나오듯 경적을 짧게 끊어서 울렸다.

"앗, 죄송합니다." 봉구가 맥주를 담은 봉지를 들고 뛰어와 내 어깨를 잡고 길가로 당겼다. 그러고는 세단을 향해 주차요원처럼 팔을 휘저었다. "이쪽으로 가세요. 빗길에 안전 운전하시고요."

세단의 백미러가 조금 전 목사의 눈처럼 나를 노려보는 것 같았다.

"파장님, 우리 분위기 좋았는데 왜 그러세요? 교회 사람들이랑 또 싸우시게요? 빨리 가요. 가서 얘네들 인수분해 해야죠." 봉구가 뒤에서 내 등을 애교 있게 밀었다.

누가 먼저랄 것도 없이 우리는 경주를 하듯 달렸다.

세상에서 가장 마음 편한 곳은 테트락티스가 있고 오각성형이 있고 봉구가 함께 있는 이곳 피타고라스 학당이었다. 봉구와 나는 벌건 얼굴을 하고서 테트락티스를 등지고 돌아앉아 수학여행 와서 선생님 몰래 술판을 벌이는 날라리들처럼 키득거리면서 맥주캔을 부딪쳤다.

"봉구야," 내가 장난을 멈추고 들고 있던 맥주캔을 뚫어지게 보면서 말했다. "넌 내가 어쩌다 이런 일을 하게 됐는지, 돈벌이도 없어 보이는데 월세나 생활비는 어떻게 충당하는지, 뭐 그런 거 궁금한 적 없냐? 생각해보니까 한 번도 안 물어봤잖아. 내가 이상한 놈일 수도 있는 건데."

"솔직히 처음엔 궁금했지만, 파장님이 먼저 말씀해주시기 전까진 물어보지 않기로 했어요. 첫째는 파장님이 누구보다 좋은 분이라는 걸 확신하고요. 그리고 둘째는 뭔가….”

“뭔가?”

“뭔가 슬프고 어둡고 무거운 사연이 있을 거 같았어요. 왜 그런 생각이 드는지는 잘 모르겠어요. 그냥 느낌적인 느낌이랄까.”

“슬프고, 어둡고, 무거운….”

내 기억으로, 엄마가 군 면회를 처음 온 건 내가 상병을 달고 맞은 첫 주말이었다. 춘천까지 혼자 오셨다. 시장에 장을 보러 갈 때도, 내가 말썽을 피워서 학교에 불려갈 때도, 공과금을 내러 갈 때도 아버지 뒤꽁무니만 따라다니던 분이었다. 그런 분이 혼자 시외버스를 타고 와서는 이렇게 말했다. “니 아버지랑 헤어지기로 했다.” 터미널 앞 한식당에서 엄마는 손수건을 들고 눈가를 닦았다. 내가 보기에 그때 엄마의 눈물은 나에 대한 미안함 오십, 미래에 대한 막막함 오십이었다. 엄마나 나에게 아버지와의 이별은 거기 식당 주인을 다시 못 보는 정도의 감흥밖에 없는 사건이었다.

“안 좋은 소문이 나는 건 신경 쓰였던지 그래도 꽤 챙겨주더구나. 여기에 조금 넣어뒀다.” 엄마가 통장과 도장을 내 쪽 테이블에 놓았다. 확인해보니 적지 않은 금액이었다. “네가 알아서 잘 결정하겠지만, 엄만 너도 제대하면 집으로 돌아가지 말고 독립했으면 한다. 언제가 될지 약속할 순 없지만 내가 자릴 잡으면 널 부르마. 이거 엄마 새 전화번호야. 잊어버리지 않게 지금 저장해

뒈."

엄마의 바람대로 난 제대 후에 집으로 돌아가지 않았다. 나는 엄마가 준 돈을 밑천 삼아 친한 선배의 대학 간판을 빌려 수학 전문 공부방을 열었고(자랑은 아니지만 대입 4수를 하는 동안 수학은 한 번도 만점을 놓치지 않았다), 생각보다 수입이 훌륭했다. 그러나 무엇보다 내가 이 일을 좋아했던 이유는 매일 숫자와 가까이할 수 있기 때문이었다.

"파장님, 제가 괜한 말을 했죠?" 봉구가 물었다. "파장님?"

"어? 뭐?"

"무슨 생각을 그렇게 하세요? 제가 괜한 말을 한 거 같아요. 죄송해요."

"괜한 말은 무슨. 먼저 얘기 꺼낸 건 나잖아." 나는 맥주 한 모금을 마셨다. "아 자식, 아까 맥주 살 때 쥐포랑 로또도 한 장 사오라니까."

"파장님이 교회 사람이랑 또 싸우시는 거 같아서 정신없이 뛰어나오다 그랬잖아요. 그거 교회 목사님 차였던 거 같은데 얼마나 놀랐다고요. 근데 파장님, 궁금한 게 있어요. 그쪽에서는 저희한테 별 관심도 없어 하는 거 같은데, 파장님은 왜 그렇게 그 사람들을 싫어하세요? 구청 민원도 누가 그런 건지 아직 확실치 않다면서요."

"넌 아직 잘 몰라. 난 이 세상에서 위선자가 제일 싫어. 민낯을

까발려서 저 밑바닥까지 끌어내릴 거야. 피타고라스님이 내게 주신 임무이기도 하고."

"혹시 지금 목사님 얘기하시는 거예요?"

"어? 어 아니, 그냥 일반적으로 나쁜 위선자들은 벌을 받아야 한다는 얘기야."

"베이커리 사장님도 같은 교회 사람인 거 아시죠?"

"파티시엘만 빼고. 아니야, 만약에 전도사랑 뭔가 있는 거면 결국 파티시엘도 마찬가지야. 다 똑같아."

"그거라면 걱정하지 마세요. 그 두 분 사이에는 아무 일 없으니까요. 만약 제가 틀린 거면 사장님의 연기력은 진짜 오스카상 감이에요." 봉구가 씩 웃었다. "몇 번을 말씀드려요. 사장님은 파장님한테 제일 친절하시다니까요."

"친절은 무슨." 승천하는 입꼬리를 들키지 않기 위해 내가 불쑥 일어났다. 그러고는 맥락 없이 율동을 시작했다. "웃짜, 삼-사-오, 오-십이-십삼," 봉구도 합세했다. "육-팔-십, 칠-이십사-이십오, 팔-십오-십칠, 웃짜 웃짜 웃짜짜~."

우리는 비틀대는 서로를 보면서 턱이 빠질 만큼 웃었다. 그러고는 기어이 24시간 편의점이 있는 큰길로 기어나가서 맥주 식스팩과 쥐포를 봉지에 담고 로또도 샀다. 돌아오는 길에 전등이 고장 난 2층 층계참에서 봉구가 엉덩방아를 찧었을 때 둘 다 미친놈처럼 구르며 깔깔대는 바람에 들어와서 캔을 땄을 때 맥주가 샴페인처럼 터졌다. 우리는 파장과 제자가 아닌 형제처럼 친구처럼 밤새도록 웃고 떠들고 마시고 춤추고 노래했다.

4

숫자 열 개가 밝아진 도어락에 여섯 개를 순서대로 누르고 별표를 눌렀다. 손전등 빛이 문밖으로 새 나가지 않게 신경 쓰면서 목사실 내부를 이리저리 비추었다. 이 안에서 지난번 방문(잠입) 때와 다른 거라고는 내 옷차림밖에 없었다. 모든 게 동일한 위치에서 오와 열을 맞추고 있었다. 주인의 결벽증과 편집증이 구석구석에서 묻어났다.

올 초, 처음 이 방을 찾았을 때 운 좋게도 첫술에 몇몇 의미 있는 회계자료를 찾아냈었다. 한 달 전 두 번째 시도 때는 예상치 못한 불륜 커플의 등장으로 작업을 방해받았다. 이번이 세 번째고, 위선자가 빠져나갈 수 없는 확실한 비리 증거를 확보할 때까지 여정은 계속될 것이다.

나는 목사의 책상 앞에 앉아서 잠금장치를 풀고 커다란 하단 서랍을 열었다. 〈교회시설 확장계획〉이라고 적힌 파란색 바인더를 꺼내 보았다. 지난번에 서둘러 자리를 뜨느라 확인하지 못했던 자료였다. 상당한 분량에 걸쳐 교회의 재건축 청사진이 여러 버전의 설계도 및 예산정보와 함께 담겨 있었다. 웅장한 분위기의 본관과 세련된 현대식 별관이 어우러진, 눈이 돌아갈 만한 규모와 예산이었다. "꿈도 크셔라."

그런데 이게 꿈이 아니었다. 자금 준비현황을 보니 이미 목표치의 90퍼센트 이상 도달했고, 이런 추세라면 내년 초에 별관 착공을 시작할 수 있다고 적혀 있었다. 시공업체 후보도 두 곳으로 압축해놓은 상태였다. 주요 내용을 휴대폰에 담았다.

교회시설 확장계획 자료를 제자리에 놓으려다 나는 실소를 터뜨렸다. "장난하나?" 〈담임목사님 회고록〉이라고 적힌 바인더에 수백 장에 달하는 A4지 뭉치가 끼어 있었는데, 아무 페이지나 펼쳐 대충 훑어봐도 잠꼬대라는 걸 알 수 있었다. 맨 앞장으로 가보았다. 정자체로 '도서출판 바꾸자'라고 쓰여 있고 맨 밑에 목사의 이름—마형달—이 찍혀 있었다. 다음 장에는 목사의 이력이 위아래로 빽빽했다. 아프리카 오지에서 수년간 선교활동을 했다고도 쓰여 있었는데, 어이없게도 그 기간은 내가 열 살 때 어린이대공원 근처에서 살 때였다.

나는 아예 자리를 잡고 앉아 찬찬히 본문을 읽어 내려갔다. 페이지를 넘길수록 쌍욕이 나오고 피가 끓었다.

최근 며칠간 이어지던 빗줄기가 그치자 무더위가 기승을 부렸다. 가만히 있어도 겨드랑이가 젖고 불쾌지수가 눈금을 뚫고 올라갈 판이었는데, 구청의 숟가락 자루와 바닥 형제가 사분음표처럼 딱 달라붙어서 건물을 두리번거리는 모습을 보니 몸에 불이 붙을 것 같았다.

"또 무슨 일이죠?"

"안녕하세요." 숟가락 자루가 말했다. "그때 옥상에 있는 저 번쩍거리는 철탑을 치워 달라고 했을 텐데요."

"치워 달라고 했을 텐데요."

내가 옥상을 올려다봤다. "올라가 보면 아시겠지만, 지난주에 두 분 가시고 난 후에 더 단단히 고정해놔서 떨어질 염려가 전혀 없어요. 원래도 그럴 위험은 없었지만. 저걸 내가 왜 치워야 하는지 명확한 근거를 제시해주세요. 그리고 꼭 치워야 한다면, 옆에 교회 십자가에도 똑같이 조치해주시죠. 구청이 모든 구민에게 공평해야죠."

"저 창문에 지저분하게 붙은 친피타고라스학파는 왜 그대로죠?"

"신, 새 신." 이번엔 숟가락 바닥이 따라 하지 않고 복화술을 하듯 말했다.

"응? 아, 맞다. 저 창문에 지저분하게 붙은 신피타고라스학파는 왜 그대로죠?"

"왜 그대로죠?"

"그것도 왜 나만 떼야 하는지 이해가 안 돼서요. 저기 교회 벽에 지저분하게 붙은 여름수련회 어쩌고 하는 거 떼면 뗄게요."

"말이 안 통하는 분이군요."

"안 통하는 분이군요."

나는 다리를 어깨너비로 벌리고 팔짱을 낀 채 입을 앙다물었다. 어디 한번 해볼 테면 해보든지.

둘은 한동안 서로를 쳐다보다가 숟가락 자루가 말했다. "뭐 어차피 곧 통째로 없어질 텐데 우린 그냥 가자. 더워 죽겠는데 이렇게 말 안 통하는 사람이랑 입씨름할 필요 없잖아."

"입씨름할 필요 없잖아."

"통째로 없어진다니 그게 무슨 말이에요?" 내가 물었다.

"곧 알게 될 거예요."

"알게 될…. 근데 그거 지금 말하면 안 되지 않아?" 숟가락 바닥이 물었다.

그들은 동시에 이마의 땀을 닦은 뒤 확 돌아서 타고 왔던 구청 차가 있는 교회 주차장 쪽으로 걸었다.

"뭘 알게 된다는 거예요? 뭘 말하면 안 된다는 거예요?"

내가 소리쳤지만, 둘은 뒤돌아보지도 않고 갑자기 경보선수처럼 볼썽사납게 엉덩이를 실룩거리며 뛰듯이 걸었다. 키 차이 때문에 숟가락 자루의 빠른 걸음에 맞추려고 숟가락 바닥은 양팔을 휘저으며 전력 질주했다.

나는 팔짱을 풀지 않고 서서 구청 차가 멀어지는 걸 지켜보았다. 그들도 백미러로 나를 보는 것 같았다. 사분음표가 도대체 뭐라는 거지? 한동안 서서 둘의 말을 곱씹어보다가 베이커리로 들어갔다.

"파장님 오셨어요?" 테이블에 앉아서 책을 읽던 파티시엘이 말했다. "더우시죠? 시원한 거 한 잔 드릴까요?"

"파티시엘," 내가 그녀의 맞은편에 앉았다. "방금 구청 사람들한테 이상한 얘기를 들어서 그런데요, 혹시 건물주 영감한테 뭐들은 거 없으세요?"

"무슨 얘기를 들으셨는데요?"

나는 사분음표의 말을 옮겼다.

"글쎄요," 파티시엘이 말했다. "영감님은 어제도 뵀었는데 별얘기 없으셨는데요."

설마! 순간 머리가 번쩍했다. 나는 얼른 휴대폰을 꺼내 〈교회〉라고 이름 붙인 디렉터리 안으로 들어갔다. 목사실에서 찍은 사진 파일이 줄줄이 이어졌다. 그중에서 최근에 수집한 교회시설 확장계획의 설계도를 차례로 보았다. 웅장한 본관과 세련된 별관이 좁은 길을 사이에 두고 배치돼 있었다. 두 구조물의 구도는 지금의 교회 부지를 훨씬 넘어서는 규모였다.

때마침 문에 걸린 방울을 울리며 헬멧 전도사가 들어왔다. "파장님도 계셨네요. 주님은 사랑입니다."

"뭐가 사랑입니까?" 내가 다짜고짜 소리쳤다.

"네? 주님…이요."

나는 벌떡 일어나서 어리둥절해하는 전도사와 파티시엘을 뒤로하고 베이커리를 나갔다. 그리고 두 블록쯤 떨어진 건물주 영감 집을 향해 냅다 뛰었다.

"파장님, 어디 가세요?" 3층 창문에서 소리치는 봉구의 목소리가 들렸지만 나는 계속 달렸다.

정신 차리자. 정신 똑바로 차리자. 삼-사-오, 오-십이-십삼, 육-팔-십…. 건물주 영감을 만나고 오는 내내 나는 이렇게 중얼거렸다. 땀이 비 오듯 흘렀다.

걸음을 멈추고 3층을 올려다봤다. 어둠 속에서 불을 밝힌 창문에 〈新피타고라스학파〉가 네온사인처럼 선명했다. 봉구는 지금 저 위에서 전화를 세 통이나 받지 않은 내게 무슨 일이 난 건지 걱정하고 있을 것이다. 한 시간 전에 퇴근했을 파티시엘은 집에서든 어디서든 아까 그렇게 나가버린 나를 신경이나 쓰고 있을까?

나는 교회 주차장을 보았다. 구석에 헬멧 전도사의 승합차가 아직도 서 있었다. 그때 마침 본당 아치문을 나선 전도사가 쏜살

같이 뛰어 승합차의 운전석에 올라탔다.

그런 사실은 전도사도 몰랐겠지. 그래, 몰랐을 거야. 아무리 봐도 그렇게 날 속일 사람은 아니야.

나는 편의점에 들어가서 맥주와 안줏거리를 담은 비닐봉지를 손가락에 걸고 나왔다. 학당으로 가다가 여태 전조등도 켜지 않은 채 계속 같은 자리에 서 있는 승합차를 보았다. 조금 더 가까이 가서 보았다. 운전석에 전도사가 있는 것 같았다. 제대로 날 한번 잡자고 했던 그의 말이 떠올랐다. 더 가까이 가서 어두운 운전석 차장에 노크했다.

차창이 스르륵 내려가다가 반도 미치지 못해 멈췄다.

"파장님, 이렇게 늦은 밤에 어… 어쩐 일이세요?" 전도사가 평소 그답지 않게 처진 톤으로 말했다. 주님은 사랑이니 어쩌니 하는 말도 하지 않았다.

"편의점 갔다 오는데 여기 차가 보여서요. 낮에 있었던 일 사과도 할 겸."

"안녕하세요, 파장님." 뜻밖에도 조수석에서 파티시엘이 내게 인사를 건넸다.

순간 나는 당황해서 침을 꿀꺽 삼켰다. 파티시엘도 전도사도 당황하기는 마찬가지인 것 같았다. 묘한 기운이 셋을 잇는 삼각형 안에서 소용돌이쳤다.

"아, 내 정신 좀 봐. 죄송해요. 내가 눈치 없이. 그럼 얘기들 나누세요."

나는 비닐봉지를 부여잡고 얼른 자리를 떴다. 차에서 아무도 따라 내리지 않았고, 나는 학당을 향해 전력 질주했다. 불이 들어오지 않는 2층에 도달했을 때 다리가 풀려 주저앉을 뻔했다. 다리를 끌다시피 한층 더 올라가서 간신히 문고리를 잡았고, 안에서 봉구가 문을 열어주었다.

"파장님, 괜찮으세요? 웬 땀을 이렇게 흘리세요?"

"어, 운동 삼아 조금 뛰었더니."

봉구가 나를 부축하려고 팔을 잡았을 때 갑자기 내 안에서 굴욕감과 수치심이 치밀어 올랐다. 둘이서 얼마나 날 조롱하고 비웃었을까? 지금도 내 얘기를 하면서 키득거리고 있을지 몰랐다. 지금 생각해보니, 잠이 안 와서 밤늦게 옥상에 올라갔을 때 거기 홀로 주차된 승합차를 본 게 한두 번이 아니었다.

"둘 사이에 아무 일 없다며? 확신한다며? 아니면 너희 사장은 오스카 감이라며?" 나는 애꿎은 봉구에게 버럭 소리를 질렀다.

봉구는 눈만 끔뻑거리며 어쩔 줄 몰라 했다.

나는 봉구의 손길을 뿌리치고 쿵쿵거리며 다시 내려갔다. 승합차는 여전히 같은 자리에 서 있었다. 무릎이 아플 만큼 힘주어 걸었다. 뒤에 봉구가 따라오는 소리가 들렸지만 나는 전진만 했다. 십여 미터 전방의 승합차에서 전도사와 파티시엘이 함께 내리는 게 보였다.

순간 머릿속에서 누군가 말했다. 멈춰 서. 뭐 하는 거야, 지금? 여태껏 바보 취급받은 것도 모자라서 제대로 루저가 되고 싶은 거야?

"저 둘이 날 가지고 놀았잖아." 내가 허공에 대고 대꾸했다. 내 걸음은 더 빨라졌다.

아무도 널 속이지 않았어. 그냥 너라는 존재에 관심도 흥미도 없었던 거야. 저 여자가 왜 널 좋아해줘야 하는데?

"날 좋아해 달라고 한 적 없어."

그럼 뭔 데?

"내 감정을 갖고 놀진 말았어야지."라고 소리쳤을 때 나는 이미 그들 앞에 서 있었다.

"네?" 파티시엘의 얼굴이 하얗게 질려 있었다.

"네?" 그 모습을 보니 나도 질렸다.

"뭘 갖고 놀…?" 파티시엘이 물으려고 했다.

다행히 뒤에 봉구가 와서 내 등에 손을 얹었고 나는 가까스로 이성을 되찾았다. "아, 봉구한테 한 말이었어요."

"파장님, 정말 죄송합니다." 전도사가 끼어들었다.

"뭐가요?" 그래, 남자답게 실토해보시지.

"우리도 몰랐어요. 우리도 조금 전에 알았어요."

"잘됐군요. 축하해요."

"네? 축하요?"

"네? 뭐가요?" 나는 순간 또 당황했다.

"전도사님," 보다 못한 봉구가 나섰다. "죄송하다니 무슨 말씀이세요? 자세히 좀 얘기해주세요."

전도사가 설명했다. 지난번 구청 민원은 교회가 제기한 것으로 밝혀졌고, 교회의 계획은 우리 건물을 매입한 후 별관으로 리모델링한다는 것이었다. 마무리 단계에 있는 매매계약이 완료되는 대로 세입자를 내보낼 거라고 했다. 전도사와 파티시엘은 내 눈을 피했고 봉구는 놀라서 나를 바라보았다.

내가 말했다. "나도 지금 건물주 영감을 만나고 오는 길이에요. 이미 작년 말부터 교회의 제안이 있었고 그간 네고 중이었다는 군요. 어제 금액을 합의했대요. 어쩐지 건물에 못 하나 못 박게 하던 영감이 갑자기 창문의 시트지니 옥상의 철탑이니 오히려 더 하라고 부추겨서 이상하다고 생각했는데. 영악한 영감이 교회와 협상에서 유리해지려고 나를 이용한 거였어요."

"그럼 우린 어떻게 되는 거죠?" 봉구가 물었다. "파장님 계획도 그렇고, 사장님 베이커리는요?"

"오늘 목사님이 절 부르셨어요." 파티시엘이 기어들어 가는 소리로 말했다. "별관으로 리모델링하는 건 오래 걸리지 않으니 공사하는 동안만 기다리면 같은 자리에 같은 조건으로 계속 영업할 수 있게 해주겠다고요."

"당연히 그러겠죠." 내가 말했다. "빵과 커피는 신도들한테 필요하잖아요. 게다가 파티시엘처럼 교회 활동에 적극적인 신도를 마다할 리 없겠죠. 축하해요."

"하지만 저만 그렇게 남아 있는 게 내키지 않아요. 정말이에요, 파장님."

"말도 안 돼요." 봉구가 언성을 높였다. "임대차법이라는 게 있잖아요. 세입자를 이렇게 막 내보낼 수는 없어요. 맞죠?"

파티시엘이 답했다. "건물이 워낙 노후해서 안전상의 이유로 대대적인 보수공사가 필요하다는 결론이 나올 거래요. 구청이랑 이야기가 다 됐대요."

"믿어주세요." 전도사가 말했다. "오늘 얘길 듣고 저도 깜짝 놀랐어요. 운영위원인 제가 이런 큰일에 철저히 배제돼왔다는 게 저도 믿기지 않아요. 뭐가 어떻게 굴러가는지 아무것도 모르면서 파장님한텐 걱정하지 말라고…. 저 자신이 정말 한심하네요. 죄송합니다."

"아니에요. 그게 전도사님 잘못은 아니죠." 당신네 목사가 원래 그런 인간입니다, 하는 말이 목구멍까지 나왔다가 들어갔다. "걱정 마세요. 나도 계획이 있으니까요. 근데 솔직히," 나는 어금니를 꽉 물었다. "제가 두 분한테 진짜 듣고 싶었던 사과는 이게 아니었는데."

"네? 그게 무슨…." 파티시엘이 어리둥절해하자 전도사가 물었다. "교회에서 이거 말고 파장님한테 또 무슨 일을 벌인 거예요?"

둘의 시선이 나한테서 서로에게 옮겨갔다.

나는 둘의 행동이 가증스러워서 참을 수가 없었지만 더 이상 바보가 되고 싶진 않았다. "아니요. 그냥 제 개인적인 문제예요." 손가락에 걸려 있는 편의점 봉지를 보니 내가 더 초라하게 느껴졌다.

봉구와 나는 곧 사라질 운명의 학당으로 발걸음을 옮겼다.

"파장님, 너무 걱정하지 마세요." 전도사가 내 뒤통수에 대고 소리쳤다. "이 문제는 제가 책임지고 가서 목사님을 설득할게요. 사전에 아무 말도 없이 오갈 데 없는 세입자를 이렇게 내쫓는 법은 없어요. 주님은 사랑이니까요."

봉구야, 내일이 우리 엄마 삼 주기다. 모레쯤 올 거야. 나 없는 동안 여기 좀 부탁해. 이렇게 쓴 포스트잇을 봉구 머리맡에 붙여놓고 나는 여행에 꼭 필요한 몇 가지만 챙겨서 아침 일찍 길을 나섰다.

내가 먼저 향한 곳은 동대문시장에 있는 매장이었다. 가까이 가지 않고 멀리서, 혼자 파란 플라스틱 간이의자에 앉아 아침 도시락을 먹고 있는 삼촌을 보았다. 예전엔 엄마가 앉아 삼촌과 수다를 떨던 빨간 플라스틱 의자에는 엄마가 살아생전 가지고 다니던 보온병이 놓여 있었다. 삼촌이 도시락을 내려놓고 보온병을 감싸 들고는 후후 불면서 마셨다.

세상의 엄마들은 강하다. 그건 깰 수 없는 공식이다. 주부 원피스 대신 티셔츠와 청바지를 입고 삼촌을 따라 동대문시장에 나가기 시작한 엄마는 밤낮없이 옷가지를 펼쳐놓고 드센 언니들과 입씨름하면서 일을 배워나갔다. 그리고 그로부터 2년이 채 지나지 않아 삼촌과 함께 이 매장을 인수할 수 있었다.

돈 걱정을 하지 않아도 될 만큼 장사가 잘됐다. 그러나 엄마는 잠을 이루지 못했다. 일을 대부분 삼촌에게 넘긴 후에도 머리가 더 빠졌고 고질적인 위장병 때문에 몸은 점점 야위어갔다. 매장에 나오는 날보다 병원에 가는 날이 많아지더니 급기야 장기 입원을 해야 했고 24시간 삼촌의 보살핌을 받아야 했다. 내가 공부방을 접고 매장을 돌볼 수밖에 없었던 이유다.

이듬해 엄마는 예전에 "니 아버지랑 헤어지기로 했다."라고 할 때보다 더 침울한 톤으로 "당분간 널 볼 수 없을 거 같구나."라고 말했다. 엄마와 나는 부둥켜안고 펑펑 울었다.

"나중에 때가 되면 이걸 네 아버지한테 전해줘라." 엄마가 가리킨 침대 옆 탁자에는 꽃무늬를 한 자개함이 비밀번호를 넣는 나비 모양의 금색 자물쇠에 채워져 있었다. "보려고 하지 말고 전해주기만 해다오. 엄마를 위해서 약속해줄 수 있지?"

엄마는 생전의 마지막 몇 달을 삼촌과 함께 강원도 산골에서 보냈다. 엄마의 마지막을 함께하지 못한 게 나에겐 두고두고 한으로 남았다. 엄마가 그렇게 일찍 눈을 감을 거라고는 예상치 못했었다. 삼촌은 엄마가 그런 자기 모습을 내게 보여주길 원치 않았다고 했다. 마지막 순간엔 모든 걸 받아들이고 용서하고 감사하고 훌훌 털어낸 뒤 편안하게 눈을 감았다고 말해주었다.

엄마가 떠난 후 나는 들개처럼 전국을 떠돌아다녔다. 아무 데서나 먹고, 자고, 갈등하고, 그리워하고, 증오하고…. 그러다가 자연스레 숫자의 세계로 되돌아갔다. 내가 힘들 땐 숫자만이 위안과 힘이었다. 서서히 정신이 돌아온 나는 위선자를 무너뜨리겠다는 목표를 세웠다. 엄마는 용서하고 털어냈을지 몰라도 나는 아니었다. 원하는 결괏값을 얻기 위한 나만의 공식을 써 내려갔고, 증명해야 할 시점이 왔을 때 나는 위선자를 지켜볼 수 있는 가장 가까운 곳에 거처를 마련했다.

엄마가 부탁한 자개함은 아직 내게 있다. 위선자가 회고록이랍시고 지껄인 헛소리가 내 인내심을 자극했다. 최고의 교회를 세우겠다는 꿈을 위해 모아온 재산과 패물을 들고 도망간 부인 때문에 극단적인 생각까지 했다고? 나를 쫓아내려는 그의 계략도 내 전투력을 끌어올렸다. 내일이면 엄마의 삼년상이 끝난다. 위선자를 대면하기에 이보다 더 좋은 시점은 없었다.

삼촌이 도시락을 치운 뒤 보온병을 뚫어지게 보았다. 눈물을 흘리는 건지 확실치 않지만 여기서 보기엔 그런 것 같았다. 오늘은 엄마가 더 그리울 것이다. 왜 아니겠는가?

나는 그와 함께 내일 아침 엄마를 보러 가려던 계획을 바꿔 혼자 움직이기로 마음먹고 터미널로 발길을 옮겼다. 일찍 엄마를 보고 바로 올라올 것이다. 처리해야 할 일이 많았고, 그 중엔 엄마가 부탁한 일도 기다리고 있었다.

5

나는 엄마에게 보고 싶다고 했다. 그리고 차근차근 내 계획을 알렸다. 엄마는 듣기만 할 뿐 대꾸할 수가 없어서 오래 있을 필요는 없었다.

첫차를 타고 서울로 가기 위해 터미널에 도착했을 때 삼촌한테 전화가 왔지만 받지 않고 문자만 보냈다. *올해는 나 혼자 갔다 왔어요. 다음 주에 매장으로 갈게요. 그때 봬요.*

바로 답장이 왔다. *그래, 태오야. 다음 주에 꼭 보고 싶구나. 네게 해줄 얘기도 있고.*

오는 내내 눈을 감고 있다가 서울에 도착해서야 눈을 떴다. 잠이 오지도 피곤하지도 잡생각이 들지도 않았다.

택시를 잡아타고 곧장 학당으로 갔다.

"파장님," 나를 보자마자 봉구가 베이커리에서 뛰어나왔다.

"내일 오실 줄 알았는데 일찍 오셨네요."

"별일 없었지?"

파티시엘이 따라 나왔다. "파장님, 어제 일이 좀 있었어요."

나는 그녀와 눈을 마주치지 않고 봉구에게 물었다. "무슨 일인데?"

파티시엘이 말했다. "어제 전도사님이 교회에서 해고 통보를 받았대요. 교회에 소문이 파다하게 났어요."

예상치 못한 일이었다. 나만 쫓아내면 되지, 애꿎은 전도사는 왜? "내 일 때문에 전도사님이 진짜 목사한테 따져 묻기라도 한 거예요?"

"그랬을 거예요. 그날 파장님과 헤어졌을 때 다음 날 아침에 목사님 뵙고 얘기한다고 했었거든요. 그치만 아무리 그래도 해고까지 하는 건 말이 안 돼요. 목사님답지 않아요."

당신이 그 사람에 대해 뭘 안다고? "전도사님은 지금 어디 있죠?"

"전화를 안 받으세요. 아마 댁에 계시겠죠."

"집이 어디죠?"

"모르겠어요. 신림동 어디라고 했던 거 같은데."

"안 가봤다고요?"

"네?"

"제 말은, 같이 교회 활동 하다 보면⋯." 얼른 바꿔 말했다. "알

방법이 없을까요?"

"잠깐만요. 교회 비상 연락망이 어디 있을 거예요." 파티시엘이 베이커리 안으로 뛰어 들어갔다.

"파장님," 봉구가 물었다. "그거 진짜 확실하세요? 전 아무리 봐도 아닌 거 같은데."

"뭐 얘기하는 거야?"

"사장님이랑 전도사님이랑요."

"내가 바보냐? 확실해, 인마. 민망하니까 쑈 하는 거 딱 보면 몰라? 넌 그렇게 둔하니까 맨날 여자한테 차이고 죽네 사네 그러지. 아 그 양반 진짜, 누가 자기한테 도와 달라 그랬나? 여러모로 사람 귀찮게 만드네."

"전도사님, 안에 계세요?"

벨을 누르고 두드리고 큰 소리로 불러봐도 안은 조용했다.

"아따, 거기 누구다요? 누군디 넘을 그렇게 간절하게 찾소?"

엘리베이터 쪽에서 구수한 사투리가 들렸다.

잘못한 거 없이 괜히 죄책감 들게 만드는, 육중한 몸에 딱 달라붙는 핑크색 골프복에 네모반듯한 스포츠머리를 얹은 남자가 우리 쪽으로 다가오고 있었다.

"저희는 교회에서 왔어요." 파티시엘이 말했다. "오늘 전도사님이 안 나오셔서 걱정돼서 왔어요."

"허허, 이거 병 주고 입원시켜주는 것도 아니고 뭐다요? 매정하게 내쪼까버릴 땐 언제고 시방 그놈이 얼매나 힘들어하는지 구경하러 온 거요?" 남자가 말할 때마다 몸을 실룩거려서 바지와 셔츠 사이로 살이 쏟아져 나올 것만 같았다.

"저희도 아직 잘은 모르겠지만 뭔가 오해가 있는 거 같아서 도우려고 왔어요. 저희는 전도사님 편이에요."

남자가 주는 위압감에 개의치 않고 따박따박 대꾸하는 파티시엘의 모습에 나는 이 와중에도 질투가 났다. 아무튼 이 핑크 덩치는 전도사의 집 앞에서 보기에 전혀 어울리지 않는 부류였다. 전도사가 사채를 갖다 썼나?

"저, 실례가 안 된다면 전도사님과는 어떤 관곈지 물어봐도 될까요?" 내가 물었다.

"하," 남자가 열을 식히는 하마처럼 입을 벌려 숨을 내뿜더니 핑크색 하트가 촘촘히 새겨진 손수건을 꺼내 이마를 닦았다. "말하자면 길고, 갸랑 나랑은 거시기 친형제 같은 사이라고 해둡시다."

그제야 그의 손에 들려 있는 노란 장바구니가 눈에 들어왔다. 두툼한 내용물 위로 초록색 대파 꼬랑지가 솟아 올라와 있었다.

"전도사님은 어디 가셨나요?" 파티시엘이 물었다.

"보시다시피 나도 지금 오는 거요. 이렇게 시끄럽게 하는데도 안 나오는 거 보믄 안엔 없는 거 같고. 어제 밤늦게 통화를 해서 오늘 나가 오는 거 알고 있응깨 멀리 가진 않았을 거요."

우리는 비밀번호를 누른 핑크 덩치를 따라 열 평 남짓의 오피스텔 안으로 들어갔다.

뭐야, 이 조화는? 핑크 브라더스야, 뭐야? 남자 혼자 사는 집 같지 않게 정돈이 잘돼 있는 건 둘째치고, 더 눈길을 끄는 건 어린 소녀의 방이라고 해도 이상하지 않을 만큼 곳곳에 넘쳐나는 핑크 물결이었다.

우리가 곰돌이 커버를 두른 소파에 앉자 핑크 덩치가 자기 집인 양 음료수와 컵을 내왔다. 그는 어울리지 않게 자신을 강남에서 고품격 피아노 바를 운영하는 클래식 음악 애호가라고 소개하고는 상호가 〈포시즌스〉라고 적힌 분홍색 명함을 건넸다. 그의 소지품 중 어느 하나도 외모와 어울리는 게 없었다. 우리가 전도사 편이라고 말한 후부터 호의적이다 못해 과하게 여성스러워진 말투나 몸짓도 상당히 부담스러웠다.

전도사가 자기한테는 가족 이상의 존재라고 강조한 뒤 피아노 바 사장은 최근 몇 달 동안 그가 교회 일 때문에 많이 힘들어했다고 알려주었다. 어제 통보받은 해고는 각오했던 터라 생각보다 충격이 덜했지만, 그보다 전도사가 진짜 힘들어하는 이유는 교단으로부터 전도사 자격을 박탈당했기 때문이라고 했다. 순간 우리는 잘 못 들은 건 아닌지 몇 번이고 되물었고, 바 사장은 틀림없는 사실이라고 했다.

"말도 안 돼요." 파티시엘은 흥분을 감추지 못했다. "아무리 목사님하고 언쟁이 있었어도 교단까지 나서서 전도사 자격을 박탈하는 건 있을 수 없어요. 또 그렇게 하루아침에 처리할 수 있는 문제도 아니고요."

"나 같은 놈이 숭고한 교회 일을 어찌 알겠소?" 바 사장이 핑크색 하트가 촘촘히 박힌 손수건으로 감자같이 생긴 콧잔등을 닦으며 말했다. "자세한 야그는 그 아 오면 직접 들어보쑈."

결국 우리는 전도사를 만나지 못하고 빈손으로 돌아왔다. 그가 오면 연락을 주기로 한 피아노 바 사장에게 대표로 내 번호를 적어주었다. 파티시엘과 봉구는 서둘러 베이커리 문을 열었고, 나는 학당으로 올라갔다.

나는 묵직한 자개함을 꺼내서 테트락티스 앞에 놓고 나비 모양의 금색 자물쇠를 뚫어지게 보았다. "보려고 하지 말고 전해주기만 해다오. 엄마를 위해서 약속해줄 수 있지?" 엄마는 이렇게 부탁했었다.

오늘은 엄마 기일이다. 약속을 지키기에 이보다 더 좋은 타이밍은 없었다. 나는 자개함을 살살 흔들어보았다. 묵직한 것들로 가득 차 있었다.

나는 자개함을 넣은 배낭 가방을 어깨에 둘러메고 교회로 향했다. 목사실이 있는 지하층으로 들어가려 하자 교회 관리인 하 집사가 뛰어오며 말로써 정중하게 제지했다. 그는 요즘 나를 대할 때 이상하리만치 예의를 갖추었다.

"정말입니다. 목사님 지금 안에 안 계십니다. 정 못 믿겠다면 나랑 같이 내려가 보시죠. 문이 잠겨 있을 테니까요."

나는 속으로 말했다. 그럼 내가 비밀번호를 알고 있으니 잠깐 들어가서 이것만 놓고 올게요. 돈을 가지고 도망간 전 부인이 전해 달라고 해서요. "그럼 언제 오시죠? 꼭 만나야 할 일이 있습니다."

"저도 모릅니다." 하 집사가 내 눈을 똑바로 쳐다보며 말했다. "개인적인 일이 있으시다고 아침 일찍 지방에 내려가셨어요. 오늘은 교회에 못 나오신다고 하셨습니다."

그의 작달막한 몸에서 나오는 몸짓은 늘 일관적이어서 머릿속이 어떻게 돌아가는지 알아챌 수가 없었지만, 거짓말 같지는 않았다. 개인적인 일로 아침 일찍 지방에 갔다면? 설마. 자기가 무슨 낯짝으로 거길.

"알겠습니다. 그럼 내일 다시 오죠." 돌아서는데 내 휴대폰이 진동했다. "여보세요."

"접니다." 휴대폰에서 들렸다.

"전…" 뒤에 있는 하 집사를 의식해서 나는 몇 발짝 앞으로 뛰어나갔다. "…도사님, 다들 걱정하고 있어요. 어디세요?"

"듣기만 하세요. 혹시 지금 시간 되시면 파장님만 뵐게요."

"네?" 나만? 왜지? "아 네, 그 사거리 잘 알죠. 2번 출구 쪽이요? 그러죠. 금방 갈게요."

나는 베이커리로 가서 둘에게 알릴까 잠시 고민하다가 전철역으로 냅다 뛰었다.

전도사가 말한 전철역 2번 출구—나도 길거리 전파를 위해 종종 왔던 곳이었다—로 나와 한 블록을 내려가다 보니 그가 말한 핑크빛 네온사인이 보였다.

포시즌스 *Four Seasons*
고품격 클래식 라이브 피아노 바 B1

어둡고 넓은 홀의 한쪽에서 조명을 받는 그랜드 피아노가 가장 먼저 눈에 들어왔다. 지금은 아무도 연주하고 있지 않았다. 손님은 두 테이블밖에 없었다. 피아노에서 가까운 테이블에 중년 커플이 칵테일 잔을 앞에 놓고 대화를 나누고 있었고, 반대편 외진 테이블에 번들거리는 머리가 보였다.

"맞응깨, 그짝으로 가보쑈." 어느새 옆에 와 있던 바 사장이 말했다. "뭐 마실랑가요?"

"전도사님이랑 같은 거로 할게요."

"아따, 그거 겁나 비싼 건디." 사장이 장난치는 초딩처럼 웃었다. "농담. 가보쑈."

전도사 맞은 편으로 가서 앉았다.

그가 인사 대신 말했다. "파장님 때문에 이렇게 된 건 아니니까 미안해하실 필요 없어요."

웨이터가 내 앞에 병맥주를 놓고 갔다. 전도사가 내민 병에 가볍게 부딪힌 뒤 조금 마셨다.

"기억나세요?" 전도사가 말했다. "그때 우리 비밀 하나씩 털어놓기로 한 거요."

"그럼요. 전도사님 먼저 할래요? 아니면 저 먼저 할까요?"

"전 이제 전도사가 아니에요. 그러고 보니 아직 서로 이름도 모르고 있었네요. 제 이름은 두성입니다. 유두성."

"저는 마태오예요. 흔한 성은 아니죠." 내가 말했다.

"멋진 이름이네요."

반쯤 남은 맥주를 싹 비운 전도사가 평생 꼭꼭 싸매놓았던 비밀의 매듭을 하나씩 푸는 동안 나는 약간이라도 놀라거나 동요하는 기색을 보이고 싶지 않아 미동도 하지 않았다. 머릿속에선 충격과 상상이 폭주했다.

그는 내가 여자를 좋아하는 방식으로 남자를 좋아하는 남자였다. 그는 그런 자신을 받아들일 수가 없어 아파트 옥상 난간에 선 것만도 수십 번이라고 했다. 아이러니한 건 그때마다 뒤에서 허리춤을 잡아준 힘도, 또다시 난간으로 등을 떠민 힘도 같은 곳에서 나왔다고 했다—밤하늘의 붉은 십자가. 미천한 내 경험과 지식으로는 그것이 얼마나 힘들고 혼란스러운 삶이었을지 짐작조차할 수 없었다.

그간 품었던 엉뚱한 오해가 한없이 부끄러워졌다. "미안해요. 그것도 모르고 난…."

"저와 파티시엘 사이를 걱정하셨죠?" 전도사가 웃었다. "제가 눈치 하나는 빠르거든요. 이런저런 일로 정신없어서 진작 아니라고 말씀드리지 못해서 미안해요. 정말 좋은 분이에요, 그분. 제가 완전한 남자가 아니란 사실이 원망스러울 만큼요."

바 사장이 직접 와서 전도사 앞의 빈 병을 치우고 새 병을 놓고 갔다. 그의 우람한 몸 여기저기서 일렁이는 핑크 물결이 이젠 꽤 자연스러워 보였다.

전도사가 말했다. "설령 전도사 자격을 잃지 않았어도 제가 얼마나 더 이렇게 버틸 수 있을지 장담할 수 없었어요. 죽을힘으로 노력해도 안 되는 게 있더군요. 차라리 잘된 일이에요, 이렇게 된 게."

"이제 어쩔 셈이죠?"

"아직도 하나님을 사랑해요. 그분을 위해서 내가 할 수 있는 일을… 아니, 해도 되는 일이 있다면 찾아보고 싶어요."

내가 말했다. "그러다가 혹시 '수'에 관심이 생기면 저한테 연락 주세요."

우리는 오랜만에 소리 내서 웃었다.

"이제 제 차롄가요?" 내가 물었다.

"말씀하시기 전에 제가 먼저 맞춰볼까요?"

나는 잠자코 기다렸다.

"파장님을 처음 봤을 때부터, 분명히 누굴 닮았는데 그게 누군 지 떠오르지 않아서 엄청 답답했어요. 오늘 파장님 이름을 듣고 나니까 십 년 묵은 체증이 내려가는 것 같아요. 아까 본인 입으로 그랬잖아요, 성이 좀 특이하다고. 목사님 이름을 처음 들었을 때 저도 같은 생각을 했거든요."

지금 이 비밀을 아는 사람은 오직 삼촌뿐이었다. 내가 말해주 기도 전에 그에게서 듣고 나니 당황스러웠다.

"말했잖아요, 제가 눈치가 좀 빠르다고." 그가 말했다.

나는 전도사에게 내가 아는 그의 실체를 낱낱이 까발렸다. 지 옥 같았던 유년 시절, 일 년에 하루만 웃었던 엄마의 삶, 엄마에 대한 그리움과 그에 대한 복수심까지. "그가 전도사님한테 그런 결정을 내린 것도 놀랄 일은 아니죠."

"근데 파장님이 오해하시는 게 하나 있어요." 전도사가 말했다. "목사님이 저에게 통보하신 건 맞지만, 그분의 결정이 아니었어 요. 목사님은 최소한 저의 전도사 자격만은 지켜주기 위해 마지 막까지 제 편에 서주셨어요."

전도사는 올봄 즈음 절망감과 무력감에 짓눌려 숨을 쉴 수 없는 지경까지 갔었다고 했다. 이성만으로 바꿀 수 없다는 걸 받아들여야 했고, 그 순간 평생 자신을 옭아맸던 거짓과 자책에서 벗어나고 싶었다고 했다. 더 이상 버티다 못해 자포자기의 심정으로 목사를 찾아가 진실을 알린 그는 목사의 만류에도 불구하고 교단 앞에까지 나섰다. 자유롭기 위해.

세상의 판단은 그가 예상했던 것보다 훨씬 더 차갑고 가혹했다. 그러나 놀랍게도 목사만은 그의 편에 섰다고 했다. 비록 전도사를 교회에서 내보내야 했지만, 어딘가는 그가 믿음의 꿈을 펼칠 수 있는 곳이 있을 거라 믿었고 그를 구제하기 위해 할 수 있는 모든 걸 시도했다고 했다.

"솔직히 의외네요." 내가 말했다. "아니요, 그렇지도 않죠. 원래 추악한 흑심은 밖으로 드러내지 않는 법이죠. 어차피 안 되는 거 알고 보여주려고만 했을 거예요. 왠지 목사다워 보이잖아요, 그런 거."

"파장님, 주제넘은 얘긴지 모르겠지만, 오랫동안 대화를 나누지 않으셨다면 한번 만나보시는 게 어떨까요? 시간이 많이 흘렀잖아요. 절대로 변하지 않는 것도 있지만, 서서히 변하는 것도 있더라고요."

들고보니 그렇네요, 나는 생각했다. 주제넘은 얘기네요.

그때 피아노 앞 테이블에 있던 중년 커플 중에 여자가 일어나 피아노 앞으로 가서 앉는 게 보였다. 여자가 손을 푸는 동안 남자는 스테이지 옆 구석에 놓인 음향 장비 같은 걸 조작하고는 테이블에 돌아와 앉았다. 둘은 서로를 보며 고개를 끄덕였다.

그러고 보니 둘 다 어디서 본 듯한 낯익은 인상이었다. 유명한 사람들인가?

클래식 음악 애호가라고 했던 바 사장도 피아노가 잘 보이는 빈 테이블에 가서 자리를 잡았다.

전도사가 내게 속삭이듯 말했다. "저 여성분, 우리 교회 성가대 반주자예요."

"네? 진짜요?" 내가 말했다. "그 교회 보기와는 다르게 모든 면에서 엄청 진보적이네요."

음악이 흘러나왔다. 여성은 아직 건반을 누르기 전이었다. 사방의 스피커에서 시작을 알리듯 나오는 색소폰 소리였다. 그렇게 적절히 가다가 여성이 피아노에 손을 얹자 통통 튀는 피아노 선율이 시작되었다. 곡은 진행할수록 점점 더 경쾌해지면서 암울한 실내 분위기를 조금씩 밝게 바꿔나갔다. 듣기 좋았다. 건물에서 쫓겨나지 않고 학파 활동을 계속할 수 있다면, 딱 내가 찾던 음악이었다.

다음날 나는 교회로 향했다. 목사실로 내려가려는 데 본당 아치문 앞을 쓸고 있던 관리인 하 집사가 나를 힐끗 보았다. 그러더니 말없이 빗자루질을 계속했다. 안에서 기다리고 있으니 들어가 보라고 하는 것 같았다.

마침내 나는 수년 만에 아버지라는 위선자와 단둘이 대면했다.

"오랜만이구나." 그가 책상 앞에 앉은 채로 말했다.

"네, 좀 더 빨리 왔어야 했는데 그렇게 됐어요."

"나 없는 시간에만 골라서 오더구나."

"무슨 말인지 모르겠네요."

"내가 쓰는 비밀번호는 언제나 네 엄마와 결혼한 날이란 걸 아는 사람은 네 엄마와 너밖에 없어. 하지만 괜찮다. 앞으로도 바꿀 생각은 없어."

여전하시군.

"네가 하려는 게 뭐든 거기가 아니더라도 어디서든 할 수 있지 않니? 내게 복수하는 게 목적이라면 다른 방법을 찾아보거라. 교회 별관을 세우는 건 나를 위한 게 아니야. 이곳 신도들의 오랜 꿈이다."

"걱정 마세요. 이미 다른 방법을 찾았으니까. 내가 지내고 있는 3층은 곧 비워줄게요. 오늘 여기에 온 건 그걸 따지러 온 게 아니고 엄마 심부름 때문이에요." 나는 배낭에서 자개함을 꺼내 책상 위에 놓고 나비 모양 자물쇠가 그를 향하게 돌려놓았다.

그가 주저 없이 비밀번호를 눌렀다. 엄마와 결혼한 날.

열린 자개함 덮개가 내 시선을 가렸다. 그가 안에서 편지를 꺼내더니 내가 보는 앞에서 읽었다. 소리는 내지 않았다. 그러는 동안 나는 어떡할지 고민했다. 그가 한 장을 넘겨서 다음 장을 읽었다. 엄마 심부름은 끝났다. 지금 나갈까? 그가 셋째 장으로 넘어갔다. 그의 표정에는 변화가 없었고 난 거기에 익숙했다.

"갈게요."

"여기 네 얘기도 있는데 뭐라고 썼는지 궁금하지 않니?"

"갈게요." 나는 문으로 향했다.

"어제 네 엄마한테 갔었다. 넌 전날 왔다 갔더구나. 거기서 그 삼촌이라는 사람을 봤어."

난 문손잡이를 잡은 채로 가만히 섰다.

"내 잘못을 안다. 네 엄마가 집을 나갔을 때, 네가 제대 후에 돌아오지 않았을 때, 네 엄마가 눈을 감았다고 연락이 왔을 때를 견디면서 많이 후회했다. 인제 와서 이해해 달라는 건 아니야. 하지만 우리가 보는 건 언제나 한 단면뿐이라는 걸 알아줬으면 한다." 그가 덧붙였다. "이 편지 내용이 궁금하다면…."

"엄마가 보지 말고 전해주라고만 했어요. 난 그러겠다고 했고요. 이만 갈게요."

나는 목사실을 나와 1층으로 올라갔다. 장대비가 쏟아지고 있었다. 나는 동대문시장으로 향했다.

삼촌이라는 사람, 아버지는 삼촌을 항상 그렇게 불렀다. 어릴 적 나는 여름방학이 되면 외가가 있는 시골에 놀러 가는 친구들을 부러워했다. 나는 외가라는 것 자체가 없었으니까. 매년 어버이날이면 엄마는 아침 일찍 나를 데리고 밖에서 삼촌을 만나 어떤 고아원으로 가서 머리가 온통 하얗지만 자세가 꼿꼿한, 엄한 듯 자상한 인상의 원장할머니를 만났다. 나는 혼자 멀찍이 떨어져 앉아서 오랜만에, 아니 일 년 만에 웃고 떠들며 행복해하는 엄마를 바라보곤 했다. 엄마는 삼촌을 오빠라고 불렀고, 원장할머니를 엄마라고 불렀다. 그땐 너무 어려서 깊이 생각하기 싫었다. 그분들 사이에 닮은 구석이 하나도 없다는 생각을 처음 한 건 엄마를 보내고 난 후 사진첩을 정리할 때였다.

"태오 왔구나. 이런, 다음 주에 온다더니."

삼촌은 늘 날 맞을 때 호들갑스럽다. 그가 보온병을 치우고 빨간 플라스틱 의자를 내 앞에 놓았다.

"오늘 근처에 올 일이 있었어요."

"이럴 게 아니라, 오늘은 비가 와서 손님도 없으니까 빨리 정리하고 나가서 맛있는 거 먹자. 요 앞에 예전에 우리 가던 막걸릿집 좋지?"

머리와 가슴이 터질 것 같아서 바람을 쐬려고 무작정 전철에서 내렸는데 공교롭게도 이 역이었다. 또 2번 출구로 나왔다. 비는 가늘어져서 맞을 만했다. 바깥공기를 깊이 들이마시다가 젖은 아스팔트 냄새에 헛기침했다.

오랜만에 내 스테이지에 가서 서 보았다. 길거리 전파를 하는 데는 이곳만 한 명당은 없다. 가로등이 위에서 스포트라이트처럼 비춰주고, 전철역과 횡단보도가 가까워 오가는 사람이 끊이지 않으면서도, 근처에 볼거리가 없어 시선을 끌기 쉬웠다. 마주하는 상점이 없어서 영업방해 신고를 걱정할 필요도 없었다.

그러고 보니 봉구를 처음 만난 곳도 여기였다. 사실 그날 나의 타깃은 가슴을 부여잡고 숨을 헥헥거리며 어디로 갈지 갈피를 못 잡던 어떤 중년 남자였다. 어두워서 얼굴은 제대로 보지 못했지만, 소비 능력과 영적 호기심을 동시에 갖추고 적당히 상처가 있는, 당시 내가 찾던 최적의 타깃이었다. 그런데 갑자기 웬 술이 떡이 된 녀석이 끼어들어 훼방을 놓는 바람에 중년 남자는 가버렸다. 그러나 괜찮다. 덕분에 나는 무엇과도 바꿀 수 없는 소중한 제자 봉구를 얻었다.

사거리 길 건너의 통신사 대리점 앞에서는 커다란 사람 풍선이 차량 소음에 묻혀 내겐 들리지 않는 음악에 맞춰 신나게 흐느적거리고 있었다. 문득 지난 늦겨울 밤 여기서 길거리 전파를 하고 있을 때 목격했던 대형 교통사고가 떠올랐다. 우주와 세상 만물은 수로 이루어졌다고 열변을 토하다가 갑작스러운 천둥소리에 놀라 뒤돌아봤을 때 어떤 승용차가 영화의 한 장면처럼 붕 떠오르더니 저 대리점을 뚫고 들어갔었다. 피범벅이 되어 들것에 실려 가는 운전자의 모습은 참혹했다. 아마 그 사람도 지금은 우리 엄마가 있는 곳에 함께 있을지 모르겠다.

"오늘 엄마 심부름했어요." 아까 나는 부침개와 막걸리 너머에 앉은 삼촌에게 이렇게 말했다. "자개함이 아주 묵직했어요."

"패물하고 통장이 들어 있었을 거야. 엄마가 빌렸던 것들이야. 돌려주고 싶어 했어."

"그 안에 편지도 있더라고요. 궁금하지 않냐고 물어보길래 그냥 나왔어요."

"궁금하지 않았니? 엄마가 뭐라고 썼을지." 삼촌은 막걸리 사발을 들이켰다. "편지를 쓸 때 엄마는 이미 몸 상태가 너무 안 좋아서 펜을 들 수조차 없었어. 그 편지는 엄마가 불러주고 내가 쓴 거다."

목이 탔다. 나는 막걸리를 집었다가 그냥 물을 마셨다.

"이번 기일에 너와 같이 내려갔다면 그 편지 얘길 해주려고 했었어."

아버지는 엄마를 무척 사랑했단다. 그게 비라면 너무 많이 내려서 사람이 떠내려갈 만큼. 엄마를 배려해 하객 없이 치른 결혼식에서 그는 죽는 날까지 그녀를 지켜주겠다고 맹세했고, 그게 삶의 유일한 이유인 양 실제로도 그렇게 살았다. 엄마 신변의 어떤 사소한 일이라도 자신이 모르면 수모로 받아들였고 분노로 표출했다. 엄마의 평안을 위해 원장할머니와 삼촌은 스스로 무대 뒤로 사라져줘야 했다. 엄마는 외로웠고, 아버지는 자신이 설계한 소우주에서 라플라스의 악마가 되었다.

그러다 그 일이 벌어졌다. "그땐 정말 참을 수 없었어. 내 정신이 아니었어." 그날을 떠올리는 삼촌의 입술이 떨렸다. 원장할머니의 장례식을 마치고 3일 만에 귀가해서는 옷 가방을 들고 어린 내 손을 잡고 말없이 나가려는 엄마를 아버지가 쿵 소리가 날 만큼 세게 벽에 밀어붙인 뒤 얼굴을 때렸을 때, 길모퉁이에서 기다리던 삼촌이 달려들었고 아버지가 푹 쓰러졌다. 세 군데나 칼에 찔린 아버지는 지금도 다리를 절었다. 삼촌은 자기 삶을 포기하고 엄마를 위해 나섰던 것이다. 아버지는 삼촌을 신고하지 않았고 대신 엄마는 그때 아버지를 떠나지 않았다.

"그 편지 말미엔," 삼촌이 말했다. "엄마가 네 아버지에게 전하는 너에 대한 당부도 있어."

"내게 말해줄 필요 없어요. 엄마가 내가 아닌 그 사람에게 직접 전하고 싶은 얘기였다면, 그게 뭐가 됐건 내가 아닌 그 사람이 행동해주길 바랐던 거겠죠."

말은 이렇게 했지만 사실 난 그 사람에게 자개함을 전하기 직전 엄마와의 약속을 어기고 편지를 꺼내 읽고 말았다. 수천 번 고민 끝에 내린 결정이었다. 엄마는 그에게 나와의 부자지간 관계를 꼭 회복해 달라고 부탁하고 있었다. 부모의 사랑과 관심이 뭔지 모르고 커버린 아이라고, 부디 남은 시간 동안은 아버지가 되어 달라고 당부했다. 엄마가 그에게 남긴 일종의 유언인 셈이었다.

하지만 지금 와서 그게 무슨 의미인가? 그걸 읽었을 때 내 머릿속에는 전략(공식)을 수정해야겠다는 생각밖에 들지 않았다. 다시 한번 말하지만, 엄마는 마지막 순간 그를 용서했을지 몰라도 난 아니다.

나만의 스테이지에 서서 허공에 대고 소리쳤다. "수에 관심이 있으십니까? 우주의 삼라만상은 수로 이루어져 있습니다."

양복을 곱게 차려입은 어떤 녀석이 내 앞에 와서 귀를 쫑긋 세우고 무슨 질문이라도 할 것처럼 나의 한 마디 한 마디에 집중했다. 나는 그를 무시하고 계속 허공에 대고 소리쳤다. "수에 모든 해답이 들어 있습니다. 제가 그 공식을 알려드리겠습니다. 우주의 진리를 위하여!" 녀석이 자기 우산을 내밀길래 내가 눈짓으로 말했다. 보아하니 면접이나 보러 다니는 취준생 같은데, 집에 가서 니 걱정이나 해.

오늘 난 설파가 아니라 방해받지 않고 그냥 실컷 소리 지르고 싶었다.

스물일곱 집사의
가을

1

전철역으로 가는데 어떤 남자가 길거리에 비를 맞고 서서 고래고래 소리를 지르고 있었다. 뭐라고 하는 건지 들어보려고 했지만, 그는 용암처럼 시뻘건 얼굴을 하고서 알아들을 수 없는 말만 되풀이했다. 모든 게 수로 이루어졌고 그 안에 해답이 있는데 자기가 그 공식을 알려 준다나 어쩐다나. 수학학원을 크게 하다가 말아먹었나?

내가 우산을 내밀어주었으나 그는, 신경 써줘서 고맙지만 지금은 이 비를 흠뻑 맞고 싶어요, 하는 표정으로 내 손길을 피했다. 그 심정은 나도 알 것 같다. 비라도 안 맞으면 속이 시커멓게 타서 재가 되어버릴 것 같은. 나만큼이나 (어쩌면 나보다 훨씬 더) 머리가 복잡한 사람인 듯했다. 부디 힘내세요.

나는 역으로 내려가서 집으로 가는 전철을 탔다.

동네 오르막길을 터벅터벅 올라가다가 모퉁이에 있는 단골 동물병원 앞을 지날 때 나는 정신이 번쩍 들었다. 아 맞다, 오늘도 고양이 간식을 안 사 가면 아주 생난리를 칠 텐데. 하지만 내 주머니 속엔 아무것도 잡히지 않았다.

오늘 대체 얼마를 쓴 거야? 면접 시간에 늦어서 택시비 만 원, 면접 전 각성 유지를 위해 아메리카노 오천 원, 면접 후 허탈감에 사발면 삼천 원, 혹시 몰라서 로또 오천 원. 백만 마흔다섯 번째 면접에 떨어지는데 거금 이만 삼천 원이 들었다.

결과는 다음 주에 나오지만 확인할 필요성을 느끼지 못했다. 면접관 중에 자기가 엄청 스마트한 줄 아는 나르시시스트 하나가 시종 취조하듯 질문을 던지면서 내가 하는 대답마다 "머릿속에서 정리를 하고 말하세요. 뭘 하겠다는 건지 알아들을 수가 없군요." 라고 했다. 이런 나르시시스트의 문제점은 촌철살인의 질문을 던지지 않으면 안 된다는 강박에 사로잡혀서 질문 하나를 하고 나면 다음 걸 생각해내느라 정작 상대의 답변은 듣지도 않는다는 거다.

"묘쉐이 아버님," 동물병원 아르바이트 여학생이 나와서 나를 불렀다. "와, 그렇게 쫙 빼입고 어디 갔다 오세요? 소개팅?"

"아니요, 그냥 일이 좀 있어서요."

세상사는 통계다. 동전의 한 면만 계속 나올 수 없듯, 안 좋은 일만 주야장천 일어날 수는 없다. 그녀는 다음 주에 학교 개강이라 오늘이 마지막 출근이라며 샘플로 나오는 고양이 간식을 다섯 개나 챙겨주었다.

"앞으로 묘쉑이 보고 싶어서 어쩌죠?"

놈의 실체를 모르는 순진한 여자들은 이런 경솔한 말을 뱉는다. 나는 그들에게, 사람이든 동물이든 수놈은 믿으면 안 돼요, 하고 말해주고 싶다. "학교생활 잘하고, 다음 여름방학 때 또 봐요. 그리고 이거 고마워요. 묘쉑이가 엄청 좋아할 거예요."

죽으라는 법은 없다. 나는 샘플 간식이 든 봉지를 자랑스럽게 흔들며 집으로 갔다. 매직으로 〈301호〉라고 쓴 문에 열쇠를 넣고 돌려서 살짝 들어 올린 뒤 밀었다. 이러지 않으면 문에서 여자 비명이 들린다.

집안에 들어서자 모래에 파묻힌 고양이 분변 냄새가 사막의 열풍처럼 쏴 하고 불어왔다. 여기 열 평짜리 원룸—고시원보다는 상위 클래스다—이 나의 안식처다. 아니, 사실 나보다는 저기 빈 라면박스 안에서 뒤집힌 바퀴벌레처럼 배를 까고 퍼질러 자는 녀석의 안식처라고 하는 게 맞을 거 같다.

놈이 게슴츠레하게 뜬 눈으로 나를 봤다. '왔냐?'

저 수컷 고양이의 이름은 묘쉑이다. 몸뚱이가 눈사람처럼 하얗고, 눌린 찐빵 같은 얼굴 위에 생기다 만 눈코입이 별표(*)처럼 한군데 모여 있어서 자칫 귀여운 순둥이라고 착각할 수 있지만 그건 엄청난 오산이다. 싸가지라고는 내 수중의 돈보다도 없고, 뭐든 자기 마음에 안 들면 욱하고 보는 천하의 다혈질이다. 게다가 개털보다 뻣뻣한 단모 주제에 어미 쪽이 페르시아고양이 혈통이라고 외모는 어찌나 신경을 쓰는지.

"별일 없었지?" 내가 물었다.

'일은 무슨. 면접은 잘 봤냐?' 묘쉑이가 묻고는 내 표정을 살피더니 꼬리로 방바닥을 툭툭 치면서 하품을 했다. '아요 인간아 인간아 인간아, 언제 사람 구실 할래?'

"지금 나 건들지 마라. 내 감정선에 변화의 폭이 아주 크다. 아근데 듣자 듣자 하니까, 왜 계속 반말인데? 한참 형한테?"

'뭐래, 저 백수가? 누가 형인데?'

"야 고양이, 너 인제 네 살이거든."

'인터넷 들어가서 쳐봐. 집고양이 네 살이면 사람 나이로 몇 살인지. 서른둘이야. 너 올해 스물일곱이지? 대가리에 피도 안 마른게 얻다 대고 형이래, 아요.'

"의그, 말이나 못 하면. 말을 말자, 말을 말아." 나는 들고 있던 간식을 봉투째 바닥에 던졌다. "조용히 하고 이거나 드셔."

'오케이.' 묘쉑이가 벌떡 일어나서 봉투를 보더니 짜증을 냈다. '뭐야, 이거. 비매품이잖아? 유산균하고 오메가쓰리 함유된 그 오렌지색 유기농 제품 사 오라니까. 그거 할인행사 내일까지란 말이야. 하여튼 인간이 저렇게 저렴해가지고.'

"거기 알바 여학생이 오늘 마지막 근무라고 일부러 너 챙겨준 거야. 먹기 싫으면 냅둬. 가져가서 돌려주게."

'아요, 됐어. 냅둬. 준 사람 성의가 있지.' 묘쉑이가 간식을 톡톡

쳤다. '걔는 마음 씀씀이도 얼굴 씀씀이 못지않아. 시집 잘 가겠어. 뭐해? 이거 좀 뜯어봐.'

"아 진짜 귀찮게, 무슨 생명체가 손가락도 없어가지고."

'야, 이건 뭔데?' 묘쉑이가 앉아서 앞다리 두 개를 들고 발가락을 부채처럼 활짝 펼쳤다.

"접어라. 보기 흉하다. 벙어리장갑을 껴도 그거보단 길겠다."

'저게 또 묘신공격하네.' 묘쉑이의 두 앞발은 유난히 동그랗고 뭉툭했다. '이따 자기 전에 내 발톱이나 좀 깎아. 확 다 긁어버리기 전에. 하기야 이놈의 집구석에 가구 비슷한 거라도 뭐가 있어야 긁지. 아요, 우울하다 우울해. 빨리 그 공짜 간식이나 뜯어.'

나는 방안에 뒹구는 비닐봉지를 펼쳐놓고 그 위에 참치 간식을 꾹 눌러 짜냈다. "됐냐?"

'샘플이라 쥐똥만 한데 그냥 두 개 뜯지. 이걸 누구 코에 붙이라고? 그리고 인간적으로 좀 그릇에 주던가 직접 짜 먹여주던가. 하여튼 게을러터져서는. 아요, 저러니까 평생 백수지.'

묘쉑이가 고개를 숙이고 이태리타월처럼 까칠한 분홍색 혀를 날름거리자 참치살이 훅훅 줄어들었다.

나는 다음 주에 예정된 백만 마흔여섯 번째 면접을 떠올리며 단벌 양복과 와이셔츠를 벗어서 고양이 털이 묻지 않게 비닐 커버를 씌운 다음 한쪽에 잘 걸어두었다. 작년에 동대문시장에서 장만한 건데, 궁상맞게 혼자 도시락을 까먹던 선한 인상의 주인

아저씨가 재봉선에 흠이 있다고 헐값에 넘겨준 거였다. 지난 일 년간 비가 오나 눈이 오나 이 못난 주인과 함께 면접장을 누비며 온갖 수모를 감내한 분신이라고 할 수 있다.

나는 팬티 바람으로 서서, 참치를 다 먹어 치우고 내 추리닝 위에 앉아 발가락 사이사이를 핥는 묘쉐이를 보았다. "옷 좀 입게 나와봐. 거기서 무슨 때 미냐?"

놈은 들은 척도 안 하고 앞발에 침을 묻혀서 눈과 귀를 싹싹 닦더니 이젠 뒷다리를 하늘로 쭉 뻗고 똥꼬를 핥기 시작했다. 주둥이를 아무리 들이대도 원하는 스팟까지 혀가 닿지 않는지 짜증 섞인 신음을 내며 몸을 파르르 떨었다. 이때다 싶어 내가 추리닝을 확 잡아 빼자 녀석이 하얀 솜뭉치처럼 데구루루 굴러 벽에 부딪혔다.

'아요, 저 백수 새끼가 진짜.' 솜뭉치가 기분 상한 눈으로 나를 째려봤다.

"그러게 나오랬잖아."

나는 내 피부나 다름없는 파란색 추리닝을 입고서 묘쉐이의 흰 털을 털어냈다. 면접장에 저 단벌 양복이 있다면, 그 외의 모든 시간엔 이 프로스펙스 추리닝이 있다.

나는 한쪽 벽에 서 있는, 지난달 옆방 302호 아저씨가 서울역으로 이사 가면서 주고 간 전신거울에 비친 내 옆모습을 보았다. 툭 튀어나온 엉덩이와 무릎 부위가 금속처럼 반들거렸다. 두어 번만 더 빨면 물에 녹아내릴 거 같았다. 정면에서 날 보았다. 내 입으로 이런 말까지 하고 싶진 않지만, 누가 봐도 루저 그 자체였다. 급우울해졌다.

여기서 날 더 우울하다 못해 비참하게 만드는 건 거울 구석에 비친, 온몸을 핥다가 또 퍼질러 자는 저 솜뭉치 고양이가 나의 유일한 희망이고 꿈이라는 사실이었다. 무슨 수를 써서라도 녀석을 반드시 설득해야 한다.

잠이 오지 않았다. 면접을 망친 날은 특히 더 그랬다.

더 이상 미룰 수 없다. 이제 담판을 짓지 않으면 나도 302호 아저씨를 따라서 서울역으로 이사 가야 할 판이었다. 다음 주에 볼 면접? 안 봐도 뻔했다. 전국의 면접관들은 콕 찍어서 나만 싫어했다. 이번에도 그들은 내 두 손을 결박해서 천장에 매달아 놓고 뱀 같은 혀를 길게 빼내서 인정사정없이 채찍질을 가할 것이다. 그러면 난⋯ 또 무지하게 아파할 거다.

"자냐?" 내가 물었다. 반응이 없었다. "안 자면 얘기 좀 할까? 꼭 할 말이 있어."

반대쪽을 보고 누운 묘쉐이가 머리만 돌려 날 보자 뚱뚱한 몸통까지 따라와 자연스럽게 나를 보고 눕게 되었다. '뭔데? 또 그 방송 얘기면 내 대답은 똑같애.'

"왜? 왜 진지하게 생각해보지도 않고 무조건 안 된다고만 하는 거야?" 내가 벌떡 일어나 앉았다. "나도 할 수 있는 건 다 했잖아. 지난 일 년간 면접을 몇 번 봤는지 알아? 그래도 안 되는 걸 어떡해. 너도 옆에서 봐서 알잖아."

'눈높이를 낮춰.'

"지난달엔 형광 콘돔 만드는 회사까지 지원했는데, 거기서 뭘 더 낮추라는 거야? 나도 남들처럼 대학 4년 다녔다고."

'2년제를 4년 동안 다닌 게 자랑이냐?'

"그러지 말고 눈 딱 감고 한 번만 도와줘. 출연만 하면 정말 초대박이 날 거야. 내가 〈순간포착 세상에 저런 일이〉에 사연을 보냈더니, 담당 피디가 직접 메일을 보내서 그게 진짜면 당장 촬영하러 오겠다고 난리야. 사람이랑 완벽하게 소통하는 고양이는 세계 최초래. 공중파는 딱 한 번만 나가면 돼. 그다음부터는 우리끼리 인터넷방송을 하는 거야. 한 달에 십 분짜리 영상 서너 개만 올리면 돼. 아무리 못해도 수천만 뷰는 나올 거야. 그게 돈으로 얼만지 알아?"

'난 절대 안 한다고 수천만 번 말했다.'

"정 부담스러우면, 강아지가 하는 정도만이라도. 거 있잖아, 왜? 손, 앉아, 굴러, 빵야, 기다려, 이런 거. 아 잠깐, 근데 그건 너무 약한 거 같고 거기다 쫌만 더 고차원적인 거 몇 개만 섞자. 낱말카드 맞추기, 색깔 맞추기, 돈 놓고 돈 먹기 같은 거. 너한테는 애들 장난이잖아. 그 정도만 해도 넌 세계적인 천재 고양이가 될 거야."

'그냥 너 혼자 나가서 너 천재 해.'

"야, 그걸 내가 하면 그게 천재냐? 저능아지?"

'딱이네.'

새벽까지 목에 핏대를 세우고 싸웠지만, 이 꽉 막힌 고양이는 한 발짝도 물러서지 않았다. 결국 나는 포기하고 드러누워서 이불을 얼굴까지 덮었다.

묘쉐이의 요지는 진짜 노동을 해서 돈 벌 생각을 하라는 거였다. 세상이 변했는데 저렇게 꽉 막힌 꼰대 고양이라니. 그리고 그게 하루에 열다섯 시간을 처자고 남는 시간은 죄다 몸뚱어리 핥는 데 쓰는 놈이 할 소리인가? 지난 4년간 나는 라면으로 배를 채울지언정 녀석만은 고급 사료와 간식을 꼬박꼬박 챙겨 먹였는데, 어떻게 나한테 이렇게 나올 수 있단 말인가? 천하의 배은망덕한 묘새끼.

묘쉐이가 앞발로 나를 툭툭 쳤다.

"왜?" 나는 못이기는 척하면서 이불 밖으로 눈만 내밀었다.

'그럼 이렇게 하자.' 묘쉐이가 말했다.

느낌이 괜찮았다. 나는 얼른 일어나 앉아서 환호성 지를 준비를 했다. 이때 눈물 한 방울 정도 떨어뜨리면 그림이 괜찮게 나올 텐데. 눈에 힘을 빡 줬더니 엉뚱하게도 뿍 하고 방귀가 나왔다.

'아요 백수, 진짜 가지가지 하네.' 묘쉡이가 혀를 찼다.

"미안." 나는 얼른 손을 부채처럼 저어서 냄새를 묘쉡이 반대쪽으로 몰았다. "말해봐. 할 얘기가 뭔데?"

'그러니까,' 묘쉡이가 안 그래도 가운데 몰려 있는 눈코입을 더 모아 완벽한 별표(*)를 만들었다. '어쨌건 올해까지는 노력해보자는 거야. 그래도 안 되면 그때 뭘 하더라도 하자.'

"지금이 벌써 9월인데, 4개월 더 삽질한다고 집이 지어질까?"

'갑자기 웬 집 타령이야?'

"미안, 비유법이라는 거야. 굳이 4개월을 더 기다릴 필요가 있을까 해서."

'그리고 조건이 있어. 당장 알바를 시작해'

"월세 낼 때 맞춰서 대리운전 나가잖아."

'그렇게 너 내킬 때만 하는 거 말고. 낮에도 일하란 말이야. 매일, 규칙적으로, 정시 출퇴근.'

"내년부터 개인 방송하려면 준비할 게 많은데. 유튜브 공부도 해야 하고 장비도 이것저것….".

'싫으면 말든지.'

"알았어, 알았다고. 누가 안 한대? 그래도 갑자기 낮에 하는 알바를 어디서 구해?"

'거기.'

"어디?"

'아, 거기 있잖아.'

"어디? 거기? 동물병원?"

묘쉐이가 꼬리로 바닥을 톡톡 쳤다.

"동네 창피하게. 그리고 거긴 나 같이 다 큰 남자는 써주지도 않아. 수의사가 여자라서 여학생 알바만 뽑잖아."

'미션이야. 뭔 짓을 해서든 거기 알바 자리를 따내.'

"거기서 일하게 되면 간식 같은 거 공짜로 생길까 봐 그러는 거 아냐, 유치하게?"

'당연하지. 나한테도 뭐 떨어지는 게 있어야 할 거 아냐? 낮엔 거기서 일하고 밤엔 틈틈이 대리운전 뛰고, 백수탈출닷컴 통해서 올라오는 회사들 죄다 지원하고. 남은 4개월 동안 그렇게 했는데도 안 되면 그땐 티브이건 유튜브건 너 원하는 대로 할게.'

나는 도로 누워서 이불을 목까지 당겼다. 환호할 정도는 아니지만 유의미한 성과였다. 창문으로 스며들어오는 달빛이 오랜만에 햇볕처럼 따스하게 느껴졌다. 묘쉐이가 앞발로 화장실 모래를 헤집는 소리가 들렸다. 잠시 후 냄새가 스멀스멀 올라올 때 놈이 나를 툭 치고 지나가더니 라면박스 안으로 들어가서 몸을 돌돌 말았다.

나는 일어나서 모래 속에 파묻힌 묘분 세 덩이를 캐내서 비닐봉지에 담아 버린 후 다시 누웠다. 내 얼굴에 번지는 미소가 느껴졌다. 나는 이불을 목까지 끌어올리면서 말했다. "약속했다, 4개월. 그때 가서 딴소리하기 없기다.”

이 핑계 저 핑계 대고 며칠을 뭉개다가, 그날 밤 한 약속 다 없던 거로 하겠다는 묘쉑이의 최후통첩을 받고 나서야 나는 어기적 어기적 집을 나섰다.

동물병원은 젊은 부부가 운영했다. 아니, 정확히 말하면 와이프가 운영했다. 와이프가 수의사고 남편은 셔터맨이다. 남편의 본업은 추리소설 작가라고 하는데, 읽어보고 싶으니 출판된 책을 알려 달라고 하면 멀쩡히 있다가도 화장실이 급하다며 자리를 뜨곤 했다. 내가 숨 쉬듯 면접에 떨어지는 것처럼 그도 출판 거절을 당하는 게 분명했다. 그래서 그런지 남편은 나를 무척 살갑게 대해주었다. 동병상련이랄까 유유상종이랄까, 뭐 그런.

“오랜만에 왔네요?” 수의사가 나를 맞았다. “묘쉑이는 잘 지내죠?” 그녀도 놈의 광팬이었다.

“네.” 내가 말했다. “작가님은 들어가셨어요?”

“무슨 영감이 떠오른다고 일찍 들어갔어요. 뭐 드릴까요?”

“알바생 없이 혼자 일하시려니까 힘드시겠어요.” 슬쩍 떠보았다. “알바 학생 마지막 근무 날 지나가다가 잠깐 봤거든요.”

“그러셨구나. 그러게요. 싹싹하게 일 참 잘하는 애였는데. 다음 방학 때 또 와서 일하기로 약속했어요. 그때까지 임시로 누굴 또 알아보는 건 좀 그렇고, 남편이 더 도와줘야죠."

"근데 아저씨는 글 쓰시려면…." 내가 머뭇머뭇 뒷주머니에서 꼬깃꼬깃 접은 이력서를 꺼냈다. "저기, 드릴 말씀이…."

그게 뭐죠, 하는 표정으로 수의사가 내 말을 기다렸다.

"제가 워낙 동물을 좋아해서… 묘쉡이 보면 아시겠지만…."

"그럼요, 잘 알죠." 수의사는 내 손에 들린 게 뭔지 계속 힐끔거렸다. 이게 이력서라고는 상상도 하지 못할 것이다. "행운이에요. 묘쉡이처럼 영특한 아이는 만나기 힘들거든요."

"저기," 나는 준비한 멘트를 하나씩 꺼냈다. "제가 내년부터 큰 프로젝트를 시작하는데 그때까지… 그 알바생 방학 시작할 때까지, 그러니까 올해 말까지… 이건 순전히 제가 동물을 좋아해서… 그 알바생한테 주시던 만큼만…."

뭔 소리를 하는 건지, 말하는 나도 알아들을 수가 없었다. 순간 고개를 저으며 비웃는 묘쉡이의 눌린 얼굴이 떠올랐다. 나는 이력서를 빳빳하게 펴서 폭탄돌리기 게임을 하듯 그녀에게 떠넘겼다. 그러고는 다시 입을 열었는데 힘 조절이 안 돼서 소리를 지르는 것처럼 말했다. "올해까지만 여기서 일할 수 있을까요? 알바 여학생이랑 똑같이 주시면 되고, 정말 열심히 하겠습니다."

"네? 아…," 수의사가 이 더러운 팬티는 누구 거야, 하는 표정으로 엄지와 검지를 집게처럼 써서 내 이력서를 들었다. "그게 그러니까 남편이랑… 상의를 좀… 해봐야 할…."

"그래 주시면 너무 감사하죠. 고맙습니다, 수의사님. 정말 감사드려요." 나는 이미 허락을 받기라도 한 것처럼 연신 고개를 숙였다. 어쨌든 작가 남편 귀에 들어가면 승산이 있었다. 소설가는 야행성이라 아침에 영업 준비를 도와주는 게 너무 힘들다고 나한테 몇 번이나 하소연한 적이 있었다.

그녀가 눈빛으로 내 목덜미를 움켜잡고 문밖으로 끌어내려 했지만, 나는 산책을 더 하겠다고 떼쓰는 개처럼 버텼다. 그녀는 하는 수 없다는 듯 웃는 건지 우는 건지 애매한 얼굴로 휴대폰을 꺼냈다.

"어 여보, 뭐해? 뭐 좀 의논할 게 있어서. 저기 지금 묘쉒이네 총각이 와 있는데, 저기 그러니까…."

그녀가 진료실로 들어가서 문을 닫자 소리가 끊겼다. 문에 난 작은 창 속의 그녀는 멸종위기종의 생사가 오가는 대수술을 집도하는 것처럼 심각했다. 이게 뭐라고 회사 면접 결과를 기다릴 때보다 더 떨렸다. 묘쉒이 때문이었다. 그리고 내 꿈을 위해서였다.

한참 있다가 그녀가 대수술이라도 마치고 나온 것처럼 이마를 훔치며 터벅터벅 걸어 나왔다.

"그럼 다음 주 월요일부터 일 시작할 수 있겠어요?"

"물론입니다, 수의사님."

"조건이 하나 있어요."

"뭐든지요." 구십 도로 접힌 내 허리는 펴질 줄 몰랐다.

2

"수군아," 문 두드리는 소리. "백수군."

비록 최저시급 아르바이트이긴 하지만 취직은 취직이다. 십년
지기가 양념치킨과 두툼한 편의점 봉투를 양손에 들고 축하해주
러 왔다. 월요일 아침부터 출근하려면 오늘이 마음 편히 즐길 수
있는 마지막 저녁이었다.

문을 열어주자 석두리가 양손에 든 봉투를 내밀었다. "이거 좀
들어줘." 그의 접힌 턱살에서 땀이 빗물처럼 뚝뚝 떨어졌다. "올
때마다 느끼는 건데, 여기 계단은 거의 사다리야. 5층짜리 건물에
엘리베이터가 없는 건 불법 아니야? 그리고 이제 9월인데 아직도
이렇게 더운 게 말이 돼? 지구 온건화 때문에 머지않아 우린 다
익어버릴 거야."

"넌 익는 게 아니라 끓겠다, 야. 빨리 들어와서 선풍기 바람 좀
쐬."

"아고고 이게 얼마 만이야, 우리 귀염둥이 묘쉐이." 석두리가
젖은 몸을 출렁거리며 다가가자 선풍기 앞에서 식빵을 굽던 묘
쉐이가 기겁해서 라면박스 안으로 뛰어 들어갔다. "그래, 너두 덥
지? 이게 다 지구 온건화 때문이란다. 수군아, 애 눈 좀 봐봐. 뭐라
는 거야?"

'온건화가 아니라 온난화야, 이 멍청한 살덩어리야. 그리고 제

발 그 삶은 족발 같은 손 좀 저리 치워.'라고 하는 묘쉑이를 보며 내가 말했다. "자주 좀 놀러 오지 왜 이렇게 오랜만에 왔내?"

"귀여운 녀석. 이 삼촌이 회사일 땜에 쫌 바빴어."

묘쉑이가 석두리의 손길을 피하면서 날 노려봤다. '이 살덩어리가 뭐라는 거야, 위아래도 없이. 야 백수, 얘한테 나 서른둘이라고 말 좀 해줘.'

"니가 직접 말해." 내가 되받았다.

"어? 뭘?" 석두리가 물었다.

"어? 뭐가?"

"뭘 직접 말해?"

"아, 묘쉑이한테 한 말이야. 너 너무 보고 싶었다고 말해 달래서."

"그랬어? 나두야." 석두리가 턱을 만져주자 묘쉑이가 얼굴로는 짜증을 내면서 목으로는 그르렁거렸다. 두리가 말했다. "난 항상 네가 부러워, 수군아. 고양이랑 대화를 하는 기분은 어떤 걸까?"

"니가 직장 꼰대랑 대화하는 기분이랑 비슷할걸. 참 그건 그렇고, 빅뉴스가 있어. 엊그제 드디어 우리 합의를 봤어." 계속 말하려다가 곁눈질로 보니 묘쉑이가 고양이 특유의 1자 동공으로 날 노려보고 있었다. "아, 아니다. 나중에 때가 되면 말해줄게."

"싱겁긴." 석두리가 말했다. "근데 들어오다 옆 호실 문이 열려 있어서 슬쩍 보니까, 누구 이사 들어오는 거 같던데?"

"야, 말도 마라." 캔맥주 두 개랑 치킨을 들고 와서 나도 선풍기 앞에 앉았다. "이사비용 몇 푼 아끼겠다고 월요일부터 한주 내내 매일 저렇게 한 움큼씩 이삿짐 가져오는 거 있지. 없이 살면 짐이 적던가, 짐이 많으면 돈이 좀 있던가. 설마 티브이에 나오는, 여기 저기서 쓰레기 주워다가 집안에 쌓아놓고 냄새 풍기는 그런 사람은 아니겠지? 매일 넥타이를 매고 다니긴 하던데. 모르지, 여차하면 천장에 묶으려고 매고 다니는 건지도. 아무튼 잘못 엮이면 피곤하겠어. 전에 살던 아저씨는 세상 편하고 좋았는데. 보고 싶다. 조만간 그 아저씨 집들이 한번 가야겠어."

"그 아저씬 어디로 이사 갔는데?"

"서울역."

"오우, 그 동네 꽤 비쌀 텐데 성공했네."

"서울역 인근이 아니라 그냥 서울역."

"아…."

그때 석두리의 휴대폰이 울렸다.

"네, 팀장님. 아니요, 괜찮아요. 친구 집에 왔어요. 친구가 이번에 취업했거든요. 네, 많이 안 마시죠. 그 건은 걱정 마세요. 월요일에 출근하시면 바로 볼 수 있게 준비해놓을게요. 네, 팀장님도 일 걱정 그만하시고 주말만이라도 좀 푹 쉬세요."

석두리가 전화를 끊은 뒤 내가 말했다. "너희 팀장은 토요일에도 전화해서 일을 시키냐?"

"회장님이 지시한 인수합병 건이거든. 다 마무리됐고 완료 보고만 하면 돼."

"인수합병?" 내가 되물었다.

'인수합병? 구멍가게보다 한 뼘 더 큰 회사가 남들 하는 건 또다 따라 하네. 아요, 지겨워.' 묘쉡이가 어이없어했다.

"우리 영업들이 업무상 대리운전을 자주 써서 비용처리가 많아지니까 회장님이 인수하기 적당한 대리운전 회사를 찾아보라고 하신 거야. 남 좋은 일 하는 꼴을 못 보시거든."

"너희 회장 예전에 자서전 낸다고 무슨 출판사도 차리고 그러지 않았냐?"

"출판사, 사무용품점, 용산 컴퓨터대리점, 삼겹살집, 커피숍, 와인바, 기타 등등, 계열사로 등록된 데가 수도 없이 많아. 회사에서 쓰는 비용이 딴 데로 샐 틈을 다 막아버렸지. 고만고만한 사이즈의 업계에서는 문어발식 경영으로 유명하셔."

"바꾸잔지 바꾸란지 이름도 희한해가지고, 그 양반 참 욕심도 많네." 이때 문뜩 생각났다. "참, 두리야. 전에 내가 늦게 가서 못 봤던 너희 회사 면접, 하반기에 다시 볼 기회가 있을 거라고 했던 건 어떻게 됐어?"

"아, 맞다. 말 잘 꺼냈어. 10월 중순에 전체 계열사 포함한 하반기 그룹 공채를 할 예정인데, 날짜 확정되면 알려줄게. 넌 그때 제출했던 이력서는 내가 가지고 있으니까 아무 생각 말고 인터뷰

연습이나 잘하고 있어."

'하반기 그룹 공채? 아주 그냥 삼성 납셨네. 아요, 진짜.' 묘쉑이가 실소를 뱉었다.

석두리는, 요즘 심각한 청년실업 때문에 눈높이를 낮춘 지원자들이 몰리고 있으니 스펙이 딸리는 나는 인터뷰를 확실히 준비해야 할 거라고 은근히 겁을 주었다. (두리가 대놓고 말하진 않았지만, 솔직히 서류전형을 통과한 것도 내가 아닌 두리의 능력이었을 거다.) 그러면서 지난번 내가 지각했던 면접에서 합격한 신입이 수습 기간을 역대 최고 성적으로 마치고 지난주에 정규직으로 합류했다는 소식을 알렸다. "얼굴도 엄청 예쁘고, 그리고 아빠가 어디서 일하는지 알아?"

"안 궁금해." 난 오늘만큼은 초라해지길 거부했다. 내 취업을 축하하기 위한 자리 아닌가.

나는 방 전체를 비추는 전신거울을 봤다. 석두리는 닭고기가 가득 든 입안에 맥주를 부었고, 묘쉑이는 석두리가 사 온 게살 맛간식을 날름거렸다. 놀랍게도 거울 속의 나는 주눅 들지 않고 어깨와 허리를 꼿꼿이 펴고 있었다. 그깟 거 안 뽑혀도 그만이다. 내겐 플랜A를 오징어로 만들어버릴 플랜B가 있지 않은가.

우린 오래간만에 웃고 떠들면서 먹고 마셨다. 마지막 맥주캔을 찌그러뜨린 뒤 내가 2차를 쏘겠다고 하자, 석두리가 그건 내 첫 월급날로 미루고 오늘은 자기가 끝까지 책임지겠다고 했다. 그렇다면 2차는 편의점이 아니라 호프집이다. 간식을 다 먹은 묘쉑이가 라면박스로 기어들어 간 뒤 우리는 슬그머니 기어나갔다.

아침 여덟 시 전에 도착해서 쓸고 닦고 영업 준비를 해야 하는게 고역이었지만, 그 외는 할 만했다. 수의사는 아홉 시 반쯤 출근했다. 나는 종일 일하다가 저녁 여섯 시에 작가 남편과 바통터치를 하고 퇴근했다. 그러면 남편은 싸 들고 온 도시락을 와이프에게 떠먹여 준 뒤 작품 구상을 한답시고 두어 시간 빈둥대다가 여덟 시에 와이프를 모시고 귀가했다.

한 가지 짜증나는 건 수의사가 나를 채용하면서 내건 조건이었다. "출근할 때 묘쉑이 데리고 올 수 있죠? 집에 혼자 있으면 묘쉑이도 심심하잖아요."

녀석이 지켜보는 앞에서 일하는 게 얼마나 고역인지 겪어보지 않은 사람은 모른다. 사사건건 이래라저래라, 말끝마다 그것도 모르냐, 작은 실수라도 하면 아주 사람 취급하지 않았다. 하지만 이까짓 게 무슨 대수겠는가? 인생 역전의 대박을 위해서 넉 달만 버티면 된다.

"수군 씨," 다섯 시밖에 안 됐는데 수의사가 가운을 벗으면서 말했다. "애가 열이 심해서 지금 들어가 봐야 하는데, 남편 올 때까지 있어 줄 수 있죠? 늦어도 일곱 시까지는 올 거예요."

'물론이지, 추가 근무 시간 계산해주면.' 묘쉒이가 내게 눈짓했다.

"그럼요. 걱정 마시고 빨리 들어가 보세요." 내가 말했다.

부부에게는 열 살짜리 아들내미가 하나 있다. 종종 같은 반 여자아이 친구와 함께 동물병원에 놀러 오곤 하는데, 불행하게도 우람한 엄마의 지방과 왜소한 아빠의 골격을 물려받은 아이였다. 더 안타까운 건 머리가 온전히 아빠 쪽이라는 것이다.

반면에 그를 따라 놀러 오는 여자아이는 차원이 달랐다. 열 살이 맞나 싶을 정도로 어휘력이 풍부하고 예의 바르고 예쁘기까지 했는데, 아들내미가 수의사 엄마의 지원을 받아 가며 그 아이의 환심을 사려고 안간힘을 쓰는 모습은 볼 때마다 짠했다.

일곱 시가 조금 넘었을 때 작가 남편이 도착했다.

"미안해, 좀 늦었지? 서두른다고 서둘렀는데."

"아이는 좀 어때요?" 내가 물었다.

"병원 가서 주사 맞았으니까 약 먹고 오늘 푹 자면 괜찮아질 거야. 짜식, 어제 비 오는데 자기 반 여자친구 생일선물 만들어준다고 꽃 꺾으러 다닐 때부터 알아봤어. 어쩜 하는 짓도 그렇게 날 빼다 박았는지. 나 닮아서 이 담에 장가 하나는 잘 가겠어." 남편이 배낭에서 꺼낸 도시락을 풀어헤치며 말했다. "그나저나 집사람도 없는데 이 많은 거 어떡하지? 수군 씨, 집에 가면 먹을 것도 변변치 않을 텐데 이거 같이 먹고 가."

"정말요? 감사합니다." 추가 근무 수당이다, 치고 나는 자리에 앉았다. 작가 남편이 3층 찬합을 하나씩 여니 달걀 프라이를 얹은 잡곡밥, 각종 밑반찬, 불고기가 나왔고, 김 두 봉지와 보온병에 뭇국도 있었다.

"와, 이걸 매일 작가님이 준비해서 가져오시는 거예요?"

"우리 여보가 만들어놓은 거 난 그냥 냉장고에서 퍼오는 것뿐이지." 남편이 수저와 젓가락을 내게 건넸다. "입맛에 맞을지 모르겠지만 많이 먹어."

"잘 먹겠습니다." 난 밥을 한술 뜨기 전에 진미채, 시금치, 멸치볶음, 감자채를 한 번씩 맛보고는 불고기도 한 점 입에 넣었다. 짜고 짜고 짜고 또 짜고, 하나같이 별로였다. "식당 차리셔도 되겠어요."

"남자는 자고로 장가를 잘 가야 해." 작가 남편이 뻐기듯 말하더니 한숨을 푹 내쉬었다. "남편 잘못 만나서 고생만 하는 우리 여보는…."

가뜩이나 음식도 맛없는데 자리까지 불편해지려 하고 있었다. 아까 그냥 갈걸. 곁눈질로 보니 묘쉒이가 '집에 가서 화장실 가야 하는데 저 알바 새끼, 낄 때 뺄 때 모르고 진짜, 아요.'라며 나를 노려보았다.

그 후로 한 시간 가까이 작가 남편은 신세타령에 가까운 자신의 연애담을 주저리주저리 늘어놓았다. 결론은 와이프한테 미안하다는 거였는데, 정말 궁금하지도 재밌지도 교훈적이지도 않은, 그냥 하품이나 트림 같은 스토리였다. 그래도 굳이 요약하자면, 캠퍼스 커플이었던 둘은 작가 남편이 4학년에 복학했을 때 그리고 수의사 와이프는 신입생이었을 때 만났는데, 놀랍게도 첫눈에 반한 이도, 처음 고백한 이도, 훗날 프러포즈를 한 이도 와이프였다는 거다. 둘의 관계가 결실을 보기까지 그가 한 일이라고는 매일 똑같은 야상을 입고, 배 꺼질세라 온종일 입을 꾹 다물고, 에너지 소모가 큰 뇌의 플러그는 아예 빼 둔 채 몽롱한 눈으로 멀리 있는 피사체 아무거나 하나 찍어서 마냥 쳐다보는 거였다. 거기에 덩치만 컸지 순진하기 짝이 없던 수의대 신입생 문학소녀는 속절없이 걸려들었던 것이다.

"우리 착한 여보는 내가 화려하게 등단해서 수억의 선인세를 받는 베스트셀러 작가가 될 거라는 걸 한 번도 의심한 적이 없어." 작가 남편이 비장하게 덧붙였다. "듣도 보도 못한 회사 CEO의 자서전에, 동네교회 목사의 회고록까지 대필하면서 버텨왔는데 여기서 포기할 순 없어. 지금까지 내가 겪은 숱한 출판 거절과 공모전 낙선의 근본적인 이유를 곰곰이 생각해봤는데, 문제는 의외로 간단했어. 그건… 내가 시대에 너무 앞서간다는 거야. 찰스 디킨스 시대에 제이디 샐린저의 출현이라고나 할까? 독자들은 아직 날 받아들일 준비가 안 됐어. 따라서 내 경우엔 오히려 조금은 진부해질 필요가 있어. 의도적으로 클리셰라는 조미료를 살짝

살짝 치는 거지."

'뭐래, 저 븅신 저거.' 묘쉑이가 말했다. '인간들아, 쫌 집에 가자 이제. 아요.'

작가 남편이 갑자기 도시락을 넣고 다니는 배낭에서 주섬주섬 뭔가를 꺼내더니 불쑥 내게 내밀었다. 보도블록처럼 두꺼운 A4지 뭉치였다. "전에 소설 많이 읽었다고 했지?"

"아니, 전 그냥 중고등학교 때 무협지 쪼끔⋯."

"다 같은 거지 모. 그래서 말인데, 이거 가져가서 한번 읽어볼래? 아무래도 우리 여보는 객관적으로 보기 힘든 것 같아서. 뭐든 다 감동적이다, 좋다고만 하니까."

"저야 영광이지만, 근데 제가 본다고 뭘⋯." 뭉치를 받아 든 내 두 손이 무릎까지 툭 떨어졌다.

"그럼 부탁할게. 부담 갖지 말고 그냥 순수하게 독자 입장에서 읽어주면 돼. 대충 스토리가 어떻게 흘러가냐면⋯."

내 머릿속이 까매졌다. 맨발로 똥을 제대로 밟았다. 이제 나를 볼 때마다 시도 때도 없이 피드백을 요구할 텐데. 도시락이고 뭐고 아까 그냥 간다 그럴걸 무슨 부귀영화를 누리겠다고. 밥도 더럽게 맛없었는데.

묘쉑이가 침 묻힌 앞발로 자기 귀를 닦으면서 한심하다는 듯 우릴 보았다. '뭐하냐? 가자 제발. 나 변비 걸려.'

때마침 휴대폰 벨소리가 울렸다. 하느님, 감사합니다.

섬뜩한 여자 목소리가 작가 남편의 휴대폰을 뚫고 적나라하게 퍼졌다. "빨리 정리하고 들어오라니까. 애가 이렇게 아픈데 지금까지 어디서 뭐 하고 자빠져 있는 거야?"

자기 휴대폰이니까 자기만 들을 수 있다고 믿는 듯, 작가 남편이 상황과 전혀 어울리지 않는 인자한 미소를 지으며 대꾸했다. "당연히 먹었지." ("뭐?") "제발 내 걱정 그만하고 당신 몸 좀 챙겨." ("뭐래?") "지금 작품구상 중이니까 금방 들어갈게." ("구상 같은 소리 하고 있네.") 남편의 바지 주머니로 들어가는 휴대폰이 끝까지 발악했다. ("당장 안 튀어 들어와? 이 쌍….")

우리 집은 독특하게도 고양이가 주행성이고 인간이 야행성이다. 나는 아침 일찍 시작하는 새로운 생활 패턴에 아직 적응하지 못했다. 퇴근하고 들어와서 자정을 훨씬 넘긴 지금까지 인터넷 정글을 탐험하는 데 여념이 없었다.

그러나 평소처럼 시간 죽이기 목적이 아닌 진지한 연구와 벤치마킹을 위해서였다. 지금껏 살면서 4개월 후에 펼쳐질 이 비즈니스모델만큼 날 들뜨게 한 건 없었다. 나는 잠시 스크린에서 눈을 떼고 주인공이자 동업자이자 대주주를 힐끗 봤다. 묘쉑이는 한 번만 더 퇴근 시간을 어기고 자기의 배변 사이클을 망가뜨리면 가만있지 않겠다고 저녁 내내 저주를 퍼부은 뒤 겨우 잠들었다.

나는 다시 인터넷 정글로 돌아갔다. 계속해서, 우리나라 개인 채널의 구독자 수 상위 랭커들을 살펴보았다. 먹방, 노래커버, 화장술, 키즈, 댄스, 악기연주, 일상에 이르기까지 콘텐츠가 다양했다. 나중에 내 채널을 운영하는 데 도움이 될 부분을 꼼꼼히 메모해두었다. 이번엔 가성비 높은 홈스튜디오 제작과 영상편집 기술에 대해 알아보았다. 나중에 돈벌이가 되면 직원을 고용해서 기술파트를 맡기고 나는 콘텐츠에만 집중할 계획이지만, 시작은 일당백일 수밖에 없다.

내가 참조하기 용이한, 시작한 지 얼마 안 돼 보이는 채널 하나를 발견했다. 〈컬트고배인TV〉. 거기 올라와 있는 동영상은 대여섯 개밖에 되지 않았다. 그중에서 첫 번째 걸 클릭해보았다.

"안녕하세요, 컬트고배인TV의 고배인입니다." 채널 호스트가 말했다. 외모나 말투로 미루어 결코 어린 나이는 아니었다. 삼십 대 중반이나 후반?

그는 채널을 개설한 계기, 과정, 목적, 목표 등에 대해 설명하기 시작했다. 소중한 친구와의 어릴 적 꿈을 이루기 위해, 얼마 전 안정된 직장을 때려치우고 지금은 음악에만 집중하고 있다고 했다. 그런데 그 꿈이라는 게 앙증맞게도 미국 빌보드 핫100 차트 정상 등극이란다. 국내 음원차트 1위도 아니고, 공중파 인기가요 1위도 아니고, 웬 빌보드? 현재 구독자 수는 23명, 조회 수 29회. 장난하나? 아니면 이런 황당함이 콘셉트인가? 솔직히 저 소중한 친구와의 어릴 적 꿈 어쩌고 하는 것도 주작이 아닐까 의심스러웠다.

잠깐만. 아니다. 그렇게 부정적으로만 볼일은 아니었다. 영역은 조금 다르지만 결국 나도 글로벌 정상 등극을 자신하고 있지 않은가. 저 사람도 저렇게까지 하는 데에는 나처럼 뭔가 믿는 구석이 있어서가 아닐까? 나는 그가 처음 홈스튜디오를 만들고 레코딩 작업을 하는 과정을 담은 동영상을 정주행하고 '좋아요'를 꾹 눌러주었다.

그리고 그가 최근에 그 어릴 적 친구를 다시 만나 함께 작업해서 올렸다고 소개한 자작곡을 들어보았다. 아직 작업 중인 30초 분량의 데모였는데 나쁘지 않았다. 아니, 상당히 괜찮았다. 내 스타일이었다. 색소폰 음색으로 시작해서 피아노와 기타 그리고 컴퓨터 음으로 이어지는 진중하면서도 경쾌한 하이브리드 EDM류였다. 그는 친구와 작업하는 중간중간 계속해서 업그레이드 버전을 올릴 예정이니 많은 관심을 가져 달라고 덧붙였다. 나는 그의 채널에 구독을 설정했다.

내 눈과 머리는 아직 말똥말똥했다. 마지막으로 미래의 경쟁자들을 찾아보았다. 반려동물과 함께하는 채널들이 우후죽순으로 넘쳐났다. 조회 수 높은 영상들을 골라서 둘러보았지만 어느 하나 내게 위압감을 주지 못했다. 개중 인기가 높은 진돗개, 보더콜리, 대형 푸들, 레트리버 같은 개들의 활약도 묘쉡이한테 갖다 대면 그저 갓난쟁이의 재롱 수준이었다. 묘쉑이가 칼을 빼 드는 순간 군웅할거의 어지러운 세상은 깔끔하게 평정될 것이다. 온몸에 닭살이 돋았다.

나는 자고 있는 묘쉑이의 배를 어루만져주었다.

모쉑이가 한쪽 눈을 반만 떴다. '아, 저 이씨….'

"깼어? 미안. 어서 자."

나는 조용히 이불 속으로 들어갔다. 옆으로 누워서 무릎을 가슴팍에 붙이고 눈을 감으려는데, 전신거울 앞에 아까 작가 남편이 부탁했던 A4지 뭉치가 눈에 들어왔다. 잠이 안 와서 괴로워하느니 차라리 이거라도 보자, 하는 마음으로 누운 채로 팔을 뻗어 맨 위에 몇 장을 집었다. 첫 페이지를 보았다.

제목: 공포의 동물병원

놀라웠다. 이렇게 예상 가능할 수가. 다음 페이지로 가서 첫 문장을 읽었다.

수술대 위에 축 늘어진 검은 길고양이의 불룩한 배에 메스를 갖다 대는 수의사의 미모는 눈부셨다.

또 한 번 놀라지 않을 수 없었다. 이렇게 순식간에 잠들 수 있다니.

3

솔직히 나는 똑똑한 것과는 거리가 멀다. 뭐든 다 남들보다 늦었다. 엄마 말에 의하면 말도 늦게 시작했고, 한글도 늦게 뗐고, 구구단은 고등학교에 들어가서도 7단을 넘기면 버거워했다.

그러나 그런 내게도 남들이 감히 흉내 낼 수 없는 재능이 하나 있었는데, 바로 동물과의 소통 능력이었다. 믿거나 말거나 나는 그들의 (울음소리가 아닌) 눈빛을 읽고 그들이 보내는 메시지를 이해한다.

처음 내 재능을 발견한 건 아홉 살 때였다. 맞벌이 부모님은 온종일 나가서 일하셨고, 독실한 크리스천인 세 살 터울의 누나는 늘 어떤 교회 오빠—자주 바뀌었는데 하나같이 은테안경을 썼다—의 뒤를 꼬리처럼 따라다니느라 바빴다. 집에는 늘 나와 '개새'뿐이었다. (얼굴이 새처럼 길쭉하고 크기도 고만해서 살아생전 아빠가 붙인 이름이지 절대 욕이 아니다.) 그 치와와는 나를 지능적으로 골탕 먹일 만큼 교활한 녀석이었다. 그날도 녀석은 내가 잠든 줄 알고 내 얼굴에 몰래 오줌을 싸려다가 딱 걸렸고, 나는 반 실성해서 놈의 목을 잡아 비틀었다. 내 심장이 그렇게 난폭하게 뛸 수 있다는 데에 나도 놀랄 정도였다.

순간 나는 개새의 애원하는 눈빛을 읽었다. '살려줘. 정말 실수였어. 지나가다가 니 입 냄새를 맡고 본능적으로 그래도 되는 덴

줄 알았어. 내가 진돗개도 아니고, 대소변 못 가리는 거 너도 알잖
아.'

손을 오므려 내 입 냄새를 맡아보니 개새의 주장을 반박하기
어려웠다. "좋아, 용서해주지. 하지만 이번이 마지막이야. 앞으론
진짜 조심해."

'한 번만 봐줘. 부탁이야.'

"알았다니까. 이번은 봐준다고."

'제발 한 번만 봐줘. 이대로 죽기 싫어.'

"알았다고, 이 개새야."

그때 깨달았다. 나는 그들의 눈빛을 읽을 수 있지만 (당연하게
도) 그들은 내 말을 알아듣지 못한다는 걸. 그 후로 나는 동물을
볼 때마다 태양처럼 이글거리는 강렬한 눈빛을 쏘아 보내며 양방
향 커뮤니케이션의 가능성을 타진했다. 그러나 반응은 한결같았
다.

길에 앉아서 앞발을 핥던 길고양이. '뭘 봐? 왜, 너도 해줘?' 찔
끔찔끔 오줌을 싸며 주인이랑 산책하던 개. '뭘 봐? 정강이에다
영역표시 해버릴라.' 일부러 찾은 동물원에서 호랑이, 곰, 사자,
코끼리의 한결같은 반응. '뭘 봐? 눈 안 까냐? 확 그냥!' 다른 반응
을 보인 동물은 라마뿐이었다. "흐윽, 퉤!"

그러면 나는 활짝 웃으며 눈, 입, 온몸으로 이렇게 외쳤다. "난
너랑 대화하고 싶어. 내 말 이해하겠어? 알아들었으면 앞발을 이

렇게 들어봐."

'왜 저래, 쟤? 하여튼 골 꼬집는 인간들 많아.'

결론적으로 말하면, 어디에 내세울 수 있는 재능은 되지 못했
다는 것이다. 일방 커뮤니케이션으로는 아무것도 입증할 수 없었
다. 그럼에도 나는 훈련을 게을리하지 않았고, 나의 소통 능력은
조금씩 발전했다. 문제는 가뜩이나 외톨이였던 내가 사람들에게
서 점점 더 멀어진다는 거였지만 큰 문제는 아니었다. 그쪽 소통
은 진작에 포기했으니까.

고1 때 내 인생의 일대 전환점이 된 사건이 일어났다. 학교를
마치고 집으로 가는 길에 한 골목에서 우리 반 문제아 셋이 고양
이 한 마리를 에워싸고 학대하는 광경을 목격했다. 길고양이 같
지 않은, 납작하게 눌린 얼굴의 흰색 품종 고양이는 나를 보고 간
절하게 도움을 청했다. 눈이 너무 작아서 뭐라고 하는지 정확히
파악할 순 없었지만, 이런 상황에서 다른 무슨 말이 필요하겠는
가?

"고양이 보내줘."라고 말한 순간 나는 바로 후회했다.

"뭐야, 저거." 셋 중 하나가 황당해하자 "쟤 우리 반 그 무표정
또라이 아니야?"라고 다른 하나가 이빨 사이로 침을 뱉으면서 말
했고 "맞네. 점심 맨날 피난민처럼 혼자 먹는 그 졸라 우울한 새
끼."라며 셋 중에 키가 제일 큰놈이 피우던 담배를 내 쪽으로 튕
겼다.

그날 나는 결국 얼굴이 내가 도와준 품종 고양이처럼 될 때까지 맞았다. 그러나 내가 보기에 최종 승자는 나였다. 그렇게 맞고도 표정 한번 바뀌지 않는 나를 보고 셋이 질려서 뒷걸음질 쳤으니까.

셋이 사라지자마자 갑자기 골목의 초록색 대문 집에서 둥글둥글한 녀석이 사색이 돼서, 젖은 턱살과 뱃살을 출렁거리며 뛰어나와 고양이를 꽉 껴안았다. 큰 솜뭉치가 작은 솜뭉치를 안고 있는 것 같았다. 고양이를 '묘미'라고 부르는 녀석은 내게 고맙다는 말을 수십 번 반복한 뒤 "내 이름은 석두리야."라고 했다. 알고 보니 나랑 같은 학교 동급생이었다.

그날 나는 태어나서 처음 친구라는 걸 얻었다. 내가 알기론 석두리도 마찬가지였다. 우리는 전교생을 왕따시키고 둘이서만 붙어 다녔다. 그는 나의 동물 소통 능력을 인지하고 신뢰하는 유일한 인간이었다. (우리 가족은 인지는 했지만 신뢰는 글쎄….)

그로부터 몇 년 후, 묘미는 중성화 수술을 했는데도 뭐가 잘못됐는지 새끼를 세 마리나 낳았다. 어느 날 나는 석두리네 집에서 폭력과 욕설이 난무한 B급 할리우드 액션영화를 보고 있었는데, 갑자기 호기심이 발동해서 다섯 달 된 새끼 세 마리를 앞에 모아놓고 눈, 입, 온몸으로 이렇게 외쳤다. "난 너희랑 대화하고 싶어. 내 말 이해하겠니? 누구든 알아들었으면 앞발을 들어봐."

놀라운 일이 벌어졌다. 세 마리 중 몸뚱이가 자기 엄마처럼 하

얇고 유독 눈코입이 생기다 만 새끼 한 마리가 앞발 하나를 번쩍 들었다. 나는 흥분해서 말했다. "너 진짜 알아들은 거야? 진짜면 발가락으로 뭐든 사인을 줘봐." 더 놀라운 일이 벌어졌다. 워낙 뭉툭해서 분간하기 어려웠지만, 녀석은 분명히 발가락을 다 오므린 채 가운데 거 하나만 꼿꼿이 세웠다. 그리고 난 녀석의 눈빛을 읽었을 때 까무러치는 줄 알았다. '뻑 큐!'

방금 영화 장면에서 뉴욕 마피아가 한 행동과 대사였다. "넌 내 말을 확실히 이해하는구나."

그날 석두리는 자기 일처럼 기뻐하며 녀석을 내게 분양해주었고, 묘쉑이와 나의 여정은 그렇게 시작되었다.

"수군 씨." 하루는, 청소하는 척하고 있는데 수의사가 품에 안은 묘쉑이를 쓰다듬으면서 나를 불렀다. "혹시 묘쉑이 짝지어줄 생각 없어요? 새끼 나면 엄청 귀여울 텐데."

화들짝 놀라 머리를 들다가 그녀의 가슴에 부딪힌 묘쉑이의 눈이 벌겋게 달아올랐다.

수의사가 말했다. "주말에 친구가 하는 고양이카페에 갔었는데 거기 게시판에 보니까 짝 찾는 아이들이 있더라고요. 사진이랑 간단한 소개서 써서 거기 붙여놓으면 금방 연락이 온대요."

묘쉑이는 마음이 싱숭생숭한지 일과 중 가장 중요하게 여기는 낮잠도 자지 않고 계속 힐끔거리며 내 눈치를 살폈다. 나도 신경이 쓰이기는 마찬가지였다.

결국 우리는 한번 해보기로 의기투합했다. 수의사가 진료실에 들어갔을 때 서로 머리를 맞대고 앉아서 게시판에 붙일 내용을 이면지에 적어보았다.

이름: 묘쉐이.

'아, 이름 구려.' 묘쉐이가 말했다. '이참에 확 바꿔버릴까?'

"개성 있고 예쁘다고 다들 난린데, 왜."

성별: 수컷. 나이: 4살 2개월.

'옆에 괄호하고 인간 나이로 32살이라고 써.' 묘쉐이가 말했다.

"야, 그걸 누가 신경 쓴다고? 무슨 사람 여자 사귀게?"

'자꾸 너같이 대가리에 피도 안 마른 집사들이 맞먹으니까 그렇지.'

나는 그의 말을 무시하고 계속 써 내려갔다.

성격: 사람을 잘 따르는 개냥이. 특징: 보더콜리보다 똑똑함.

'야, 내가 너보다 똑똑한데 지금 개랑 비교했냐?' 묘쉐이가 따져 물었다.

"그렇긴 한데, 그렇게 쓸 순 없잖아. 사람들이 믿지도 않을 거고. 나중에 우리 비즈니스에도 안 좋고."

'잠깐. 말끝마다 우리 비즈니스네 뭐네 하는데, 분명히 해둬. 연말까지 니가 취업에 최선을 다했는데도 안 됐다고 내가 인정했을

때, 그때 생각해본다고 한 거였다.'

"알아. 알바 하면서 사이트에 구인광고 올라오는 거 부지런히 다 챙기고 있어. 두리가 연락해주기로 한 면접도 틈틈이 준비하고 있고." 나는 볼펜으로 내 이마를 톡톡 쳤다. "이름, 성별, 나이, 성격, 특징. 또 뭐 쓸 거 없나?"

'종교는 무슬림이라고 써.'

"야, 고양이가 무슨 종교야? 그리고 니가 왜 무슬림이야?"

'나 페르시안 혈통이잖아.'

"너희 엄마 쪽으로 반의반의 반만 그런 거고. 아빤 누군지도 모르잖아. 두리가 그러는데, 너희 엄마가 열린 창문으로 몰래 나갔다가 한 시간 만에 돌아와서는 너희 세 남매 가진 거래."

'아요, 엄마도 참 우아하지 못하게. 그럼 그건 그냥 쓰지 마. 출생의 비밀로 묻어두자.'

"맞다. 이상형을 써야지."

묘쉐이가 기다렸다는 듯 덧붙였다. '일단 성격은 밝고 긍정적인 스타일이어야 돼. 너랑 4년을 살다 보니까 지금은 세상이 온통 다 회색으로 보여. 극단적으로 우울해.'

"야, 고양이 원래 색깔 구별 못 하거든. 회색으로 보이는 게 정상이야."

'그냥 쓰라면 써. 지금 니 짝 구해?' 묘쉐이가 계속 말했다. '외모는 크게 신경 안 쓰는데 그냥 사소하게 눈 크고 코 오뚝하고 다리 길고, 그 정도? 그리고 털은, 색깔은 네 말마따나 구별도 못 하니까 상관없지만, 약간 청순하게 스트레이트로 긴 쌩털이었으면 좋겠는데.'

"야, 코 오뚝하고 다리 길고 털이 쌩으로 긴 고양이가 세상에 어딨냐?"

그때 묘쉐이가 벽에 걸린 시계를 보고는 기겁했다. '헉, 여섯 시다!'

"벌써?" 나는 벌떡 일어섰다. "수의사한테 인사하고 빨리 뜨자. 잡히면 최소 두 시간이야."

묘쉐이가 원숭이처럼 훅 뛰어올라 내 가슴팍에 안겼다. '서둘러. 도시락을 맨 남자의 시큼한 호르몬 냄새가 무서운 속도로 접근해오고 있어.'

그즈음 믿기지 않는 일이 일어났다. 〈강남스타일〉이라는 코믹 감성의 로컬 댄스곡이 전 세계를 강타했다. 10월에 들어서면서 빌보드 핫100 차트 2위까지 치고 올라갔다고 각종 연예 매체가 앞다투어 보도했다. 크리스마스 캐럴처럼 거리에 온통 강남스타일이 울려 퍼졌고, 인터넷 동영상에서 사람들은 말 타는 시늉을 하며 뛰어다녔다.

이런 게 가능하구나, 하고 놀라면서도 나는 화제성 면에서 선수를 빼앗긴 게 억울했다. 다른 한편으로는 괜찮은 전조라는 생각도 들었다. 강남스타일은 세상을 충격에 빠트릴 한국에서 온 천재 고양이와 꽃미남 집사의 등장을 알리는 서곡인 것이다. 내가 메인 이벤트가 될 것이다. 나는 나중에 묘쉑이와 함께 할 퍼포먼스 리스트에 강남스타일 댄스 커버를 추가했다.

컬트고배인TV 채널에 들어가 보았다. 그사이 구독자 수가 101명으로 늘었다. 빌보드 정상이 꿈이니 어쩌니 하던 그가 강남스타일의 성공에 어떤 반응을 보일지 궁금했다. 예상대로 새로운 동영상이 두 시간 전에 올라와 있었고 섬네일은 '캥냄스타일!'이었다.

그는 이게 현실이 맞는지 소름이 돋는다고 감탄을 연발하면서, 지금과 같은 신드롬급 기세라면 빌보드 정상 등극도 노려볼만 하다는 견해를 밝혔다. 질투나 시기 또는 폄하하는 내용은 없었다. 그는 가수에게 고마운 마음을 전했다. 꿈을 위해 회사를 떠난 후 마음 한구석에는 자신이 풍차에 돌진하는 돈키호테가 아닐까 하는 의구심을 지울 수 없었는데, 이 사건으로 커다란 용기를 얻었고 같은 꿈을 꾸었던 친구를 설득할 자신이 생겼다고 했다.

그러면서 그는 지난번에 올렸던 하이브리드 EDM류의 자작곡 업그레이드 버전을 틀어주었다. 음색이 훨씬 풍성해지고 컴퓨터 음도 세련되어졌으며 분량도 2분대로 늘어났다. 전체적인 완성도가 높아졌다. 그는 현재 마무리 작업 중인데 곧 최종 버전을 올릴 수 있을 거라고 밝히며 제목은 공모하겠다고 했다. 가사가 없는 인스트루멘탈 곡이니, 듣고 난 후의 느낌을 담은 제목 아이디어를 공유해 달라고 했다. 선정되면 곡의 공식 'thanks to' 맨 앞에 이름을 넣어주겠다고 약속했다. 새로운 콘텐츠가 올라오면 즉시 볼 수 있도록 나는 그의 채널에 알림을 설정했다.

나는 이불을 목까지 당기고 눈을 감았다. 10월은 정신없이 지나갈 거 같았다. 머릿속으로 투두-리스트를 열거해보았다.

1번. 다음 주에 석두리네 회사 면접이 잡혔고, 백수탈출닷컴에 올라온 면접(뭐 하는 회사였더라?)이 하나 더 기다리고 있다. 내 스펙으론 결과야 뻔하겠지만, 묘쉐이와의 약속과 두리의 성의를 생각해서라도 어영부영할 수는 없었다.

2번. 며칠 전 고양이카페에 올렸던 묘쉐이 소개팅(맞선이라고 해야 하나?) 건으로 상대 집사로부터 연락이 와서 조만간 만나기로 했다. 전화로 들었을 때 그쪽 집사의 목소리가 하늘하늘하고 야리야리하니 괜찮았다.

3번. 첫 월급날이 다가오고 있다. 얻어먹기만 했던 석두리한테 한턱 거하게 쏘고, 속옷이라도 사서 간만에 엄마와 누나를 보러 가고, 개인 방송용 마이크나 스피커 같은 장비를 중고로 구매하고, 나의 희망 묘쉐이의 컨디션 유지를 위해 유산균과 오메가쓰리가 함유된 고급 사료와 간식을 충분히 사놓을 것이다.

옆으로 돌아누워서 전신거울을 보았다. 두 눈이 말똥말똥했다. 너무 더운지 라면박스에서 나와 선풍기 밑에 자리를 잡은 묘쉐이는 단춧구멍 같은 코로 힘겹게 숨을 쉬면서 자고 있었다. 감사했다. 블록버스터급의 액션, 코미디, 로맨스, 스릴러 영화가 난무하는 이 거대한 세상의 한 켠에서 여전히 내가 주인공인 작은 저예산 독립영화가 상영되고 있다는 것에. 몇몇 관람객은 중간에 나가지 않고 끝까지 봐주고 있다는 것에. 그날 두리를 만난 것에 감사했고, 내 인생에 묘쉑이가 찾아온 것에 감사했다. 둘의 도움으로 나는 사회라는 망망대해에서 좌초하지 않았고 (관점에 따라 평가는 다르겠지만) 내 기준으로는 순항하고 있다. 이 모든 것에 새삼 감사했다.

앞으로 바빠지려면 무엇보다 체력이 중요했다.

자야 한다, 자야 한다. 수면제를 어디에 뒀더라? 아, 여기 머리맡에. 나는 작가 남편의 소설 첫 장을 집어 들었다.

수술대 위에 축 늘어진 검은 길고양이의 불룩한 배에 메스를 갖다 대는 수의사의 미모는 눈부셨….

역시 직방이었다. 굿나잇.

4

석두리네 회사 면접에는 늦지 않게 도착했지만, 고질병인 긴장성 복통이 또 발목을 잡았다. 거기에 더해 회사 앞 편의점에서 먹은 컵라면과 바나나우유의 분쟁으로 뱃속에서 3차대전이 발발했다. 나는 국제법으로 사용이 금지된 핵폭탄급 독가스를 난사할 수밖에 없었다. 면접관이 위로 질문하면 나는 밑으로 대답했다.

면접관 중에서 우리말인지 영어인지 모를 국적 불명의 언어를 쓰는 어떤 (이름이 알… 뭐랬더라?) 차장은 내가 공격을 가할 때마다 "웁쓰, 스띵크."를 반복했다. (정확히 무슨 뜻인지 끝나고 두리한테 물어보려고 외워뒀다.) 내 양옆에 앉은 경쟁자들은 치사하게 나를 이용해 먹었다. 자기들이 답변하기 어려운 질문을 받을 때면 코에 손을 갖다 대고 나를 힐끗 보면서 콜록대는 식이었고, 그러면 면접관들은 으레 이해한다는 듯 코를 막고 고개를 떨궜다.

그 와중에 바꾸잔지 바꾸란지 하는 회장은 자기들끼리만 알아들을 수 있는 농담을 했다. "방 부장 나갈 때가 되니까 어디서 리틀 방 부장이 납셨네." 면접관들이 꺄르르 웃었다. "스타일이 달라 단순 비교는 어렵습니다만, 파괴력 면에서는 이쪽이 한 수 위인 것 같습니다." 한 면접관이 말하자 또 자기들끼리 키득거렸다.

"근데 방 부장은 요즘 뭐하지? 벌써 퇴사했나?" 회장이 물었다.

"이번 달까지입니다, 회장님." 석두리가 자기 팀장이라고 귀띔해줬던 여자가 답했다. "이번 달은 안 나와도 출근한 거로 처리해주겠다고 했는데 굳이 매일 나오시네요."

"왜 나오는지 몰라서 그래? 아침 식사로 갖다 놓는 빵이랑 커피 때문이지." 회장이 말했다. "퇴직예정자는 못 먹는 거로 내규를 손 좀 보지그래."

"네, 바로 시행하겠습니다."

자기들끼리 잡담을 나누다가 어느 정도 냄새가 가실 때쯤 질문이 재개됐다. 그러나 내가 조금이라도 근육을 쓰려고 할 때 기습 공격이 이루어지는 패턴을 파악한 면접관들은 내게는 아예 질문을 하지 않았다. 양옆의 경쟁자들은 계속 나를 적절히 활용해가면서 자기들이 대답하기 좋은 혹은 사전에 준비한 질문에만 선택적으로 답을 했다.

치사한 것들, 그래 그렇게 해서 나중에 얼마나 잘 되나 한번 보…. 윽, 나도 모르게 배에 힘이 들어가고 말았다.

"웁쓰, 스띵크, 빡!"

고양이카페에 삼십 분 먼저 도착해서 아메리카노를 한 잔만 주문했더니 묘쉐이는 '너만 입 있냐?' 하는 눈으로 나를 흘겼다. 카페 안에는 다양한 종류의 고양이들이 자유롭게 돌아다니거나 드러누워 있었다. 젖소처럼 하얀 바탕에 검은 무늬의 고양이 한 마리가 '뭘 봐? 짜증나게.'라고 하면서 나를 지나쳐갔다.

십 분쯤 지난 뒤 사진으로 봤던 고양이를 품에 안은 집사녀가 다가와서 "안녕하세요. 혹시 묘쉑이 보호자님?"이라고 묻고는, 내가 그렇다고 하자 맞은편에 앉았다. "전화로 인사드렸던 정규숙이라고 해요. 그리고 여기 천사 같은 아이가 일진이고요."

나와 묘쉑이는 서로를 보았다. '오올, 둘 다 괜찮은데―.'

"네, 안녕하세요. 백수군입니다. 여기 얘가 묘쉑이고요."

처음엔 분위기가 아주 괜찮았다. 우리는 간단하게 자기소개와 고양이소개를 마친 뒤 집사로 사는 희로애락을 나누었다. 이렇게 여자와 단둘이 있는 건 생전 처음이었지만 나 자신도 놀랄 만큼 말이 잘 통했다. 명확한 공통관심사 때문이었다.

옆에서는 묘쉑이와 일진이가 처음엔 서로 관심의 시선을 교환하다가 어느새 바짝 붙어서 그루밍을 주고받고 있었다. 일진이가 적극적으로 주도해가는 모습이었다.

집사녀가 화장실에 간다고 잠시 자리를 비웠을 때 내가 묘쉑이한테 물었다. "그렇게 좋냐?"

'괜찮은데, 괜찮아.'

"그렇다고 공공장소에서 막 들이대고 그러진 마라."

'내가 개냐? 너도 집사녀 마음에 들어 하는 거 같은데, 어때?'

"그럼 뭐해? 대기업 정규직인데."

'그래서 뭐? 주눅 들 필요 없어. 사람이건 짐승이건 암컷들은 유머러스한 수컷을 좋아해. 그렇게 칙칙하게 있지 말고 좀 웃겨

봐. 물론 잘생기고 능력 있으면 가만히 있어도 되지만, 넌 물살을 거슬러 올라가는 연어처럼 혼신의 힘을 다해야 해. 웃기란 말이야. 아주 미친놈처럼. 채찍질 당하는 노예처럼 온몸을 다 바쳐서!'

"지금 그게 위로냐 조언이냐 악담이냐?"

'원래 몸에 좋은 약이 쓴 법이야.'

'저기요.' 그때 일진이가 묘쉑이에게 말했다. '죄송한데, 그쪽 집사 약간 맛이 간 거 같아요. 우리 집사는 화장실 가고 없는데도 계속 미친놈처럼 혼자 떠들어요.'

'맛만 간 거면 좋게요. 변태 끼도 좀 있어요.' 묘쉑이가 내 눈을 피해서 답했지만 나는 고개를 길게 빼고 녀석이 뭐라고 하는지 보았다.

'어머 세상에. 어쩐지 아까부터 절 쳐다보는 눈빛이 이상했어요.'

'네? 아, 그렇다고 그 정도는 아니고요.' 묘쉑이가 말했다. '아무튼 무능력한 거로 따지면 한반도에서 탑쓰리 안에 드는 인간이에요.'

'이렇게 멋진 묘쉑 씨가 고생이 정말 많으시겠어요. 저렇게 덜 떨어진 인간이 집사질은 잘해요? 사료나 간식은 제때 챙겨줘요? 화장실 청소는요?'

'애가 손도 느리고 게을러서 저는 그런 거 그냥 속 편하게 제가 손수 다 해요.'

정말 못 봐주게도 일진이는 눈시울까지 붉혔다. '묘쉑 씨, 제 마음이 너무 아파요.'

나는 묘쉑이를 노려봤다. "야, 작작 좀 해라. 너 하나 멋있어지려고 날 아주 개차반으로…."

'어, 저기 집사녀 온다.' 묘쉑이가 알렸다. '그러니까 이쪽 신경 끄고 니 일에나 집중해. 명심해. 못생기고 능력 없는 수컷이 할 수 있는 건 딱 하나야. 유. 우. 머. 적당히 센스있게 야한 조미료를 살살 뿌려주면 효과가 배가될 거야.'

인간의 연애사에 고양이의 조언을 듣다니, 내가 미친놈이었다. 장르가 로맨틱 코미디에서 액션 호러물로 돌변한 건 내가 조크랍시고 "나중에 얘네들 교미할 때 우리는 뭐 할까요? 흐흐."라고 했을 때였다. 내가 왜 그런 소리로 웃었는지, 왜 왼쪽 눈꺼풀을 파르르 떨었는지 모르겠다. 맹세코 의도한 게 아니었다.

일순간 그녀가 나를 배설물 보듯 보더니 일진이를 안고 벌떡 일어서다가 허벅지로 테이블을 쳤고 아메리카노가 하나뿐인 내 양복바지 거시기로 쏟아졌다. 다행히 식었기에 망정이지, 초반에 이런 사고가 일어났다면 난 아주 목 놓아 울었을 것이다.

묘쉑이를 안고 집에 오는 내내 모두가 나를 피했다. (엎질러진 아메리카노 색깔이 어찌나 그것과 똑같던지.) 사람이 많은 곳을 지날 때는 어쩔 수 없이 묘쉑이로 그 부위를 가려야 했는데, 그럴 때마다 묘쉑이는 자꾸 거기가 자기한테 와 닿는다며 당장 자기를 어깨높이까지 올리지 않으면 거길 확 물어뜯어 버리겠다고 생난리를 피웠다.

첫 월급을 받았다. 제일 먼저 묘쉑이를 위해 유산균과 오메가쓰리가 함유된 사료와 간식을 넉넉히 구입해서 재어 놓았다. 묘쉑이 먹일 거라고 하니까 수의사가 원가만 받았다. 묘쉑이의 배부른 투정에 약간의 실랑이가 있었지만 늘 있는 일이었다.

'아요, 사료 말고 진짜 음식도 좀 먹어보자. 생식 같은 거. 너도 시리얼만 먹고 살아봐, 기분이 얼마나 시리얼 한지.' 묘쉑이의 불평에 내가 받아쳤다. "그러잖아도 이 건물에 쥐가 엄청 많다던데 제대로 생식 한번 해볼래? 눅눅한 지하실에 데려가 줘?" 그러면 묘쉑이는 금세 꼬리를 내렸다. '언제적 쥐야? 요즘 어떤 고양이가 쥐를 먹어, 병 걸리게? 드러워 죽겠네. 그리고 이 동네 쥐들 싸움 얼마나 잘하는데. 알지도 못하면서. 그럼 생식은 됐고, 저 쭈쭈바 같은 거나 좀 더 사놔. 그건 인간적으로 한 번에 두 개씩은 먹어야 돼.'

인간적으로? 참 나.

그다음엔 석두리에게 전화를 걸었다. 두리는 내가 첫 월급을 받고 가족보다 먼저 자기를 찾았다는 사실에 감격했다. 엄마랑 누나가 들으면 섭섭하겠지만, 내가 이만큼 사회규범에 순응하며 살아갈 수 있는 데는 묘쉐이와 두리의 도움이 절대적이었다는 걸 부인할 수 없다. 둘은 내게 가족이다.

호프집에서 만났을 때 석두리는 내가 봤던 면접을 언급하고 싶어 하지 않았다. 왜 안 그러겠는가? 말 한마디 못 하고 가죽 피리만 불다 나왔는데 좋은 평가가 있을 리 없었다. 나는 혹시라도 나 때문에 두리가 곤란해지지 않았을까 내심 걱정했지만, 그는 회장의 총애를 받는 팀장의 총애를 받는 자신의 입지는 그렇게 쉽게 흔들리지 않는다며 웃어넘겼다.

석두리는 내가 풀이 죽어 보일 때면 언제나 "난 네가 그 특별한 재능을 살렸으면 좋겠어. 그게 얼마나 큰 축복인지 너만 모르는 거 같아."라며 응원해주곤 했다. 비록 2년제지만 내가 축산학과에 들어갔던 것도 고3 때 두리의 조언이 결정적이었다. 그는 동물과 소통하는 내가 세계 최고의 사육사가 될 거라고 장담했었다. 처음엔 나도 자신만만했지만, 축산기사 자격증이 그렇게 따기 힘든 줄 몰랐을 때의 얘기다. 뭐든 필기시험으로 사람의 능력을 따지는 천편일률적인 평가방식은 정말이지 개선돼야 한다.

내가 풀이 죽어 있을 만도 한데 평소보다 더 업돼 있는 모습이 낯선지 석두리가 조심스럽게 물었다. "수군아, 이제 뭐 할 계획이야?"

"네가 늘 원했던 것처럼, 내 재능을 확실하게 살리기로 했어."

두리는 기대에 찬 눈으로 나를 보았다. 나는 그간 입을 꾹 다물

고 철통 보안을 유지해왔던, 이제 석 달도 남지 않은 묘쉐이와의
대박 프로젝트에 관해 설명해주었다.

"묘쉐이가 정말 그러겠대? 그런 데에 다 출연해주겠대?"

"확실하게 약속했어. 애가 싸가지가 좀 없어서 그렇지, 한 입으
로 두말하는 애는 아니야."

똑같은 대답을 몇 번이나 듣고 나서야 석두리는 훗날 스타가
됐다고 자기를 모른 척하면 안 된다고 신신당부했다. 나는 이미
스타가 된 양 주위 테이블에 앉은 사람들의 (무관심한) 시선을
(혼자) 의식하며 (쓸데없이 저음으로) 말했다. "내가 빌 게이츠만
큼 성공해도 나의 베프는 언제나 너 하나뿐이야."

석두리가 눈시울을 붉혔다. 두리는 그런 녀석이었다. 언제나
나를 믿어주는 내 편.

며칠 후에 나는 선물을 사 들고서 새해 첫날 이후 열 달 만에
본가를 찾았다. 엄마나 누나나 늘 바쁜 걸 알기에 신경 쓰게 하고
싶지 않아서 미리 연락하지 않고 초저녁 때 갔다. 둘 다 아직 일
터에서 돌아오지 않았다.

집안 곳곳에 아침 전쟁의 참상이 고스란히 남아 있었다. 어떤
저명한 언어학자가 두 여자의 변신 과정과 동선을 상형문자로 기
록해둔 것 같았다. 아침에 향수는 또 얼마나 뿌려댔는지 지금도
머리가 띵할 지경이었고, 간택 받지 못한 옷가지들은 여기저기서
살풀이를 하고 있었다. 오랜 시간 그들과 살아본 경험으로 미루

어, 나는 둘 다 연애 아니면 최소한 썸을 타고 있다는 결론을 내렸다. 그 이상은 상상하고 싶지 않다. (누군가가 내게 가장 알고 싶지 않은 디테일이 뭐냐고 묻는다면 그건 단연코 엄마와 누나의 연애사다.)

나는 첫 월급으로 산 내의를 각자의 방에 놓고 포스트잇을 써 붙여놓았다. *디피상품 싸게 산 거라 교환 안 되니까 작아도 그냥 껴 입어.*

거실 소파에 드러누워서 한쪽 벽에 걸린 사진들을 보았다. 나는 우리 가족이 매우 좋다. 사람들은 가족 간의 교류가 너무 없는 거 아니냐고 물을지 몰라도 난 그게 우리 가족의 장점이라고 생각한다. 관심과 애정은 속으로만, 표현은 더 이상 안 하면 큰일 날 거 같을 때만. 그 선을 넘는 순간 간섭이 된다.

그때 누나가 문을 열고 들어왔다.

"오올, 이게 누구셔? 말로만 듣던 백. 수. 군? 밥 안 먹었지?"

"지금이 몇 신데? 당연히 먹었지."

"뻥까지 마. 안 먹었잖아." 누나는 부엌으로 직행했다.

그녀는 맞벌이 부모님을 대신해서 어린 시절 나를 지켜준 보호자이자 보디가드였다. 제빵사와 제과사 자격증을 따고 베이커리를 운영하면서 가끔 빈 테이블에 앉아 책장을 넘기는 지금의 누나 모습은 도대체 언제 어디서 어떻게 시작된 건지 불가사의다. 학생 땐 교복 치마 안에 자주색 추리닝 바지를 입고 다니며 동네

와 학교에서 나를 괴롭히거나 자기 마음에 안 드는 놈들의 머리 끄덩이를 질질 끌고 다니던 악명높은 깻잎 머리였다. 물론 그때도 교회 오빠들 앞에만 서면 갑자기 불치병에 걸린 시한부 소녀 모드로 돌변하긴 했지만.

"좋아하는 사람 생겼어?"

나의 촌철살인 같은 질문에 누나는 '헉, 저 귀신 같은 놈이 간만에 와서는… 하나님 아버지.' 하는 표정이었다.

우리 남매는 오랜만에 뭉친 동네 아줌마들처럼 수다를 떨었다. 누나는 최근 자기 신변에 일어난 일을 시시콜콜 다 털어놓았다. 일전에 누나가 다니는 교회에 갔다가 나도 한번 인사한 적이 있는, 온 힘을 머리에 주고서 말끝마다 주님은 사랑이니 뭐니 하던 전도사는 안 좋게 교회를 떠났다고 했다. "교회에서 나랑 제일 친했는데 너무 아쉬워. 근데 참 희한하지? 외모도 내 스타일이고 성격도 좋은데, 이상하게 남자론 전혀 안 끌렸어."

또한 누나는 베이커리의 알바 휴학생이 다음 달에 입대할 예정이고, 곧 있을 건물 리모델링 때문에 공사 기간 임시로 있을 곳을 알아봐야 한다고 했다. 공사가 끝난 뒤 새 건물에 재입주할 때는 훨씬 더 큰 규모로 누군가와 동업할 거라면서, 자기를 파티시엘이라고 부른다는 위층 남자 얘기를 할 때 그녀의 동공에 미세한 떨림이 감지되었다. "처음엔 좀 이상한 사람 같았는데, 보면 볼수록 진중하고 괜찮은 사람이더라고. 근데 알고 보니까 목사님 친아들인 거 있지? 동대문시장에 삼촌이랑 하는 작은 사업체도 있고…. 딱 하나 종교가 문제였는데, 세상에 고맙게도 개종한다지 뭐야." 이번엔 교회 오빠의 최고봉이라 할 수 있는 목사 아들이었다.

정신없이 수다를 떨다 보니 어느새 열 시가 넘었다. 엄마를 보지 못하고 일어서야 했다.

"그래, 너무 늦기 전에 출발해. 엄만 요즘 많이 늦으셔." 누나가 밑반찬을 잔뜩 담은 플라스틱 용기를 노란색 보자기에 싸서 주었다.

"백화점 쇼핑백 같은 거 없어?"

"이게 튼튼하고 좋아."

어릴 때부터 심각한 외톨이였던 나는 우리 가족에게 언제나 주의와 관심의 대상이었다. 저마다 일정 부분 가장의 구실을 해야 했던 그들에게 나는 커다란 부담이었고, 아빠가 투병 끝에 세상을 떠난 후에는 더욱 그랬다.

그런 이유로 나는 성인이 되자마자 홀로서기에 나섰다. 돌이켜 보면 아주 괜찮은 선택이었다. 엄마와 누나는 본인의 인생에 더 충실할 수 있었고, 나는 컴포트존 밖에서 살아남는 법을 배웠다. 물론 내 옆에는 항상 두 조력자, 묘쉡이와 석두리가 있었다.

"밥 잘 챙겨 먹고 자주 좀 들러." 누나가 현관을 붙잡고 소리쳤다. "묘쉡이한테도 안부 전해주고."

"구청에 가서 혼인신고서에 도장 찍을 때까지 절대 가면 벗으면 안 돼. 이번엔 확실하게 국수 좀 먹어보자, 파티시엘." 내가 화답했다.

"넌 나에 대해 아는 게 너무 많아. 죽여줘야겠어."

내 뒤로 현관문 닫는 소리가 났다.

아침에 일찍 나가서 하나 남았던 면접을 깔끔하게 처리했다. 어떤 질문을 받았는지는 잘 기억나지 않는다. 끝날 즈음 면접관이 어이없다는 듯 한쪽 입꼬리를 올리고 이 회사를 지원한 이유에 관해 물었을 때, 나는 일관성을 유지했다. ("그게 그러니까… 읍.") 한 가지 분명한 건 거기도 변변치 않은 스펙에 시도 때도 없이 긴장성 복통을 일으키는 사람의 자리는 없다는 거였다.

면접이 워낙 일찍 끝나서 동물병원에 도착하니 정오였다. 집에 일이 있어 갔다 온다고 해 둔 터라 수의사의 쓸데없는 오지랖은 걱정하지 않아도 되었다. 묘쉒이는 이제 구박하는 것도 지쳤는지 아무것도 묻지 않았다.

그런데 문제가 예상치 못한 데서 발생했다. 작가 남편이 와 있었던 것이다. 말로는 내가 자리를 비운 오전 동안 와이프를 도와주기 위해서라고 했지만, 목적은 따로 있는 듯했다. 큰일이었다. 몇 주째 내가 읽은 분량이라고는 첫 문장이 다였다. 그 문장은 내

불면증을 고쳐주었다. 심지어 걸으면서 읽어도 잠이 왔다.

작가 남편이 진료실 안에서 컴퓨터를 보고 있는 와이프의 눈치를 보더니 슬그머니 내 옆에 와 앉았다. "얼굴 보기가 왜 이렇게 힘들어?"

당연하죠, 행여라도 마주칠까 봐 얼마나 피해 다녔는데. "그러게요. 제가 저녁에 하는 일이 있어서 퇴근하자마자 바로 가야 했거든요." 그러고는 바로 선수를 쳤다. "아 참, 요즘 너무 바빠서 소설은 아직 반 정도밖에 못 읽었는데 지금까진 엄청 재밌던데요."

"진짜?" 남편이 공모전 대상이라도 받은 것처럼 활짝 웃었다. 두 눈은 벌게졌다. "어떤 점이? 좀 더 구체적으로 얘기해줘 봐."

"여보, 일하는 사람 붙잡고 쓸데없는 소리 하지 말고 그냥 일하게 놔둬요." 수의사가 진료실에서 소리쳤다. "수군 씨, 뭐 주문하면 되는지 재고 좀 체크해 줘요."

"그러잖아도 지금 그거 같이하려고." 남편이 나 대신 대답하자 진료실에서 "으이그, 저 진상." 하는 소리가 났다.

나는 허공을 보고 턱을 만지작거리면서 독백하듯 말했다. "수술대 위에 축 늘어진 검은 길고양이의 불룩한 배에 메스를 갖다 대는 수의사의 미모는 눈부셨다." 내가 '브라보'의 의미로 아랫입술을 내밀고 고개를 흔들면서 박수 치는 시늉을 했다. "제가 보기엔 카프카의 〈변신〉 이후 최고의 첫 문장이에요."

작가 남편이 침을 꼴깍 삼키며 허벅지가 맞닿을 정도로 바짝 다가와 앉아서 나는 그만큼 더 옆으로 피했다.

"계속해봐."

"우선, 제가 작가님 책을 손에서 놓을 수 없었던 이유는 그 수의사 캐릭터가 너무 매력적이었기 때문이에요. 인물이 살아 움직인다고나 할까요?"

"그래?" 작가 남편이 놀라워했다. "첫 장면에서 바로 죽는데도?"

"네?" 나는 당황한 티를 내지 않으려고 엉덩이에 힘을 꽉 줬다. 얼른 전열을 정비했다. "그건 분량이랑은 상관없어요. 한마디만 하고 사라지는 단역이라도 책을 덮은 후에 뇌리에서 사라지지 않을 만큼 충분히 강렬할 수 있죠. 한 가지 못내 아쉬운 건 수의사를 훨씬 더 잔인하게 죽여야 했다는 거예요."

"메스로 서른 군데나 난자당하고 길고양이들이 몰려와서 시체를 뼈만 남기고 다 갉아먹었는데, 그거보다 더 잔인하게?"

"네?" 나는 엉덩이를 더 세게 조였다. "그게 문제예요. 조그만 메스라니요? 차라리 바늘로 수억 번을 찔러 죽이는 게 낫겠어요." 작가 남편이 수첩에 '바늘 수억 번'이라고 적는 걸 보고 내가 얼른 말렸다. "아니, 아니요. 조그만 메스는 어울리지 않는다는 의미에서 바늘을 예로 든 거고요. 전기톱을 등장시켜서 토막을 내세요. 그래야 턱이 조그만 길고양이들이 먹어 치울 수 있죠. 그리고 고양이만으론 약해요. 길거리를 배회하던 들개 떼를 투입하세요. 병균이 득실거리는 끈적끈적한 침을 질질 흘리는 들개 세 마리가 냄새를 맡고 들어서자 길고양이들이 순식간에 흩어졌다." 내가 고개를 홱 돌려 작가 남편의 눈을 보자 그가 움찔했다. "뼈만 남길 필요가 있을까요? 들개가 뼈까지 아그적아그적 씹어 먹었다. 피범벅이 된 침을 뚝뚝 흘리면서."

작가 남편이 몸을 부르르 떨었다. (그게 현실이기를 갈망하는 것 같았다.) 그가 자기 팔뚝을 쑥 내밀었다. "이거 봐, 소오오름. 자기는 정말 센스가 장난이 아닌데. 계속해줘."

제발 그만. 더 이상 할 말이 떠오르지 않았다. 막다른 길에 몰려 더 이상 빠져나갈 구멍을 찾지 못하고 항복하려는 순간 문이 활짝 열렸고 햇볕이 쏟아져 들어왔다.

"엄마." 이 집 아들내미가 작은 먹구름처럼 햇볕을 막고 뛰어들어왔다. 거의 동시에, 진료실에 있던 수의사가 용수철에서 튀어나온 것처럼 달려들어 아들을 어루만졌다. 아들내미는 엄마의 손길을 뿌리치고 어울리지 않는 다정다감한 톤으로 말했다. "자애야, 어서 들어와."

아들내미가 눈물 나게 따라다니는 같은 반 여자아이가 햇볕을 받은 머리핀을 반짝거리며 등장했다. 볼 때마다 느끼는 거지만, 이 아이를 향한 아들내미의 노력은 정말 눈물샘을 자극한다. 생활력 강한 부인 덕에 평생 책 한 권 못 내고도 습작에 매진할 수 있는 자기 아빠로부터 외모뿐 아니라 끈기와 인내도 물려받은 게 틀림없었다.

아들내미는 여자애를 졸졸 따라다녔고, 수의사는 아들 지원에 필요한 게 보이면 재깍 남편을 시켰다. "예쁜 우리 강아지들 배고프지? 여보, 뭐해? 가서 그 서른 몇 개 아이스크림이랑 과자 좀 사와, 빨리. 잠깐. 잠깐 있어 봐. 자애야, 또 뭐 먹고 싶은 거 없니?"

"자애는 슈크림빵 좋아하잖아. 엄만 아직 그것도 몰라?" 아들내미가 정색하며 말했다.

"알지. 엄마가 그걸 왜 몰라. 에구구, 남자다운 것. 거기다 자상하기까지. 여보, 뭐해? 슈크림빵. 조금 멀긴 한데, 빨간벽돌 교회 옆에 슈크림빵 잘하는 집 있어. 자전거 타고 얼른 갔다 와."

하지만 여자애의 관심은 오로지 묘쉡이에게만 향했다. 아이는 묘쉡이 옆에 자리를 잡고 목과 등을 쓰다듬으면서 눈을 떼지 못했다. 그러면 묘쉡이는 낮잠에 빠진 배 나온 아저씨처럼 그르렁그르렁거렸다. 묘쉡이도 착하고 사랑스러운 이 아이를 무척 좋아했는데, 그 때문에 아들내미는 툭하면 심술을 부렸다.

한번은 아들내미가 자기도 고양이가 되고 싶다고 떼를 쓰는가 하면, 묘쉡이를 자기네 집에 데려가서 기르면 안 되겠냐고 엄마를 조르기도 했다. 하여튼 멍청한 데다 분수도 모르는 놈이었다. 수의사는 묘쉡이가 새끼를 낳으면 한 마리는 꼭 자기한테 분양해

쥐야 한다면서 짝짓기는 언제 하느냐고 매일 체크했다.

묘쉡이가 여자애의 손길을 받으며 나를 보았다. '이 아이의 눈엔 뭔가 아련한 사연이 깃들어 있어. 이 앨 볼 때마다 그게 뭐든 알아내서 도와주고 싶은 마음이 들어.' 묘쉡이가, 무슨 묘기라도 부리듯 콧구멍 두 개를 동시에 후비고 있는 아들내미를 한심한 듯 바라보며 말을 이었다. '머릿속이 밀가루 반죽으로 가득 차서 궁금한 거라고는 콧구멍에 뭐가 들어있는지뿐인 저 멍청이와는 전혀 어울리지 않는 아이야.'

지난번에 알게 됐는데 여자아이의 이름이 꽤 독특했다. "제 이름은 '남 여자애'예요. 아빠 성이 '남' 씨고 엄마가 '여' 씨인데요, 두 분 성을 모두 붙여주셨거든요. 그래서 정식으로는 성이 '남'이고 이름이 '여자애'가 되는 거죠. 가족이랑 친구들은 그냥 쉽게 '자애'라고 불러요. 그러니까 둘 중에 편한 거로 부르시면 돼요." 정말 똑 부러지고 사랑스러운 아이였다.

"엄마 아빠는 뭐 하시는 분인지 물어봐도 되니?" 수의사와 아들내미가 전화기를 붙잡고 불쌍한 작가 남편에게 골라 먹는 아이스크림의 맛을 일일이 지정해주느라 정신이 없는 사이 내가 여자애에게 물었다. 나는 그것까지 궁금하진 않았지만 묘쉡이가 시켰다.

"아빠가 많이 아파요. 그래서 병원에 누워 계세요. 저랑 대화도 못 하고 놀지도 못해요. 하지만 곧 예전처럼 좋아지실 거예요. 엄마가 그랬거든요." 여자애가 묘쉘이를 쓰다듬으며 대답했다.

"그랬구나. 미안해, 아저씨가 괜한 걸 물어봤어." 나는 묘쉘이의 말을 그대로 옮겼다. "네가 걱정이 많이 되겠구나. 아빠가 빨리 쾌차하시길 나도 기도할게. 곧 엄마 말씀대로 될 거야."

이런 식으로 흐르는 대화에 익숙한 듯 여자애가 대범하게 씩 웃어주었다. "근데 아저씨는 참 좋으시겠어요. 이렇게 예쁜 고양이가 항상 옆에 있어 주니까요. 너무 부러워요."

"묘쉘이 말이니? 맞아. 항상 고맙게 생각하고 있어." 이렇게 말하고는 내가 여자애만 들을 수 있게 손으로 입을 가리고 목소리를 낮췄다. "저기, 너한테만 비밀 하나 알려줄까?"

"네, 아저씨." 아이는 귀를 쫑긋 세우면서도 묘쉘이 쓰다듬는 걸 멈추지 않았다.

"나는 묘쉘이랑 대화도 할 수 있다. 지금 우리가 대화하는 것처럼."

"와, 정말요?" 여자애의 두 눈은 조금의 의심과 경계도 없이 초롱초롱 빛났다.

"응. 어쩔 땐 수다도 떨고 또 어쩔 땐 말다툼을 하기도 해. 그러니까 너도 묘쉘이랑 대화하고 싶거나 뭐 궁금한 거 있으면 언제든 나한테 얘기해. 내가 중간에서 통역해줄게. 하지만 내가 묘쉘이랑 대화할 수 있다는 거 다른 사람한테는 절대 비밀이야. 왜냐면 묘쉘이는 사람들이 와서 귀찮게 하는 걸 아주 싫어하거든. 근데 묘쉐이가 너하고는 꼭 친구가 되고 싶다고 했어."

"누가 누구랑 친구가 되고 싶다구요?"

깜짝이야. 아들내미의 퉁퉁 부은 얼굴이 내 목덜미에 난 혹처럼 바싹 붙어 있어서 식겁했다. "어? 아, 너랑 여자애랑 제일 친한 친구가 됐으면 좋겠다고."

"그건 우리가 알아서 할게요." 녀석이 시큰둥하게 말하더니 톤을 다감 모드로 바꿨다. "자애야, 아이스크림 대따 많이 시켰고 너 좋아하는 슈크림빵도 사 오라고 했어. 엄마, 맞지? 아빠 언제 와?"

"응, 아빠 이십 분이면 올 거야." 이렇게 대답하고는 수의사가 막고 있던 전화기에서 손을 떼고 굵고 낮은 톤으로 말했다. "십 분 내로 튀어 와."

놀랍게도 정확히 십 분 후에 작가 남편이 아이스크림과 빵을 한 아름 안고 돌아왔다. "여기 대령했습니다. 우리 왕자님 공주님, 맛있게 드세요."

임무를 마친 남편이 슬금슬금 내 옆으로 오려는 기미가 보이자 나는 얼른 장부를 들고 재고를 체크했고, 묘쉐이는 여자애한테 딱 달라붙어서 떨어지지 않았다.

그때 수의사가 "여보, 거기 그러고 있지 말고 애들 다 놀면 데려다줘야 하니까 집에 가서 차 가지고 와." 하고 시켰다. 고마웠다. 남편은 내게 "조만간 또 얘기하게 부지런히 읽어줘."라고 속삭인 뒤 활짝 웃으며 수의사에게 "충성." 구호와 함께 거수경례를 하고는 뛰어 나갔다. 그는 아마 머릿속으로는 뼈를 아그적아그적 씹는 들개 세 마리를 떠올렸을 것이다.

수의사는 아들내미를 바라보고, 아들내미는 여자애를 바라보고, 여자애는 묘쉐이를 바라보고, 묘쉐이는 잠이 들었다. 나는 오늘 주문해야 하는 제품들을 체크했다.

5

"응, 거의 도착했어. 그래, 끝나고 전화할게." 휴대폰을 끊기 전에 내가 덧붙였다. "두리야, 개인 채널 준비하느라 돈이 좀 더 필요했는데 늘 신경 써줘서 고맙다."

석두리가 최근 자회사로 편입된 대리운전 회사의 콜을 하나 내게 보내주었다. 두리도 나도 시간이 나면 종종 대리운전을 뛰며 부수입을 올리는 편이었다. 이번은 두리네 회사의 영업직원이 콜한 건이라 본인이 할 수 없어서 대신 내게 보내준 것이었다.

나는 약속 장소로 뛰었다. 회사와 술집이 밀집해 있어서 대리운전 콜이 많이 들어오는 곳이라 지리에 익숙했다. 나는 통신사 대리점 앞을 뛰어가다 멈춰서 잠시 숨을 골랐다. 안을 들여다보았다. 닫혀 있었고 아무도 없었다. 여기였지, 아마. 그날.

그 엄청났던 사고는 지금도 기억에 생생했다. 나는 술에 떡이 된 차주를 뒷좌석에 태우고 주차장을 나와 반대편 차선을 타며 서서히 속도를 높이고 있었다. 그런데 갑자기 어떤 검은색 승용차가 자기 속도를 못 이겨 휘청거리더니 영화의 한 장면처럼 지금 내가 서 있는 인도 위로 날아올라 그대로 저 대리점을 뚫고 들어갔다. 내가 얼마나 오랫동안 넋을 놓고 그 광경을 보고 있었는지 뒤차들이 수십 번 경적을 울린 뒤에야 다시 출발할 수 있었다. 그 운전자는 어떻게 됐을까?

나는 다시 뛰어서 고층빌딩 뒤에 외진 골목의 와인바 앞으로 갔다.

한눈에 보아도 나이 차가 적잖은 남녀가 빨간색 외제 차에 몸을 의지한 채 무거운 머리를 땅바닥에 떨어뜨리지 않으려고 애쓰고 있었다. 인사불성의 만취까지는 아니지만 기분 좋게 취한 선은 넘은 것 같았다.

나는 둘을 뒷좌석에 태우고 도로로 진입했다. 남자는 꼬인 혀로 목적지를 알려주고는, 가는 중에 먼저 여자를 내려줘야 한다면서 기착지도 알려주었다. 상태에 비해서 발음은 들을 만했다.

차는 아까 봤던 통신사 대리점 앞 도로를 빠르게 지나갔다. 나는 뒷좌석에서 쉬지 않고 뿜어대는 술 냄새에 취할 지경이어서 운전석 차창을 살짝 내렸다. 남자 핸드폰에서 마룬파이브의 〈원

모어 나잇〉이 흘러나왔다.

"차장님. 앗 죄송해요, 팀장님. 입에 붙어서." 백미러에 비친 이십 대 중반쯤 돼 보이는 여자가 몽롱한 두 눈을 깜박거리며 말했다. "덕분에 오늘 고급 와인도 원 없이 마시고 혀호강 했어요. 팀장님으로 승진하신 거 다시 한번 감축드려요."

운전석 바로 뒤에 앉아 보이지 않는 남자가 "땡쓰."라고 했다. 백미러로 눈이 마주칠까 봐 나는 시선 처리에 신경을 썼다.

"자리는 언제 옮기세요?" 여자가 물었다.

"먼데이." 남자가 대답했다. "방 부장, 오늘이 라스트 데이잖아. 팀 멤버들 파악도 할 겸 더 일찍 무브하려고 했는데, 그 양반 쓸데없이 계속 나와서는. 시츄에이션 애매하게 말이야."

"차장님, 아니 팀장님 밑에서 배울 수 있게 돼서 너무 기대되고 기뻐요. 앞으로 분골쇄신 열심히 보좌하겠습니다. 잘 부탁드려요, 팀장님."

"어브 코올스." 남자가 말했다. "내가 이 팀에서 트러스트할 수 있는 멤버가 누구겠어? 다희밖에 더 있어?"

잠깐. 근데 저 목소리, 저 말투, 저 알아들을 수 없는 언어, 전에 내가 어디서 들었지? 뒤돌아서 얼굴을 확인하고 싶었지만 꾹 참았다.

둘이 꽤 오랫동안 대화 없이 바보처럼 웃다가 잠깐 조용하더니 여자가 불쑥 말했다. "고 차장님은 잘 지내시는지 모르겠어요."

"아이 돈 띵 쏘." 남자가 말했다. "틴에이저도 아니고 친구랑 뮤직 하겠답시고 그 나이에 쫍을 큇하는 게 정상이야? 팀장 포지션이 원래 고 차장 거였다는 둥, 내가 회장님 자서전을 한 트럭 사서 승진한 거라는 둥, 이런 헛소리하는 피플들이 있는 거 같던데 앱소루틀리 난센스야. 회장님이 얼뤠디 작년부터 날 적임자로 찍었다고 수차례 인폼을 주셨었어. 하이레벨에선 일이 어떻게 돌아가는지 알지도 못하면서들."

"그래도 적지 않은 나이신데 꿈을 찾아서 그렇게 과감하게 떠나신 고 차장님의 용기도 대단하세요."

"커리지? 유 뤼얼리 띵 쏘? 댓츠 가비지. 자기 포지션도 예전 같지 않고, 컴핏하는 것도 이제 힘에 부치니까 방 부장처럼 더 어글리해지기 전에 기브업 한 거지. 용기는 무슨."

"맞다." 내가 소리쳤다.

"왓?" 뒤에서 남자가 반응했다.

"네?"

"뭐가 맞다는 거요?"

"아닙니다, 손님. 개인적인 일이 갑자기 생각나서 혼자 한 소리예요. 방해해서 죄송합니다. 말씀 나누세요."

"왓 더—."

기억났다. 저 인간 말이다. 두리네 회사 면접 볼 때 회장 옆에 앉아있던, 국언지 영언지 모를 이상한 말 쓰던, 웁쓰, 스띵크, 그

차장. 오늘 팀장으로 승진한 거였어?

한동안 침묵이 감돌다가 기착지에 다 와 갈 때쯤 웁쓰가 말했다. "다희는 스펙도 그 정도면 낫 배드고 특히 인턴 익스피리언스가 액셀런트해서 충분히 더 좋은 컴퍼니에 트라이 할 수도 있었을 거 같은데, 와이?"

여자가 한숨을 내쉬자 술 냄새가 더 났다. "차장, 아니 팀장님한테는 저를 솔직하게 다 들어내 보여주고 싶어요. 허물을 훌훌 벗어 던지고 싶어요."

벗는다는 대목에서 웁쓰의 침 삼키는 소리가 차 안에 민망할 정도로 크게 울렸다.

여자는 원래 자기 꿈은 현대무용이었고 실제로 고2 때까지 춤을 추었다고 했다. 하지만 끝내 고위 공무원 부친과 변호사 모친의 반대를 넘어서지 못하고 진로를 바꿔야 했는데, 마지막 일 년 동안 죽어라 공부해서 인서울 경영학부에 가까스로 들어갈 수 있었다고 했다. "대학에 들어가서는 매사에 반항적이었고 혼자 방황도 많이 했어요. 솔직히 그 화려한 인턴 경력은 다 부모님의 작품이에요." 그녀는 말하는 중간중간 코를 훌쩍거렸고, 그때마다 웁쓰가 어딘가—어깨나 등이겠지—를 쓰다듬어주는 소리가 쓱쓱하고 났다.

"실망하셨죠?"

"낫 앳 올." 웁쓰의 목소리가 흔들리는 촛불처럼 살짝 떨렸다.

"오히려 다희가 더 좋아졌어, 나한테 이렇게 자신을 오픈할 수 있다는 거에."

"능력 있는 부모 때문에 그리고 저의 비겁함 때문에, 이 직장이 정말로 필요했을 누군가는 좌절을 맛봤을 거예요. 가끔 그런 죄책감이 들어요. 그래서 더욱 열심히 해야겠다는 생각도. 이 자리를 빼앗긴 그 누군가를 위해서."

젠장, 그 누군가가 바로 나요. 어차피 지금은 필요 없으니까 다 가져가요.

"세상은 우리가 생각하는 것보다 훨씬 공평해." 웁쓰가 말했다. "아주 뻬어하지. 여기서 '뻬어'라는 미닝을 정확히 언더스탠 할 수 있다면 말이야. 뽀 이그잼플, 복싱에서 챔피언과 도전자가 엇비슷하게, 혹은 도전자가 어 리를 빗 우세했다면 판정에서 누구의 핸드가 올라갈까? 어브 코올스, 챔피언. 둘의 스테이터스가 시작점부터 달랐기 때문이야. 도전자가 이기기 위해서는 케이오로 경기를 끝내야만 해. 판정까지 갔을 땐 어지간하면 챔피언이 벨트를 킾하는 거지. 그게 바로 내가 말하는 '뻬어'야. 수십 명이 좁은 출발 선상에 긴 줄을 이루고 서는 마라톤에서 탑랭커가 맨 앞에 선다고, 혹은 테니스 토너먼트에서 탑랭커들을 최약체와 붙인다고 해서 뻬어하지 않다고 컴플레인하는 사람은 없어. 왠지 알아? 그게 룰이니까. 그들이 다희를 이기고 싶다면 케이오로 끝냈으면 되는 거야. 당연히 다희 입장에서는 판정으로 끌고 가는 전

략을 쓰는 게 맞는 거고. 댓츠 빡킹 뻬어!"

뭔 소린지 도무지 알아들을 수 없었지만 여자는 감동한 것 같았다. 코를 더 심하게 훌쩍거렸고, 쓱쓱 쓰다듬는 소리가 더 크게 들렸다.

기착지에 도착하자 여자가 혼자 내렸다. 그녀가 가려다가 몸을 돌려 얼굴만 차 안으로 넣고는 코맹맹이 소리를 냈다. "라면 먹고 가실래요?"

읍쓰는 말 없이 내리더니 부들부들 떨리는 손으로 내게 오만 원을 건넸다. "킾 더 체인지." 뭔 소린지 모르겠지만 그는 나를 차에서 내리게 하더니 차 키를 뺏듯이 챙기고는 여자 뒤꽁무니를 졸졸 따라갔다.

최종목적지에 가지 않고도 대리비를 두 배나 챙긴 나는 버스 막차를 잡기 위해 큰길 쪽으로 냅다 달렸다. 밤공기가 상쾌했다. 나는 몇 번의 도움닫기를 한 후 허공으로 부웅 뛰어올라 있는 힘껏 외쳤다. "댓츠 빡킹 뻬어!"

막차를 타고 집과 가장 가까운 정거장에 내렸지만 세 블록이나 걸어야 했다. 수입이 짭짤해서 그런지 하나도 힘들지 않았다.

내일 두리와 통화하더라도 오늘 밤 읍쓰하고 여직원에 대해 이러쿵저러쿵 떠들지는 않을 것이다. 범죄에 연루되지 않았다면 고객의 프라이버시는 지켜줘야 한다고 믿는다. 후한 팁을 받은 경우라면 더더욱 그렇다. 솔직히 말해서, 같이 라면 먹는 게 비난받을 일은 아니지 않은가. 그저 부러울 뿐.

집에 도착해서 현관을 열려고 하는데 어디선가 "우우— 쿵, 우우— 쿵." 하고 좀비가 내는 것 같은 희한한 신음이 들렸다.

뭐지? 나는 배낭 가방을 앞으로 고쳐 매고 주위를 살폈다. 너무 어두워서 핸드폰의 손전등을 켰다. "거기 누구 있…? 아, 깜짝이야!"

얼마 전 302호로 이사 온 아저씨였다. 마치 괴한한테 피격당한 사람처럼, 반쯤 열린 자기 집 문 안에 상체만 들어간 채로 엎어져서 고통스러워하고 있었다.

"아저씨, 괜찮으세요?" 그를 잡고 흔들었다. 입에서 피가… 아니라 침을 질질 흘리고 있었다. 거기서 소주와 골뱅이 냄새가 뒤섞인 하수구 냄새가 났다. "정신 차리세요. 일어나보세요, 아저씨."

그가 게슴츠레 눈을 뜨더니 턱에 매달린 침을 후루룩 마셨다. "너 때뭉이야, 새꺄. 쿵."

"네? 제가 뭐요?"

"2년망 더 이써 달라니까 니가 날 버려써. 엔나레 빌빌거리덩 널 뽀바주고 키어준 날 니가 버려따쿵."

"누굴 말하는 건지 모르겠지만 아무튼 전 그 사람 아니에요.

301호 사는 사람이에요. 여기서 이러지 말고 일단 들어가세요."

내가 일으켜 세우려 하자 그가 확 뿌리쳤다. "이거 놔, 새꺄. 회사두 짤려서 하나바께 엄는 아들 뒤빠라지도 모타는 무능안 인간이랑 살기 실타구 마누라가 당장 이혼하재, 쿵. 이제 속이 좀 시원하냐?"

나는 복도 쪽 신선한 공기를 한껏 들이마신 뒤 꾹 참고서 그의 양 겨드랑이에 손을 넣어 집안으로 힘껏 끌어당겼다. 축축하고 물컹한 게 기분이 더러웠다.

"이거 놔. 우리 아드리 미쿡 컬럼비아에서 얼마나 공부 잘하능데. 성공해서 널 홍꾸녕 내줄 거야, 쿵. 팀장 돼서 2년만 날 지켜달라니까 그게 그러케 어려웡냐? 내가 잘 나갈 때 널 얼마나 챙겨 쥐능데. 인사평까도 매년 최고 등급만 줘짜나, 새꺄."

오늘 왜 이렇게 다들 팀장 타령이야?

나는 그를 방 한가운데로 끌어와서 뉘었다. 그의 신발을 벗겼을 때 난 거의 정신을 잃을 뻔했다. (웁쓰, 스띵크.) 이 집은 물이 안 나오나? "아저씨, 많이 취했어요. 일단 주무세요. 전 이만 가볼게요. 혹시 무슨 일 있으면 우리 집 문 두드리시고요." 헉, 우리 집 문을 왜? 내가 지금 뭐라고 한 거야?

그는 화생방실에 갇힌 훈련병처럼 침, 눈물, 콧물, 땀까지 몸속의 물이란 물은 다 흘리고 있었다. 엉망진창이었다. 무슨 할 얘기가 저리도 많은지 말도 질펀한 침처럼 끊어지지 않았다. "니 옌날 여친하구 남편 몰래 띵까띵까 하니까 좋디? 이 배웅망더칸 쿵야. 난 이제 개터리야. 니 꿈인지 뽕인지 때메. 2년도 기다리지 못해서 넌 날 쓰레기처럼 버려써, 쿵."

나는 그의 집을 탈출해서 우리 집으로 뛰어 들어갔다. 술꼬장이라면 전에 있던 아저씨도 어디 가서 빠지지 않았는데, 저기에 비하면 그건 그냥 앙탈 수준이었다. 주행성 묘쉒이는 밖에서 뭔 일이 났는지 아랑곳하지 않고 박스 안에서 곤히 자고 있었다. 나는 평소보다 두 배 꼼꼼히 샤워했다.

이부자리에 누워서 인터넷을 켰다. 컬트고배인TV의 따끈따끈한 새 동영상을 알리는 팝업이 떴다. 링크를 클릭했다.

호스트가 등장했다. 오늘 보니 사십 대 초반으로 보였다. 그는 푹 가라앉은 목소리로 인사를 하고는 오늘은 자기한테 매우 슬픈 날이라고 했다. 오랫동안 모시던 팀장님이 회사에서 명예퇴직을 당했는데, 자기가 그 일에 일말의 책임을 느낀다는 것이었다. (여기도 팀장 얘기야? 나만 왕따시키고 전 국민이 짰나?) 그는 말을 길게 하지 않았다. 나는 이 채널의 그런 점이 마음에 들었다.

"그분의 앞길을 응원하는 마음을 담아 이 음악을 바칩니다. 제목은," 감정이 복받치는지 그가 입을 앙다물고 턱관절을 실룩거리다가 말했다. "그 어떤 슈퍼 히어로보다 강하고 위대한 그 이름. 거미, 박쥐, 쇳덩어리, 다 편먹고 덤벼도 대적할 수 없는 그 이름." 그가 외쳤다. "제목은 〈샐러리맨〉입니다!"

음악이 이어졌다. 지난번 곡에서는 어쿠스틱 악기의 유니크한 음색이 멜로디였고 신디사이저가 리듬이었다면, 이 곡은 컴퓨터 혼자 모든 걸 해냈다. 그런데도 거기서 나오는 느린 템포의 묘한 애절함이 아날로그 감성을 자극했다.

라면박스 안에서 묘쉑이의 신경질적인 발길질 소리가 들렸다.

"미안. 시끄러워서 깼어?" 나는 얼른 노트북을 끄고 이불을 당겼다. 방안이 칠흑처럼 어두워졌다. 옆집 아저씨 때문에 괜히 내가 심란했다. 이대로는 잠이 안 올 것 같아서 작가 남편의 소설 첫 장을 집어 들고 휴대폰의 손전등을 켰다. 박스 안에서 또 발길질 소리가 났다. 나는 조용히 휴대폰을 끄고 몸을 새우처럼 말았다. 그리고 속으로 수면 주문을 외웠다.

수술대 위에 축 늘어진 검은 길고양이의 불룩한 배에 메스를 갖다 대는 수의사의 미모는 눈부셨다.

그래도 잠이 안 왔다.

사달이 났다. 묘쉑이가 집을 나갔다. 동물병원에서 일을 마치고 마트에 가서 장을 보고 돌아왔는데 묘쉑이가 사라진 것이다.

집을 나설 때 묘쉑이와 심한 다툼이 있었다. 어제 녀석이 잠들었을 때 잠이 너무 안 와서 방 안 두 군데에 카메라를 설치했는데 그게 발각된 것이다.

'말도 안 하고 이게 무슨 짓이야?' 묘쉐이가 불같이 화를 냈다.

"이제 한 달밖에 남지 않았잖아. 그냥 미리 설치해두고 기술적인 테스트만 하려고 했을 뿐이야."라고 해명했다.

'그래도 말을 했어야지!'

"실제 촬영을 한 것도 아니고 장비만 설치했을 뿐인데 그게 무슨 대수라고? 이렇게까지 화를 내는 걸 보니까 의심을 안 할 수가 없네. 혹시 생각이 바뀐 거 아니야? 아님, 처음부터 약속을 지킬 마음이 없었거나?"

'닥쳐, 이 아무짝에도 쓸모없는 백수 새끼야!'

"뭐? 말조심하지 못해. 이 버르장머리 없는 고양이 새끼가!"라고 윽박지르면서 나는 묘쉐이의 엉덩이를 후려쳤다. 묘쉐이가 등털을 고슴도치처럼 세우고 나한테 "하악!" 하는 걸 처음 봤다. 나도 내가 왜 그랬는지 모르겠다. "지금 대리운전 가야 하니까 이따 들어와서 얘기해. 너 때문에 이미 늦었다고."

나는 문짝이 떨어져 나갈 만큼 문을 쿵 닫고 나갔다. 들어왔을 때 발견했는데, 낡은 현관문이 충격 때문에 제대로 닫히지 않던 것이다.

숨이 턱 막히고 머리가 쭈뼛쭈뼛 섰다. 묘쉐이처럼 온통 하얗고 얼굴이 눌린 아이는 길고양이가 득실대는 거리에서 하루도 버티지 못할 것이다. 돌아오기만 해봐라. 평생 집에서 못 나가게 해줄 테니까. 하지만 지금은 녀석을 찾는 게 우선이었다.

나는 손전등을 켜고 동물병원에서 집까지의 동선을 샅샅이 뒤졌다. 고양이 울음소리가 들릴 때마다 달려가 보았지만 아니었다. 묘쉐이는 그렇게 천박하게 울지 않는다.

"묘쉐아—." 눈물이 쏟아졌다. "내가 잘못했어. 미안해. 어디 있는 거야? 빨리 집으로 돌아가자."

길 가던 사람들이 곁눈질로 나를 힐끔 보고는 키득거렸다. 혼자 걷는 이들은 나를 멀리 피해 갔다.

"저기, 안녕하세요."

동네 놀이터를 둘러보고 있을 때 그네에 홀로 앉아 있던 누군가가 말을 걸어왔다. 가까이 가서 보니 302호 아저씨였다. 요즘은 출근도 안 하고 매일 집에 있는 것 같던데 여전히 (내 추리닝보다 더 후줄근한) 양복 차림에 넥타이를 매고 있었다.

그는 지난주에 술 먹고 소란을 피워서 미안하다고 사과하고는 챙겨줘서 고맙다고 했다. "근데 이 밤중에 무슨 일 있어요? 누굴 찾는 거예요?"

나는 고양이가 집을 나갔다고 말했다. "크기는 요만한 게 온몸이 하얗고 얼굴이 납작하게 눌렸어요. 눈물이 많아서 눈 주위가 까맣고요. 혹시 못 보셨죠?"

그는 미국 명문대에 다니는 자기 아들도 고양이를 키우고 있다며, 그날 신세 진 것도 갚을 겸 같이 찾아보겠다고 했다. "난 저기 교회 쪽으로 가면서 훑어볼게요." 이렇게 말하고는 내가 가는 반

대편으로 가면서 그가 물었다. "이름이 뭐라고 했죠?"

"묘쉐이요."

그는 혀로 쭈쭈쭈쭈 소리를 내면서 "묘쉐꺄, 묘쉐꺄."하고 부르면서 갔다.

골목을 다 돌고 큰길로 나오니 두 시간이 훌쩍 지나 10시가 넘었다. 도로 위에는 버스와 승용차가 바람을 가르며 쌩쌩 달리고 있었다. 똑똑한 녀석이니까 위험하게 이쪽으로는 안 왔을 거야. 나는 거리에 우두커니 서서 갈피를 잡지 못했다. 묘쉐아, 어디 있는 거야? 그깟 방송 같은 거 하기 싫으면 안 해도 돼. 내가 잘못했어. 그냥 돌아와만 줘. 두 번 다시 그런 거 강요하지 않을게.

나는 한참을 그러고 섰다가 석두리한테 전화를 걸어서 오열했다.

"수군아, 어디야? 내가 당장 갈게."

"그럴 필요 없어. 너가 와도 지금 도와줄 수 있는 건 없어. 애당초 내가 그러지 말았어야 했어. 묘쉐이가 그렇게 싫어하는 걸, 걔 입장은 생각하지도 않고 내가 너무 이기적이었어. 난 정말 나쁜 놈이야. 날 인간으로 만들어준 묘쉐이한테 손찌검까지 했어."

"그렇지 않아. 그건 실수일 뿐이야. 누구나 실수는 해."

"묘쉐이가 돌아와만 준다면, 맹세코 묘쉐이가 싫어하는 건 다신 하지 않을 거야. 너 말대로 나 공부해서 자격증 꼭 딸 거야. 그래서 묘쉐이랑 같이 다른 동물들 보살피면서 행복하게 살 거야."

"그래 수군아, 잘 생각했어." 두리도 울었다. "넌 세계 최고의 사육사가 될 거야. 그리고 묘쉑이 꼭 돌아올 거니까 너무 걱정하지 마. 내가 진짜 안 가봐도 되겠어?"

길 한복판에 서서 두리와 한참을 울고불고한 뒤 전화를 끊고 나서 나는 아랫배에 힘을 주고 더 크게 울 채비를 했다.

그때 어디선가 귀에 익은 목소리가 들렸다. "아저씨."

나는 주위를 두리번거렸다. 밑을 보니 꼬마 여자애가 내 바지춤을 잡아당기고 있었다.

"왜 여기서 울고 계세요?" 동물병원 아들내미의 반 친구 여자애였다. 바로 옆에는 엄마로 보이는 중년여성이 '정신연령은 비슷한 거 같은데 그래도 애 친구 하긴 너무 큰 거 아냐?' 하는 표정으로 딸과 함께 내 대답을 기다렸다.

나는 무릎을 땅에 대고 서서 그 애와 눈높이를 맞추었다. "여자애구나." 눈물은 흘렸고 콧물은 삼켰다. "이 아저씨가 너무 못나게 굴어서 묘쉑이가 집을 나가버렸어. 아무리 찾아봐도 없어. 어떻게 해야 할지 모르겠어. 다 내 잘못이야."

여자애가 깜짝 놀라며 물었다. "아저씨, 무슨 말이에요? 묘쉑이가 집을 나가다니요?"

"너도 알다시피 나랑 묘쉑이는 대화가 통하잖아. 근데 내가 글쎄 그걸 이용해서 돈벌이하려고 했어. 우리 둘의 일상을 촬영해서 인터넷으로 방송 같은 걸 하려고 했던 거야. 묘쉑이가 그렇게 싫어하는 데도 개 몰래 방안에 카메라까지 달아놨어. 오로지 돈을 위해서. 난 정말 나쁜 놈이야."

자초지종을 듣고 난 여자애는 어른스럽게 내 등을 두드려주었다. 묘쉐이는 영리하고 똑똑하니까 꼭 돌아올 거라고 말해주었다. 그러고는 지금 당장 묘쉐이의 사진을 컬러로 여러 장 복사해서 동네 사람들이 잘 보는 곳에 최대한 많이 붙여놓으라고 조언해주었다. 역시 동물병원 아들내미하고는 질적으로 다른 영특한 아이였다. 이 와중에 나는 훗날 내게도 이런 딸이 생겼으면 좋겠다고 생각했다.

"전 지금 아빠한테 가는 길인데, 이따가 저도 엄마랑 같이 찾아볼게요. 묘쉐이 봤다는 연락이 오면 저한테도 알려주세요."라고 하면서 내 휴대폰에 자기 전화번호를 찍어주었다. "걱정 마세요. 묘쉐이는 꼭 돌아올 거예요."라면서도 나만큼이나 걱정하는 게 보였다.

여자애가 엄마 손에 이끌려 뒷걸음질 치듯 갔다. 엄마 목소리가 작게 들렸다. "자애야, 저 아저씨 정상인 거 확실하지? 혹시 약간 정신적으로…."

작아지는 모녀의 뒷모습을 보며 나는 다시 아랫배에 힘을 주고 목청껏 울려다가 "맞다, 사진. 여자애가 사진 붙이랬지." 하고는 냅다 집으로 달렸다. "묘쉐아, 제발 돌아와!"

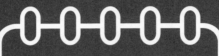

쉰둘 환자의
겨울

1

문 열리는 소리가 났고 누군가 들어오는 소리가 났다.

간호사는 왔다 간 지 얼마 되지 않았으니 아내일 것이다. 나는 눈을 감고 있었다. 내겐 세상에서 가장 향기로운 아내의 체취를 맡을 수 없다는 게 새삼 슬펐다. 아내가 외투를 벗어서 옷걸이에 걸고 내가 깰까 살금살금 다가오는 소리를 들었다. 지금 내 볼에 키스했을 것이다. 틀림없다.

또 문이 열리고 누군가 들어왔다. 문이 조금 세게 닫혔다.

"쉬잇," 아내의 속삭임. "아빠 주무셔."

"미안." 이건 우리 공주님. "엄마, 방금 묘쉥이네 아저씨랑 통화했는데 지금 동네 다니면서 사진 붙이고 있대."

보통 딸아이는 외할아버지네에서 지내는 주말에만 왔다. 오늘이 벌써 주말인가? (이런 상태로 오래 있다 보면 시간 감각이 무뎌진다.) 아닌데, 금요일인데. 지금은 시간도 많이 늦었고. 아마도 아버님 집으로 가는 길에 잠깐 들렀나 보다. 아버님 집은 여기서 한 블록 거리에 있다.

잠깐, 근데 묘새끼는 뭐고 아저씨란 사람은 누군데 자애가 이 시간에 통화하지? 동네에 사진은 왜 붙인다는 거야? 무슨 소린지 하나도 알아들을 수가 없었다.

"아빠 어떤 거 같애?" 딸아이가 속삭였다.

"자애랑 엄마랑 열심히 기도해서 많이 좋아지신 거 같아." 아내가 속삭였다.

"정말?"

정말이고 말고. 엄마 말은 항상 옳아. 아빠가 지금껏 버틸 수 있는 건 순전히 우리 자애랑 엄마 기도 덕이야. 가끔은 그게 아빠를 아주 슬프게도 하지만.

나는 행여 감긴 두 눈 사이로 눈물이 새 나갈까 봐 김이 모락모락 나는 빵을 상상해보았다. 그런데 하필 우리 자애가 사족을 못 쓰는 슈크림빵이 떠올랐다. 물론 눈물은 나지 않았다. 감정은 느끼지만 그에 따라 반응할 능력은 더 이상 내게는 없었다.

내 의도와는 상관없이 눈이 떠졌다.

"엄마, 아빠 잠 깼어." 딸아이가 침대 위 내 옆으로 비집고 들어와 걸터앉았다.

"자애야, 아빠 불편하시지 않게 조심해야지."

"응, 조심하고 있어." 엄마한테 촉촉한 흰 수건을 건네받은 딸아이가 내 얼굴을 닦기 시작했다. 그런 뒤 머리칼을 다 밀어버려서 만질만질한 머리를 닦아주었다. "엄마, 우리도 묘쉑이 같이 찾아줄 거지? 혼자 길거리에서 얼마나 춥고 무서울지 너무 걱정돼."

자애야, 묘새끼라니? 그게 도대체 뭐야?

냉장고 안을 정리하던 아내가 말했다. "오늘은 너무 늦었으니까 내일 낮에 엄마랑 묘쉑이 동네에 같이 가보자. 좋지?" 아내가 또 말했다. "우리가 지금 무슨 말을 하는 건지 아빠가 많이 궁금해하시겠다. 오는 길에 무슨 일이 있었는지 자애가 아빠한테도 설명해드릴래?"

작은 보석 같은 두 눈이 흐리멍덩할 게 뻔한 내 눈을 위에서 내려다보았다. 그러고는 얼굴이 납작하게 눌린 흰털 고양이에 관해 얘기해주었다.

세상에, 자애야. 뭐라고? 고양이가 가출했다고? 그런데 가출한 이유가 주인이 자꾸 하기 싫은 일을 억지로 시켜서 대판 싸웠기 때문이라고? 이름은 또 뭐, 묘새끼?

같은 반 친구네 동물병원에서 일한다는 그 고양이 주인은 정상이 아닌 게 분명했다. 더 어이없는 건, 절대 비밀이라고 하면서 자기가 눈빛으로 고양이랑 대화를 나눈다고 우리 순수한 자애한테 말했다는 것이다. 자애는 몇 번이나 "절대 다른 사람한테 말하면 안 돼. 비밀 지키겠다고 그 아저씨랑 묘쉑이랑 약속했거든."이라며 신신당부했다.

자애야, 알았어. 아무한테도 말 안 할 게. (하고 싶어도 못 하는 거 알잖아.) 하지만 자애야, 아빠 네가 그 아저씨랑은 안 어울렸으면 좋겠다. 여보, 보고만 있으면 어떡해? 위험한 사람이면 어쩌려고? 애를 말려야지.

"엄마," 자애가 말했다. "아빠도 걱정하는 눈치야. 꼭 찾길 바란다고 하는 거 같애."

아니, 아빠 그런 말 한 적 없거든.

"그렇네." 아내가 다가와서 딸아이의 머리를 쓰다듬으면서 말했다. "우리 내일 가서 묘쉑이 꼭 찾자."

답답해서 속이 터질 것 같았다. 하지만 어쩌겠는가? 딸아이가 그 고양이를 저토록 좋아한다는데. 알았어. 정 그러면 내일만 찾아보고, 묘새낀지 뭐시긴지 찾고 나면 그다음엔 그 고양이 주인하고는 어울리지 않겠다고 약속해줘. 아예 그 동물병원엘 가지 마, 자애야. 그 같은 반 친구라는 애가 전에 소풍 사진 보여줬을 때 담임선생님 뒤에서 손가락으로 머리 위에 뿔 만든 그 심술 맞게 생긴 뚱땡이 맞지? 맨날 너만 쫓아다니는. 성깔 드센 수의사 엄마에, 아빠는 여태 작가 지망생이라고 했던 거 같은데. 하나같이 마음에 안 들어.

자애가 말했다. "약속할게, 아빠. 꼭 찾을게. 그리고 둘이 화해할 수 있도록 내가 도와줄게."

아니 자애야, 네가 굳이 나서서 둘을 화해시킬 필요까지 있겠어? 자기들끼리 알아서 잘 풀겠지. 서로 말도 통한다며.

눈을 떴다. 희한하게도 정확히 새벽 3시만 되면 자동으로 눈이 떠졌다. 그러면 나는 창문 밖에 서 있는 나무에 열매처럼 매달린 달을 보았다. 소화를 돕기 위해 의료진이 나를 10도 각도로 비스듬히 유지해주고, 아내의 아이디어로 혼자 있을 땐 창문을 볼 수 있게 침대를 배치해줘서 큰 어려움 없이 이 시간을 만끽할 수 있었다. 12월 초엔 나무도 달도 앙상하지만 그 나름의 멋이 있다.

나는 벌써 일 년 가까이 이렇게 누워만 있다. 의료진은 내가 식물인간 상태라고 결론지은 지 오래다. 누워 있는 나를 사이에 두고 아내에게 "저희는 남편분이 의식을 회복할 가능성이 없는 거로 판단하고 있습니다."라고 하는 걸 들었다. 그러나 나는 그들을 원망하지 않는다. 2주 전쯤 두 개의 감각이 돌아왔다는 걸 안들 그게 무슨 의미가 있겠는가?

어쨌든 굳이 밝히자면 지금 나는 보고 들을 수 있고, 그걸 바탕으로 사고할 수 있다. 그 외에는 암흑이다. 후각, 미각, 촉각은 물론 내 몸 어디도 움직일 수가 없다. 내 의지로 눈조차 깜박일 수 없다. 그나마 로또 당첨처럼 깜짝 찾아온 두 감각도 하루가 다르게 힘을 다해가는 게 느껴진다. 이런 나를 의학적으로 어떤 단계라고 부르는지 모르겠으나 내 몸은 내가 제일 잘 안다. 한 그루의 나무 같은 존재라는 의료진의 견해에 나는 이견이 없다.

그런데도 내가 필사적으로 버티려는 이유는 단 하나, 사랑하는 아내에게 아직 남기지 못한 유언이 있기 때문이다. 꼭 전해야 할 말이 세 가지 있다. 하루 중 내가 가장 좋아하는 이 새벽의 기분을 망치고 싶지 않아서 그게 무언지 지금 상기하고 싶진 않지만, 당장 말할 수 있는 건 단 5분 만이라도 아내와 소통할 수 있다면 난 기꺼이 영혼이라도 내놓을 준비가 돼 있다는 것이다.

나는 창밖을 다시 보았다. 비와 눈의 중간쯤 되는 싸라기눈이 창문을 두드리기 시작했다. "탁 타닥 타닥 탁 탁 타다닥~." 듣기 좋았다. 나는 그 소리 안에서 패턴을 갖는 리듬과 박자를 찾아냈다. 그리고 거기에 맞춰 눈빛으로 흔들흔들 춤을 춰보았다. 기분이 좋아졌다. 이 세상에는 내가 사지 멀쩡했을 때 몰랐던 게 참 많다는 사실에 난 자주 놀라곤 한다. 물론 그 반대의 경우엔 한없이 무기력해지기도 하지만 말이다.

우리 가족은 음악을 사랑했다. 어떤 기념일이든 거실에 모여서 거창한 가족음악회를 열곤 했는데, 아내와 딸아이가 나란히 붙어 앉아 마치 한 사람처럼 피아노를 치면 뒤에서 아버님이 색소폰을 불고 나는 머리를 흔들면서 어깨에 맨 기타를 튕겼다. 이 멋진 앙상블은 어디에 내놔도 빠지지 않는 상당한 수준이었다고 자부한다. 실제로 아내는 내가 아는 최고의 피아니스트였다. 예전에도, 지금도, 앞으로도, 언제나.

이젠 우리 가족은 더 이상 그런 시간을 보낼 수 없다. 그게 제일 슬프다. 내 기타만 빼고 할 수도 있겠지만 그러면 우리 가족 특유의 맛이 살지 않을 것이다. 적어도 난 그렇게 믿고 싶다.

이제 조금 피곤해졌다. 충분히 자둬야 내일 올 아내와 딸아이에게 온전히 집중할 수 있다. 오늘은 잠깐 들른 거라 경황이 없었지만, 내일은 토요일이니 일찍 와서 종일 나와 시간을 보낼 것이다. 잠깐. 그 묘새낀지 뭐시긴지 하는 고양이 찾으러 간다 그랬나? 그럼 늦게 오려나? 설마 안 오진 않겠지?

마음에 들지 않았다. 자기 집을 찾아오지도 못하는 그 멍청한 고양이나, 나잇값 못하고 열 살짜리 애한테 고양이를 잃어버렸다고 울고불고한 그 주인이란 사람도. 생각할수록 짜증이 났다.

오늘은 그냥 자자.

여보, 자애야, 좋은 꿈꾸고 내일 꼭 와야 해. 사랑해.

"좋은 아침입니다, 선생님."

이 병원에서 내가 제일 좋아하는 간호사가 하루의 시작을 알렸다. 내 딸이 자라면 저런 모습일 거라고 기대하게 만드는, 금방이라도 날 일으켜 세워줄 것 같은 긍정의 에너지를 발산하는 초년생 간호사였다. 보통 다른 의료진은 나를 식물이나 투명 인간 취급하지만, 왼쪽 가슴에 '간미영 간호사'라고 이름표를 단 이 앳된 여성은 달랐다. 내가 알아들을 수 있다고 믿는 듯 뭔가를 할 때마다 혼잣말처럼 말을 걸고 물었다. 어쩔 땐 내 침대 옆에 앉아서 수다를 떨기도 했다. 아내와 딸아이 외에 나를 이런 식으로 대해주는 유일한 사람이었다. 그럴 때마다 나는 살아 있는 느낌이 들었다.

"선생님, 오늘 얼굴이 참 좋아 보이세요."

간 간호사야말로 좋아 보이는데요. 늘 그렇지만 오늘은 특히 더요.

"토요일이라 사모님이랑 자애가 와서 종일 같이 있을 수 있어서 그러신 거죠?"

말도 말아요. 내가 그래서 토요일을 얼마나 기다리는데, 글쎄 우리 착한 딸이 집 나간 남의 고양이 새끼를 찾아주느라고 늦을지도 모른다지 뭐에요.

"자애처럼 사랑스럽고 똑똑한 아이는 정말 처음 봐요." 간 간호사가 내 머리 위에 있는 기계의 수치를 차트에 적으면서 말했다. "저도 나중에 자애 같은 딸을 낳으면 소원이 없겠어요."

글쎄요, 그게 쉬운 일은 아니지만(하하하) 간 간호사라면 멋진 남자 만나서 우리 자애 같은 딸 꼭 낳을 수 있을 거예요. 응원할게요. 참, 근데 남자친구 있죠? 간 간호사처럼 예쁜 숙녀가 여태 혼자라는 건 말이 안 되는데.

"저 이거 비밀인데요, 선생님한테만 말해줄게요."

그래요, 말해봐요.

"저…," 기도하듯 두 손을 모은 간 간호사의 얼굴이 붉어졌다. "일 년 넘게 마음에 품고 있는 사람이 있어요."

와우, 일 년 넘게 교제를 하는 것도 아니고 마음에 품고 있다고요?

"이제 그분한테 고백하려고요."

네? 아니, 간 간호사라면 당연히 고백 받아야 하는데…. 좀 이상하긴 하지만, 하기야 요즘 세상에 그런 게 무슨 상관이겠어요. 무조건 잘 될 거예요. 그 사람 머리가 어떻게 된 거 아니라면.

"저는 그분이랑 있을 때가 제일 행복해요. 매일 매시간 매분 매초 함께하고 싶어요." 간 간호사가 허공을 보다가 시선을 내게로 옮겼다. "선생님도 아는 사람이에요."

네? 내가 아는 사람이라고요? 누구…?

그녀가 웃기만 했다.

누군지 말해 봐요. 궁금해 죽겠어요.

"궁금하시죠?"

궁금하다니까요.

"선생님 표정 보니까 별로 안 궁금하신가 보네요. 알았어요."

악, 큰일 났어요. 내 얼굴 근육이 말을 듣지 않아서 궁금해하는 표정을 지을 수가 없어요. 장난 그만 치고 빨리 말해 봐요. 누구예요, 그 행운아는?

"비밀 꼭 지키셔야 해요."

요즘 왜 이렇게 비밀 지켜 달라는 사람이 많은지. 소문내고 싶어도 낼 처지가 못 되는 거 간 간호사가 더 잘 알잖아요.

"누구냐면요."

순간 문이 활짝 열리는 소리가 났다.

간호사가 뒤를 보며 말했다. "사모님, 안녕하세요. 일찍 오셨네요."

"간 간호사님 와 있었군요." 아내가 들어왔다. 아내도 남동생이 있다면 당장 소개해주고 싶다고 할 정도로 간 간호사를 마음에 들어 했다. 자애도 그렇고. 그러고 보니 우리 가족은 모두 싹싹한 간 간호사를 좋아했다. 아내가 말했다. "요즘 부쩍 예뻐지는 거 같아요."

글쎄 본인이 거꾸로 남자한테 프러포즈를 할 거래. 여보, 이게 말이 돼?

"자애는요?" 간 간호사가 물었다.

"친구네 고양이가 집을 나가서 외할아버지랑 같이 찾으러 갔어요."

아버님까지? 여보, 그게 그렇게까지 해야 할 일일까?

"딱 한 시간만 찾다 오기로 약속했으니까 금방 올 거예요."

한 시간? 시간 약속을 해서 그나마 다행이네. 근데 오늘 아버님도 오셔?

난 아버님 얼굴을 뵐 면목이 없었다. 평생 의주를 행복하게 해주겠다고 약속드렸는데, 지금 내 꼴은…. 아버님 오실 때 맞춰 자는 척이라도 해야 마음이 좀 편해질 텐데. 더도 덜도 말고 이럴 때 내 맘대로 눈만이라도 감고 뜰 수 있다면 얼마나 좋을까.

"그럼 전 이만 가볼게요, 사모님. 필요한 거 있으시면 아무 때나 부르세요."

"항상 우리 가족한테 잘해줘서 고마워요, 간 간호사님."

"아니에요, 사모님. 선생님 가족분들께 한치의 불편함도 없게 하라는 변 박사님의 엄명이 있었거든요. 그리고 제가 자애의 열혈 팬이기도 하고요. 그럼 쉬세요. 이따 자애 오면 또 놀러 올게요."

간 간호사가 차트를 챙겨서 나갔다.

그래서 그 남자가 누군데요? 그건 말해주고 가야죠. 여보, 간 간호사 좀 잡아봐.

아내가 젖은 수건으로 내 얼굴을 닦기 시작했다. 아내가 말했다. "여보, 음악 듣고 싶죠?"

응.

아내가 태블릿을 켰다. 처음 듣는 발랄한 연주곡이 흘러나왔다. 토요일 아침에 듣기 좋은 곡이었다. 아내가 내 겨드랑이와 가슴을 닦았다.

"올해가 2주밖에 남지 않은 거, 당신 믿겨요? 참 많은 일이 있었어요, 올 한 해. 시간이 어떻게 지나갔는지 하나도 기억이 나지 않아요."

미안해, 여보.

"당신이 이렇게 되기 전을 생각하면 제일 그리운 게 뭔지 알아요?" 아내가 말했다. "매년 12월 31일이면 우리 가족이 다 거실에 옹기종기 모여서 우리만의 작은 송년 음악회를 했던 거요. 자애랑 당신이랑 아빠랑 함께."

그랬지. 지금 내 머릿속이 그런 사랑스러운 추억으로 가득 차있다는 거에 내가 얼마나 감사해하는지 당신은 모를 거야.

"여보."

응?

"나 당신한테 말하지 못한 게 하나 있어요."

그래? 그게 뭔데?

아내는 내 다리 쪽을 닦고 있었다.

괜찮으니까 뭐든 말해봐, 여보.

"어머, 벌써 시간이 이렇게 됐네. 아빠랑 자애랑 곧 오겠어요. 담에 얘기해줄게요. 쉬어요."

뭐야? 오늘 진짜 다들 왜 그래, 짰어? 나 속 터지게 하면 벌떡일어날까 봐 그러는 거야?

2

흰털 고양이는 아직도 집에 돌아오지 않았다고 했다. 동물의 생존본능을 과소평가하는 건 아니지만 일주일 동안 험한 뒷골목 세계에서 얼굴 납작한 이종교배 고양이가 살아남았을지는 의문이었다. 어쩌면 자애 같은 천사한테 구조돼서 칙칙한 원래 주인 따위는 안중에 없을 만큼 사랑받으면서 잘살고 있을지도 모를 일이다. 아무튼 그놈의 고양이 때문에 요즘 자애의 기분은 썩 좋지 않았다.

오늘은 나도 기분이 별로다. 다가오는 크리스마스를 맞아(일주일이나 남았는데), 아내가 다니는 교회에서 안수기도를 온다고 했다. 누구보다 객관적이고 냉철한 성격의 소유자였던 아내가 교회를 그렇게 열심히 다니리라고는 상상하지 못했다. 현실을 홀로 감당하기 얼마나 버거웠으면 그럴까 하는 데까지 생각이 미치면 목구멍의 신경이 살아나서 메이는 것 같았다.

"여보," 아내가 내게 미리 말해두었었다. "짧게 해 달라고 부탁했으니까 불편해도 조금만 참아요. 혹시 알아요? 하나님이 정말 당신을 도와주실지. 그 목사님이 안수기도 잘하시는 거로 유명하대요."

그리고 오후에 목사와 목사가 하 집사라고 부르는 사람이 함께 병실을 찾았다. 둘 다 나이가 지긋했는데 굳이 따지자면 하 집사가 몸이 다부졌고 인상도 좀 더 어려 보였다. 그는 독립적인 주체가 아니라 원격으로 작동하는 목사의 손과 발처럼 행동했다.

"목사님, 코트 주시고 이쪽에 앉으세요." 하 집사가 마치 자기 병실인 양 말했다.

거기 쿠션 달린 건 우리 아내랑 딸 전용 의자예요. 저쪽에 있는 회색 의자 갖고 와서 앉아요.

루틴 같은 짧은 의례를 하고 난 뒤 목사가 내 민머리에 손을 얹으며 두 눈을 질끈 감았다. 그러고는 좌변기에 앉아서 용을 쓰는 변비 환자처럼 오만상을 찌푸렸는데 마치 콧구멍 속을 밖으로 뒤집으려고 시도하는 것 같았다. 그 옆에 하 집사는 딱히 하는 것도 없으면서 목사랑 똑같은 표정을 짓고 있었다.

여보, 내가 꼭 저런 거까지 봐야 해? 여기 밑에 내 자리에서 봐봐. 불편한 정도가 아니라 이건 고문이야. 제발, 얼마여도 상관없으니까 저거 안 본 눈 삽니다. 나는 필사적으로 세상에서 가장 아름다운 아내의 얼굴에 초점을 맞췄다.

"남편께서는 가족을 무척 사랑하시는군요." 뜬금없이 목사가 말했다. 표정은 오만상 그대로였다.

"어떻게 아시죠?" 아내가 물었다.

여보, 뭘 어떻게 알아? 그럼 내가 가족을 무척 싫어하겠어?

아내가 울먹였다. "이이의 가족사랑은 정말 남달랐어요."

"남편께선 지금 성도님께 뭔가를 말하고 싶어 하십니다." 목사가 말했다.

흠, 이건 꽤 신선한 멘트였다.

"뭐죠? 무슨 말을 하고 싶어 하죠?" 아내가 재촉했다.

"세 가지를 말하고 싶어 하십니다."

세상에, 그걸 어떻게? 순간 난 기겁했다. 지금 난 그런 생각을 떠올리지도 않았는데 어떻게 알았죠? 맞아요, 세 가지 맞아요. 아내한테 꼭 전할 말이 있어요. 근데 방법이 없어요. 그쪽이 도와줄 수 있겠어요? 아, 죄송합니다. 앞으론 깍듯이 목사님이라고 부를 게요. 목사님, 도와주세요.

정신이 혼미했다. 예상치 못한 상황이었고 마음의 준비가 되지 않았다. 다급하고 조급했다.

목사가 마침내 그 끔찍한 표정을 풀고 내 눈을 보며 말했다. "하나님을 믿고 내게 말씀하세요."

그럴게요, 목사님. 심각하고 무거운 얘기예요. 하지만 꼭 전해야 해요. 절실합니다. 나는 정신을 가다듬고 초집중해서 눈으로 말했다. 첫 번째는 돈에 관한 얘기예요. 너무 복잡하고 긴 얘기라 배경은 묻지 마시고 제가 말하는 대로 그대로 전달만 해주세요. 그러니까….

"남편께서는," 목사가 말했다. "돈에 관해 말하고 싶어 하십니다."

세상에, 이건 기적이야. 할렐루야! 맞아요, 목사님. 당신은 정녕

신이 보낸 메신저가 맞는군요. 그러니까 제가 하고 싶은 말은….

목사가 또 내 말을 끊고 말했다. "이렇게 힘든 상황에서 본인을 대신해서 사랑하는 가족을 지켜주신 주님과 교회에 감사한 마음이 크다고 하시는군요."

네? 아 네. 뭐 그것도 틀린 얘기는 아니긴 한데, 그보다 제가 지금 꼭 전하고 싶은 말은….

"남편께서는 감사헌금으로 그 마음을 표현하고 싶어 하십니다. 그리고 그 헌금이 특히 교회 재건축 같은 하나님 사업에 유용하게 쓰이길 바라십니다."

감사, 뭐요? 아파트 재건축도 아니고 교회 재건축이라뇨? 그게 무슨…?

목사는 또 두 번째로 내가 전하고 싶은 말이, 아내와 자애가 더욱 신실한 교인으로 거듭 태어나기를 바란다는 것이며, 마지막으로 세 번째는 내가 오늘 안수기도를 받고 반드시 병마를 이겨내서 가족 곁으로 돌아가겠다는 결의를 전했다고 했다.

목사는 다시 내 머리에 손을 얹고 그 꼴 보기 싫은 오만상을 쓰며 본격적으로 안수기도를 시작했다. 여기서부터는 내용, 표현, 말투, 동작, 그 모든 게 뻔하고 진부한 교회 식이었으나, 저 끔찍한 표정만큼은 독창적이었다.

하 집사의 도움을 받아 코트를 걸친 목사가 이마에 (뭘 한 게 있다고 흐르는지 모를) 땀을 닦아내며 아내에게 말했다. "남편 간호 잘해주시고 기도 거르지 마세요. 우리 교인들은 항상 가정으로 남에게 본보기가 돼야 합니다."

내가 관상을 좀 보는데, 솔직히 목사님 가정도 그다지 모범적일 것 같진 않은데요?

"교회가 지원할 수 있는 게 뭐가 있을지 고민해보고…." 목사가 말하는 중간에 갑자기 찬송가 전화벨이 울렸다. "영광 영광 할렐루야~."

"여보세요." 하 집사가 휴대폰에 대고 속삭였다. "네, 목사님 곧 교회로 출발하십니다." 그러고는 무슨 대단한 비밀이라도 되는 것처럼 손으로 입을 가리고 목사에게 속삭였다. "이번에 새로 온 전도삽니다. 목사님이 지시하신 해외 선교 문제로."

목사가 알았다고 손짓하고는 아까 하려던 말을 계속했다. "교회가 지원할 수 있는 게 뭐가 있을지 고민해보고…." 또 벨이 울렸다. "영광 영광 할렐루야~."

통화 후 하 집사가 또 손으로 입을 가리고 목사에게 보고했다. "베이커리 건 상의드린다고 아드님이 별관에서 뵙겠다고 하십니다."

그 말을 듣자마자 목사가 갑자기 서둘렀다. "성도님, 교회에서 지원할 수 있는 게 뭐가 있을지 고민해보겠습니다. 아까 남편분이 말한 감사헌금에 대해 상의하고 싶으시면 언제든 목사실로 연락 주세요."

목사가 후다닥 뛰어나가자 하 집사는 끈으로 연결된 것처럼 딸려 나갔다.

아내가 내 옆에 와 앉았다. "여보, 오늘 고생 많았어요. 조금이라도 좋은 기운을 받을 수 있을까 해서 지푸라기라도 잡는 심정으로 해본 거예요. 그리고 노파심에 하는 말인데, 행여라도 내 걱정은 말아요. 우리에게 남은 돈은 한 푼도 빠짐없이 자애를 위해서 쓸 거니까요. 내 성격 알잖아요."

물론 알고말고. 당신이 얼마나 현명한 사람인지 난 절대 잊지 않아. 하지만 당신 통장엔 이제 얼마 남아 있지도 않잖아. 내 병치레 때문에 당신과 자애의 미래를 갉아먹는 건 난 정말 못 참아. 그래서 말인데 당신한테 꼭 할 말이 있어. 어떻게 하면 전할 수 있을까?

아까 짧은 시간이었지만 아내와 소통할 할 수 있다는 기대감에 흥분했었고 행복했었다. 그런 점에서는 목사에게 고마웠다.

잠이 쏟아졌다. 벽시계를 보니 낮잠 잘 시간이었다.

"위 위슈 어 메리 크리스마스, 위 위슈 어 메리 크리스마스, 위 위슈 어 메리 크리스마스, 앤다 해피 뉴이어~."

아침 일찍 몇몇 친한 의료진이 캐럴을 부르며 내 병실을 찾았다. 케이크를 들고 앞장선 간호사(그녀의 아이디어였을 거다)

뒤로 나를 담당하는 의사 두 명과 다른 간호사 한 명이 따라 들어왔다. 아내를 포함해서 다섯 명의 웃음소리가 병실을 가득 메웠다.

"사모님, 이건 저희가 십시일반 준비한 조그만 성의입니다." 병원에서 아이돌 레지던트로 통하는 고미남이 예쁘게 포장된 선물 상자를 아내에게 건넸다. 그러고는 간 간호사가 들고 있는 솜털 같이 가벼워 보이는 케이크를 굳이 얼른 받아주며 씨익 눈웃음을 지어 보였다.

그럼 그렇지. 내 눈은 못 속이지. 나도 잘 아는 사람, 누구겠어? 당연히 젊고 매너 좋고 다정다감하고 잘생기고 몸 훌륭하고 유쾌한 고미남 레지던트지. 보기 좋은 매칭이었고 내 일처럼 기뻤다.

"사모님," 간 간호사가 물었다. "자애는 언제 와요?"

"오후에 데리고 올 거예요. 오늘 저녁에 가족끼리 조그만 파티라도 하려고요."

"그럼 저녁에 저 자애랑 조금만 놀다 가도 되죠?"

"간 간호사님," 고 레지던트였다. "가족분들끼리 오붓하게 파티하신다잖아요."

간 간호사, 고 선생 삐졌네. 연애 초기엔 하룻저녁만 못 봐도 안달 나지. 남자란 원래 그런 동물이야.

"아니에요, 저희야 너무 좋죠." 아내가 말했다. "우리 자애가 간 간호사님을 얼마나 잘 따른다고요."

여보, 눈치 없긴.

이 광경을 뒤에서 흡족하게 지켜보던 나의 주치의이자 대학 동기—그러니까 아내에게는 대학 선배가 된다—인 변원장 박사가 오늘따라 유난히 더 깊은 동굴에서 울리는 짙은 중저음으로 말했다. "자자, 이제 두 분 좀 쉴 수 있게 우리는 이만 나가지." 저 무게 잡는 동굴 목소리와 늘 거뭇거뭇한 수염 자국은 대학 때부터 그의 트레이드마크였다.

의료진이 병실을 나가는 중에 변 박사는 내 침대 가까이 왔다. 그가 머리숱이 빼곡한 희끗희끗한 머리를 뒤로 넘기면서 잠시 머뭇거리다가 내 침대의 맞은편에 있는 아내에게 말했다. "제수씨, 상의드릴 게 있는데 이따 저랑 말씀 좀 나누시죠. 회진 끝나고 잠시 들를게요."

여자들은 저런 동굴 울림을 좋아한다고 하는데 난 세상 듣기 싫은 게 저런 목소리다. 대수롭지 않은 말도 저기만 통과하면 주말연속극처럼 심각해진다.

두어 시간 후 아내가 자애를 데리러 출발하기 직전에 변 박사가 회진을 마치고 병실을 다시 찾았다. 그가 문을 조용히 닫고 내 침대로 가까이 와서 아내를 마주했다. 아내가 양쪽 주먹을 꽉 쥐는 게 보였다.

"의주야." 그의 목소리가 병실을 동굴로 바꾸었다.

웬 친한 척이야? 아무리 대학 후배라도 일터에서 공적인 대화를 할 때는 제수씨라고 불러야지.

그가 풍성한 머리칼을 뒤로 넘기면서 말을 이었다. "일전에 내가 했던 얘긴 좀 고민해봤어?"

그게 뭔데? 뭘 고민해봐?

아내가 나를 한번 쓱 보더니 잔뜩 힘주어 말했다. "고민할 필요도 없었어요. 다시 한번 말씀드리지만, 우린 퇴원할 생각이 없어요. 희망이 아무리 작다고 해도 마지막 순간까지 전문가한테 최선의 관리를 받고 싶어요."

"네가 원하는 수준을 유지하려면 이제부턴 경제적으로 엄청난 부담이 될 거야. 단언컨대, 그건 이 친구도 결코 원하는 일이 아니야."

"그건 우리가 고민할 문제예요. 당연히 선배와 병원에는 피해가 가지 않게 할 거고요. 그리고 제 남편이 뭘 원하는지 함부로 얘기하지 않았으면 좋겠어요. 듣기 거북해요. 선배는 그냥 의사로서 환자에게 할 일을 하면 되는 거예요."

세상에, 그 얘기였어? 여보, 제발 그러지 마. 그건 이 친구 말이 맞아. 오기를 부린다고 될 일이 아니야.

변 박사의 목소리가 아까보다 조금 가늘어졌다. "저 친구 상태가 점점 약해지고 있어. 문제는 그게 달리 손쓸 방법이 없는 자연적인 흐름이라는 거야. 이런 상태로 얼마나 갈진 아무도 몰라. 한 달이 될 수도, 일 년이 될 수도, 십 년이 될 수도 있어. 한 가지 분명한 건 상태가 더 나빠지면 나빠졌지 나아지진 않을 거란 거야. 아무 희망도 기약도 없이 엄청난 고가의 장비를 더 추가해야 해. 자애를 위해서라도 냉정하게 판단해."

맞아, 여보. 그건 변 박사 말이 백 번 천 번 맞아. 아무 희망도 없는데 여기 이렇게 무기력하게 누워서 당신과 자애가 써야 할 돈을 낭비할 순 없어. 내 입장도 생각해줘. 부탁이야, 여보.

"딸이 기다리고 있어서 가봐야 할 거 같아요." 아내가 나가다가 덧붙였다. "앞으로 이 문제는 제가 먼저 물어보거나 혹은 병원비를 미납하기 전까진 선배가 먼저 꺼내지 않았으면 좋겠어요. 아직도 저이를 친구로 생각한다면요."

아내가 닫은 문에서 찬바람이 쌩하고 불었다. 변 박사는 병실에 혼자 서서 나를 물끄러미 바라보았다.

자네가 좀 더 적극적으로 밀어붙였어야지. 저 사람 고집 센 게 어제오늘 일이야? 아까 '자애를 위해서라도', 그 부분은 정말 좋았어. 변 박사, 계속 설득해줘. 부탁이야. 아니 아니야, 이 문제라면 저 사람은 누구의 말도 듣지 않을 거야. 그냥 자네가 직접 날 좀 도와줄 수 있다면 좋을 텐데. 이런 내 뜻을 어떻게 알릴 수 있을까?

변 박사가 진동하는 휴대폰을 들었다. "어, 그래. 아니, 괜찮아. 혼자 있어. 참, 그리고 미안한데 오늘 저녁 약속은 좀 힘들 것 같군. 오후에 수술도 남았고, 벌써 좀 피곤하네. 자애랑 같이 시간

보내고 먼저 들어가. 내일 내가 연락할게."

그가 조용히 문을 닫고 나갔다.

나 당신한테 말하지 못한 게 하나 있어요.

얼마 전 아내가 내게 한 말을 곱씹어보았다. 나는 그녀의 행복만을 바란다. 그녀를 처음 본 순간부터 언제나 그랬다. 이렇게 복잡하고 부족한 삶을 살아야 할 여자가 아니다. 남편에게 사랑받고 아이에게 사랑 주는, 평온하고 풍족한 삶을 누릴 자격이 있는 여자다.

내가 다치기 직전인 올해 초, 아내가 딸아이를 아버님 집에 재워놓고 늦은 밤 피아노 연주를 하러 바에 나갔다는 소리를 들었을 때 (그녀는 아버님에게 한동안 손 놓았던 피아노 연습을 위해 가는 거라고 둘러댔지만) 나는 수천 미터 상공에서 낙하산 없이 떨어지는 기분이었다. 다행히 그녀는 더 이상 거길 나가지 않았지만, 당시 그 일은 내게 엄청난 충격을 주었다.

내가 어쩌다 이 지경이 됐지?

우리는 그녀가 대학을 졸업한 해에 바로 결혼식을 올렸다. 당시 난 대기업의 핵심부서에서도 단연 주목받는 유망주였고, 우리의 신혼생활은 남부러울 게 없었다. 결혼한 지 7년이 되었을 때 본 늦둥이 딸을 계기로 나는 내 목숨과도 바꿀 수 있는 두 여자에게 더 많은 걸 해줄 수 있는 일을 하기로 마음먹었다. 그래서 대학 선배가 개발 중인 아이템의 가능성을 확인한 뒤, 회사를 그만두고 나와 영혼까지 끌어모은 투자로 스타트업을 창업했다. 선배는 개발에 집중했고, 나는 그 외 모든 영역—회계, 영업, 마케팅, 투자유치—을 진두지휘했다.

결과는 대박이었다. 단 일곱 명이던 직원이 5년 만에 백 명대로 늘어났고, 매년 세 자릿수 성장을 했으며, 테헤란로 랜드마크의 두 개 층을 임대했고, 내 개인 사무실에는 넘치는 유동자산을 보관할 대형금고가 들어섰다.

혹자는 진정한 행복은 돈에 좌우되지 않는다고 말하지만, 우리 가족은 늘어나는 수입과 같은 비율로 커지는 행복을 만끽했다. 주말이면 정원이 보이는 거실에서 아내와 자애가 나란히 앉아 피아노를 치고, 나는 수천만 원을 호가하는 가죽 소파에 앉아 수십만 원짜리 와인을 마시며 둘을 바라보았다. 매년 크리스마스는 하와이의 고급호텔에서 반팔 티셔츠를 입고 지냈다. 모든 게 완벽하고 영원할 것만 같았다.

하늘로 쏘아 올린 화살은 (중력이 존재하는 한) 결국 포물선을 그린다고 했던가? 몸집을 키우며 잘나가던 회사는 3년 전 예고 없이 불어닥친 세계 금융위기의 거센 맞바람을 맞고 크게 휘청거렸다. 쓰러지진 않았지만 허리가 꺾일 만큼 데미지가 컸다. 그때 나는 본능적으로 암울한 미래가 먹구름처럼 다가오고 있음을 직감했다. 역설적이게도 그건 내가 사회에 첫발을 내디뎠을 때 가졌던 성공 예감처럼 사실적이고 구체적이었다.

나는 아내와 자애를 아버님 집에 맡기고 회사를 다시 정상궤도에 올려놓기 위해 반 미쳐서 발버둥 쳤다. 비용을 줄이고 부동산을 매각해서 돈을 끌어모아 개발에 더 투자했다. 아래 블록을 빼서 위에 쌓는 젠가 게임을 하듯 그렇게 2년을 더 버텼다. 그러나 우리의 위기를 눈치챈 대기업—공교롭게도 나의 첫 회사였다—이 온갖 비열한 방법을 동원해 전방위 압박을 가하고 핵심 인력을 빼 가는 데는 도저히 당할 재간이 없었다. 결정적으로 나의 창업 파트너이자 개발총괄인 선배가 '*이럴 수밖에 없어서 미안해.*'라는 한 줄짜리 문자를 남기고 핵심기술과 블루프린트를 챙겨서 경쟁사의 CIO로 들어갔다.

그날 새벽, 회사 옥상에서 바라본 밤하늘에 십 년 전 내가 쏘아 올린 화살이 나를 향해 떨어지고 있는 걸 보았다. 나는 이것이 더 이상 피할 수 없는, 온몸으로 받아들여야 하는 시련임을 깨달았다. 마지막 블록을 빼면 탑이 무너질 걸 알면서도 내 순서이기 때문에 어쩔 수 없이 블록을 빼야 했다. 결국 나는 유사시를 대비해 플랜B로 준비해뒀던 마지막 카드를 꺼내 들었다. 이건 나 자신을 위해서가 아니라 내가 사랑하는 이들을 위한 생존 카드였다.

놀랍다. 끝없이 펼쳐진 긴 터널 같았던 나의 파란만장한 커리어를 이렇게 단 몇 개의 단락으로 축약할 할 수 있다니.

나 당신한테 말하지 못한 게 하나 있어요.

나는 아내의 말을 다시 곱씹어보았다. 난 괜찮으니까 말해봐, 여보.

3

잃어버린 지 거의 한 달이 다 돼서 묘새낀지 뭐시긴지 하는 흰 털 고양이를 찾았다는 소식이 들려왔다.

아내가 딸아이의 손을 잡고 들어왔다. 아내는 아이의 패딩을 벗겨서 옷걸이에 걸고 자기도 코트를 벗었다. 뭐 때문인지 잔뜩 뿔이 난 자애가 씩씩거리며 침대 위 자기 고정석에 걸터앉았다. 아내는 언제나처럼 "아빠 불편하지 않게 조심해."라고 했다.

"믿을 수가 없어, 엄마." 딸아이가 말했다. "그 멍청이는 어떻게 그런 짓을 벌일 수가 있지?"

"좋게 생각하자, 자애야. 그 애가 널 얼마나 좋아했으면 그랬겠니. 우유 마실래?"

"맙소사, 그게 이유가 돼? 아니, 안 마실래."

둘의 대화를 들어보니, 놀랍게도 고양이의 실종은 가출이 아니라 동물병원 아들에 의한 납치였다. 더 놀라운 건 그 애의 엄마와 아빠도 방조자였다는 사실이었다. 고양이 주인은 그 집 아들이 전에 없이 자주 동물병원에 나와서 고양이가 즐겨 먹던 간식을 챙겨가는 걸 보고 의심하기 시작해서, 수의사가 뜬금없이 자기한테 적지 않은 크리스마스 보너스를 지급했을 때 심증을 굳혔다고 했다. 그는 며칠 저녁을 그 집 앞에 잠복한 끝에 아들이 고양이를 안고 베란다에 서 있는 현장을 잡아냈다는 것이다.

처음엔 소설가 남편이 순순히 잘못을 인정하고 사과하는가 싶었는데, 수의사 부인이 끼어들더니 뻔뻔스러운 거짓말을 늘어놓았다고 했다. "아니, 글쎄 얘가 엊그제 동네 공원에서 놀다가 고양이를 발견했대요. 근데 어찌나 시커멓고 삐쩍 말라서 시름시름 앓던지 그게 묘쉐이일 줄은 꿈에도 모른 거죠. 집에 데려와서 씻기고 지극정성으로 돌봐주다 보니까 지금 저렇게 멀쩡해져서 알아볼 수 있는 거예요. 아무튼 우리 애가 빨리 못 알아본 것도 있고, 길고양이를 집에 들였다고 혼날까 봐 숨겨서 우리가 몰랐던 것도 있고, 그건 미안해요. 하지만 수군 씨가 오히려 우리 아들한테 고마워해야 해요. 애 아니었으면 묘쉐이가 이 엄동설한에 놀이터에서 어떻게 됐을지 누가 알겠어요?"

듣다 보니 이런 생각이 들었다. 그 집 엄마가 그렇게까지 말했다면, 아들이 의도적으로 납치했다는 걸 어떻게 확신하지? 심증이야 가지만 물증이 없잖아.

"자애야, 그 엄마 말이 사실일 수도 있지 않을까? 무턱대고 남을 의심하는 건 옳지 않아." 아내의 생각이 나와 통했다.

"확실한 증거가 있으니까 그렇지." 자애가 말했다. "묘쉐이가 그 아저씨한테 하나도 빠짐없이 다 일렀대. 그보다 확실한 증거가 어딨어?"

"그렇구나. 그 아저씨가 묘쉐이랑 대화를 할 수 있다고 했지? 미안, 엄마가 그걸 깜박했네."

세상에, 또 그 얘기야?

"자애야," 아내가 조심스럽게 말했다. "근데 그거야말로 사실일까? 그 아저씨가 묘쉐이랑 대화할 수 있다는 거?"

내 말이! 오늘 당신 나랑 호흡이 좀 맞는데.

"엄마, 내 말 못 믿어? 진짜야. 내가 직접 봤다니까. 아저씨가 시키는 대로 묘쉐이가 행동하는걸."

"드물긴 하지만 강아지처럼 훈련할 수 있는 고양이도 더러 있다고 하던데."

"앉아, 누워, 빵야, 손 줘, 그런 게 아니었어. 묘쉐이랑 아저씨랑 약속한 게 있어서 더 말해줄 순 없지만, 아무튼 서로 눈을 보면서 대화해. 지금 엄마랑 내가 대화하는 것처럼."

"그렇구나. 엄만 자애 말 무조건 믿어. 자애가 직접 봤다면 그게 확실한 거지."

잠깐. 그건 그렇다 치고, 근데 그 집 아들이 우리 자애를 좋아해서 그런 짓을 벌였다는 건 무슨 말이야? 자애야? 여보?

소설가 남편이 고양이 주인한테 몰래 실토한 바로는, 자애가 자기는 안중에도 없고 고양이에게만 관심을 가져서 그 집 아들이 심한 질투를 느낀 것 같다고 했다. 급기야 자애가 동물병원에 자기 없이 혼자 놀러 가서 고양이와 노는 걸 보았을 때 범행을 계획했을 거라고 말이다. 고양이가 눈에 띄지 않으면 자애의 관심을 혼자 독차지할 수 있을 거라고 착각했을 수도 있고, 아니면 고양이를 키워서 새끼를 낳으면 제일 예쁜 아이를 자애한테 선물로 줘서 환심을 사려고 했을 수도 있다. 그 뒤룩뒤룩 찐 살 속을 누가 알겠는가?

자애가 말했다. "다행인 건 이번 일로 아저씨가 묘쉑이랑 하려던 방송계획을 포기했다는 거야. 그거 때문에 한 가출은 아니었지만, 어쨌든 묘쉑이가 그거 때문에 무지 속상해했으니까."

"그럼 그 아저씨는 앞으로 뭐 한대? 이젠 동물병원에서 일하기도 어려울 것 같은데." 아내가 물었다.

"자격증인가 뭔가 공부할 거래. 어렸을 때 꿈이 사육사였대. 평생 동물들이랑 어울려서 살고 싶대."

"와, 그거 멋진데. 둘한테 오히려 잘됐네." 아내가 자애를 가까이서 보며 말했다. "세상일이 다 그런 거 같애, 자애야. 당시엔 참을 수 없이 힘들다고 느꼈던 일로 인해서 훗날 좋은 일이 생기기도 한다는 거지. 조금만 길게 보면, 세상엔 단적으로 안 좋기만 한 일은 없다는 뜻이야."

"우리 담임선생님 말보다 더 못 알아듣겠어." 자애가 사랑스러운 두 눈을 깜박였다.

"우리 자애 키가 요만큼만 더 커지면," 아내가 손바닥을 자애 머리보다 조금 더 높게 놓았다. "그때 엄마가 다시 이해하기 쉽게 설명해줄게. 오늘은 여기까지."

안 좋기만 한 일은 없다? 그건 이번 고양이 납치사건에서 아내가 내린 결론이고, 내가 내린 결론은 이거다.

자애야, 앞으로 제발 그 동물병원에 가지 마. 거긴 사람이나 짐승이나 다 정상이 아니야.

12월의 마지막 주는 만감이 교차하기 마련이다. 한 해 동안 일어난 일들을 여행 가서 찍어온 사진처럼 쭉 펼쳐놓고 다시 보면 그때그때의 감정이 되살아나기 때문이다. 기억하고 싶지 않은 순간은 솎아내고, 간직하고 싶은 추억은 앨범에 끼워 보관한다. 앞으로 다가올 많은 날을 위해 앨범 공간의 낭비 없이 가지런히 꽂는다.

나의 올해 칸은 텅텅 비었다. 두 번 다시 떠올리고 싶지 않은 악몽 같은 사고가 초장에 터졌고, 그리고, 그리고⋯ 아무 일도 일어나지 않았다. 누워서 아무것도 하지 않았다. 대부분 의식조차 없었으니까. 올해는 뭘 보관할지 고민할 필요도 없다.

내년은 어떨까? 간직하고 싶은 사진을 한 장이라도 찍을 수 있을까? 내 앨범은 아직 삼분의 이도 채우지 못했는데, 내 호흡은 하루하루 얕아지고 있다. 보고 듣는 것—어쩌면 애초부터 마무리 잘 지으라고 두어 달 기한으로 준 선물인지 모른다—도 이제 힘에 부친다. 시간이 없다. 아내와 소통해야 한다. 그거 하나면 앨범의 나머지를 다 채울 수 있다. 그러기 위해선 유사시 즉각 내 의사를 피력할 수 있는 정신 상태를 유지하는 게 중요하다. 고마운 건 내 가족은 여전히 내게 늘 말을 걸어준다는 거다. 이만한 훈련은 없다. 아 참, 간 간호사도 그렇고.

간 간호사 말이 나와서 말인데, 그녀는 이 와중에 내게 예기치 않은 걱정을 안겼다. 딸 가진 아빠로서 당장이라도 일어나 그녀를 뜯어말리고 싶은 심정이었다. 세상에, 그 꽃다운 나이에 중년의 남자라니. 그나마 다행인 건 상대가 변 박사라는 거였다.

내가 아는 그는 그런 파렴치한 도둑질을 할 만한 위인은 되지 못했다. 학교 때부터 타인의 시선과 평가를 병적으로 의식하는 스타일이었고, 모두에게 받아들여지려는 강박을 지녔다. 그의 비혼주의자 행세도 같은 맥락이지 않나 싶다. 최근 몇 년간 드라마틱한 심적 변화가 없었다면 그는 간 간호사를 선생님을 흠모하는 여고생 이상으로 대하지 않을 것이다. (그래야만 돼. 그러지 않으면 내가 용서하지 않을 거야.)

마침 고미남 레지던트와 함께 병실을 찾은 간 간호사는 어젯밤 한숨도 못 잔 듯 얼굴이 퉁퉁 붓고 어두웠다. 고 레지던트가 내 상태를 체크하면서 곁눈질로 그녀의 눈치를 살필 정도였다. 사고 이후 정확도가 높아진 내 촉에 따르면 고 레지던트는 간 간호사를 좋아했다. 보기 좋은 커플이고 둘이 잘 되기를 응원한다. 간 간호사만 제대로 판단해준다면 걸림돌이 될 건 없어 보였다.

고 선생, 간 간호사는 누구나 그런 과정을 거치듯 잠시 혼란스러울 뿐이에요. 지금이 기회예요. 따뜻한 말 한마디가 그녀를 모래성처럼 무너뜨릴 수 있어요. 쓸데없이 내 혈압만 재지 말고 당장 그녀를 바라봐요. 그리고 남자답게 말해요, 도움이 되고 싶다고.

"간 간호사님," 그때 고 레지던트가 내 생각을 읽기라도 한 것처럼 입을 뗐다. "혹시 어제 자기 직전에 라면 끓여 먹은 거 아니에요? 얼굴이 좀 빵빵—." 그가 손으로 운전 중에 경적 울리는 시늉을 했다. "빵빵—."

저 인간도 정상은 아니네.

간 간호사는 같지 않다는 듯 그를 무시했다.

"아니면 혹시?" 고 레지던트는 멈출 기미를 보이지 않았다. (닥쳐 그냥, 제발.) "연말이라 옆구리가 시려서 그런가? 후후—." 이번엔 성냥팔이 소녀처럼 맞잡은 두 손에 입김을 불어 넣는 시늉을 했다. "후후—."

간 간호사는 이 공간에 환자인 나랑 단둘이만 있는 것처럼 행동했다.

그는 거기서 한 발 더 나갔다. "그렇다면 어쩔 수 없이 내가 구원의 손을 내밀어줘야겠네요. 어때요, 동병상련의 싱글들끼리 영화 한 편 팍 때리는 거." 그가 어퍼컷 올리는 동작을 취했다. "이 추위를 녹여버릴 화끈한 액션 영화루다가."

"저기," 간 간호사가 마침내 나지막이 반응했다. "그건 혼자 가서 때리시고, 체크 끝났으면 빨리 다음 병실로 가시죠. 제가 오후에 할 일이 많이 남아서요." 그녀가 차트를 챙겨서 획 나가버렸다.

고 레지던트가 날 물끄러미 내려다보았다.

나도 그를 보았다. 팍, 움직일 수만 있다면 저 볼록한 뒤통수를 한 대 갈기고 싶었다.

가시밭에 누운 기분이었다. 우리 가족의 가장 중요한 연례행사인 송년 음악회를 위해 주문한 케이크를 찾으러 간 아내와 자애가 돌아오길 기다리는 중이었다. 침대 옆 의자에 눈을 감고 앉아서 태블릿의 음악에 맞춰 몸을 천천히 흔드는 아버님을 지켜보는 건 쉽지 않았다. 의자가 삐걱대는 소리를 낼 때마다 가시가 내 가슴을 콕콕 찔렀다.

이제 전 아버님과 한 약속을 지키지 못해요.

나는 이분을 단 한 번도 장인어른이라고 생각해본 적이 없었다. 그는 언제나 내게 그냥 아버지였다. 대학에 갓 붙은 시골 촌

뜨기가 개강 하루 전날 부랴부랴 상경해서 하숙집을 찾아 헤맸던 그날부터 한결같이.

그날은 내 인생에서 가장 소중한 날이었다.

한쪽 어깨에 커다란 가방을, 다른 한쪽엔 통기타를 매고 학교에서 두 정거장 떨어진 동네 골목골목을 온종일 헤맨 나는 한숨을 내쉰다. 학교와 너무 가까우면 예산을 훌쩍 넘고, 교통비를 고려하면 마냥 멀리 갈 수도 없다. 학교 게시판에서 적어온 하숙집 목록에서 한 곳만 빼고 다 빼뚤빼뚤 줄을 긋는다.

가방과 기타를 바닥에 놓고 종일 혹사당한 허리를 뒤로 쭉 젖히자 눈에 들어온 하늘은 화염에 휩싸인 것처럼 울긋불긋하다. 몇 달 동안 힘들게 아르바이트로 번 한 학기 생활비를 여관비로 축내지 않으려면 서두르지 않으면 안 된다. 나는 더 어두워지기 전에, 방은 아주 낡았지만 가장 저렴해서 마지막 보루로 남겨둔 집으로 마음을 정하고 가방과 기타를 다시 어깨에 멘다.

그때 근처에서 어떤 여자애의 노랫소리가 들린다. 열린 문으로 보이는 레코드 가게 안에 병아리처럼 노란 원피스를 입은 예쁘장한 여자아이가 피아노를 치며 내가 가장 좋아하는 빌리 조엘의 〈피아노 맨〉을 부른다. 열 살 남짓 꼬마가 영어로 된 어른 노래를 저렇게 능숙하게 부르다니 신기하다. 와, 서울은 이렇구나. 그 아이의 아버지로 보이는 아저씨가 옆에서 색소폰을 분다. 나는 어떤 힘에 이끌리듯, 지금껏 내가 본 중에 가장 아름답고 순수한 가족의 광경 속으로 빨려 들어간다.

"아빠, 손님 오셨어요." 여자애가 날 보더니 피아노 연주를 멈추고 알린다.

나는 쭈뼛 목례하고는 계산대 쪽에 진열된 기타 줄과 피크를 둘러본다. 마침 기타 1번 줄이 끊어진 터라 나는 하나를 고른다. 주인아저씨가 직접 내 기타에 줄을 끼워준다. 그동안 나는 한쪽에 쌓여 있는 빌보드차트 핫100 복사본을 본다. 마이클 잭슨의 〈빌리진〉이 1위다.

아저씨의 작업이 끝난 뒤 내가 튜닝을 한 후 한 번 튕겨보려 할 때 여자애가 아까 나 때문에 멈췄던 〈피아노 맨〉을 다시 연주하고, 나는 거기에 맞춰 기타를 친다. 잠시 후 아저씨의 색소폰이 합류하고, 그렇게 우리의 첫 잼은 시작한다.

그날 내 사정을 들은 아저씨는 내게 딸아이의 공부를 조금씩 도와 달라고 부탁하며 함께 지내자고 제안한다.

당시 중년의 아저씨는 이제 백발의 할아버지가 되었다.

음악을 들으며 몸을 왔다 갔다 하던 아버님이 내 침대에 부딪힐 만큼 고개를 떨구더니 번쩍 들었다. "아이쿠." 아버님이 눈을 크게 몇 번을 깜박거렸다. "요즘은 시도 때도 없이 이렇게 잠이 쏟아지니 원." 당신이 혹시나 나를 치지 않았는지 살펴보더니 이

불을 매만져주었다.

"할아버지," 그때 딸아이가 문을 열고 후다닥 달려와 아버님한 테 안겼다. "맛있는 케이크랑 빵 사 왔어."

"고생했어요, 우리 공주님."

"아빠," 아내가 아버님에게 말했다. "교회 옆에 그 빵집 곧 문 닫나 봐. 빵집 주인 여자분이 그러는데 그 건물 리모델링한다네. 그거 동식이 할아버지네 건물이지?"

"응. 그 영감이 건물을 교회에 팔았다는 소문은 나도 들었다."

"그래? 교회 별관을 새로 짓는다더니 거기였구나. 뭐, 잘됐네. 그 위층에 피타고라스학판지 뭔지 이상한 거 써 붙여놔서 외관 상 보기 좀 그랬는데." 아내가 케이크를 올려놓았다. "그래도 아 쉽네. 그 젊은 여자분이 빵은 참 맛있게 잘 만드는데. 우리 자애가 거기 슈크림빵 제일 좋아하기도 하고."

"엄마, 그럼 이제 슈크림빵 어디서 사?"

"걱정하지 마세요, 공주님. 엄마가 더 맛있는 데 찾아줄게."

자애가 씩 웃더니 문득 뭐가 생각난 듯 물었다. "참 엄마, 올해 우리 송년 음악회 어떻게 할지 아빠랑 할아버지한테 알려줬어?"

그러게, 자애야. 아빠도 그게 무척 궁금했어. 내 꼴이 이러니 합 주는 안 될 테고. 어떤 방식으로 할 건데, 여보?

"아, 그렇군요. 제가 아직 그 중요한 걸 여러분께 설명해드리 지 못했군요." 아내가 주먹 쥔 손을 마이크인 양 들고 사회자처럼 말했다. "올해는 조금 색다르게 진행할 겁니다. 생각해보니까 지금까지 우리가 매년 함께 연주만 했지, 한 번도 같이 모여서 그간 찍어뒀던 우리 공연을 감상한 적이 없더라고요." 아내가 가방에서 외장디스크를 꺼냈다. "여기에 모든 게 들어 있습니다. 엄마가 자애만큼 꼬맹이였고 할아버지가 아빠보다 젊었을 때부터, 아빠랑 엄마랑 할아버지가 처음 만났을 때, 아빠랑 엄마가 결혼했을 때, 우리 자애가 태어났을 때, 우리 자애가 처음 피아노를 쳤을 때…. 우리 가족의 음악 역사가 다 여기 들어 있습니다. 어때요, 재미나겠죠?"

"와, 재밌겠다." 자애가 바람몰이하듯 조금 과장되게 외치자 아버님이 물었다. "아니 그 옛날에 비디오로 찍은 것들이 다 그 조그만 상자 안에 들어 있다는 거니?"

아내가 활짝 웃으며 말했다. "네, 물론이죠. 우리 가족의 음악 역사가 티브이에서 보는 다큐멘터리처럼 멋지게 펼쳐질 거예요. 이렇게 훌륭한 작품 제작에 힘써주신 능력자 우리 자애 양에게 감사의 말씀 전합니다."

"그걸 자애가 직접 만들었다는 거니?" 아버님이 물었다.

자애가? 이런 거 하려면 편집프로그램을 잘 다뤄야 할 텐데 자애가 어떻게 만들었다는 거야?

"아니, 할아버지. 내가 만든 건 아니고, 묘쉐이 찾을 때 도와줘서 고맙다고 그 아저씨가 해줬어." 자애가 말했다.

또 그 고양이 주인이야? 자애야, 아빠 진짜 네가 그 사람이랑 친하게 지내는 게 영 안 내킨다.

"자자, 곧 상영 시작합니다. 각자 자리 잡으시고."

아내가 어디서 연결 방법을 적어왔는지 수첩을 보면서 외장디스크를 텔레비전에 연결하기 시작했다. 그사이 자애는 케이크와 빵을 먹기 좋게 쟁반 위에 올려놓고 작은 냉장고에서 음료수를 꺼내왔다. 모두가 텔레비전을 보기 좋은 자세로 자리를 잡았다.

아내가 리모컨을 누르기 전에 말했다. "자애야, 이걸 보면 아빠도 옛날 생각 하면서 기분 좋은 자극을 받으실 거야."

"엄마, 빨리."

텔레비전 화면이 켜지자, 갓난아기가 울었고 (나는 사진으로만 보았던) 장모님이 화면 안으로 들어오더니 아기를 안으면서 말했다. "까꿍, 누가 감히 우리 애기 울렸니. 우지 마라, 우지 마라." 카메라가 둘을 계속 쫓아다녔고, 카메라를 든 아버님의 목소리가 들렸다. "의주가 배고픈가 봐, 여보."

4

우리는 동영상을 보면서 정신없이 웃고 떠들었다. (물론 나는 머릿속으로만.) 이렇게 웃어본 게 얼마 만인가? 영상은 단순한 연대순으로 흐르지 않고 스토리라인을 따라 시간을 넘나들며 흥미롭게 구성되어 있었다. 그래도 고양이 주인, 편집실력은 제법이네.

가족밴드에 새 멤버로 합류한 세 살배기 자애가 한 손에 피리를 들고 우리의 합주에 맞춰 희한한 춤을 추는 장면에서는 모두 웃느라 뒤로 넘어가는 줄 알았다. 영상을 보던 자애는 빨개진 얼굴로 "빨리 돌려, 빨리 돌려."를 연발했다. 그러나 아내는 걱정이라고는 없는 천진난만한 어린 천사의 손짓 하나도 놓치고 싶어 하지 않았다.

최근 몇 년 동안 자애의 피아노 실력이 눈에 띄게 늘었다. 꼬맹이였을 때 처음 장모님한테 배운 피아노를 시작으로 장면마다 전혀 다른 사람처럼 연주하는 아내를 꼭 빼닮았다. 같은 나이대의 둘은 영상 화질과 주변 배경이 아니면 분간하기 어려울 만큼 판박이였다.

대학입시를 즈음한 아내의 피아노 실력은 지금 봐도 놀라웠다. 건반 위에서 노는 그녀의 손을 눈으로 따라가기조차 어려웠다. 만약 대학을 졸업하자마자 나와 결혼하지 않았다면 그녀는 예술의전당에서 독주회를 매진시키는 피아니스트가 됐을 거라고 난 믿어 의심치 않는다. 결국 나 자신에게 침 뱉는 격이겠지만, 나는 자애가 그 나이가 되면 엄마와는 다른 선택을 해주길 바란다.

드디어 내가 화면에 등장했다. 자애가 "아빠다."라고 외치자마자 아내가 "와, 엄청 촌스럽다."라고 덧붙였고 (나만 빼고) 모두가 자지러지게 웃었다. 말도 안 되는 패션은 차치하고라도 적어도 일 년은 이발소 근처에 얼씬도 하지 않은 것 같은 더벅머리와 어설프게 기른 콧수염까지, 나는 움직일 수만 있다면 침대 밑으로 기어들어 가고 싶었다. 내가 저 정도였나?

화면에서 우리 셋—아내와 아버님과 나—은 레코드판 진열대를 배경으로 빌리 조엘의 노래에 맞춰 잼을 하고 있었다. 하숙집을 찾다가 우연히 꼬마 여자애와 레코드 가게 주인아저씨를 만난 날이었다.

그리고 조금 지나자 새로운 멤버가 등장했다. 기존 멤버 셋이 경쾌한 〈컴 온 에일린〉이라는 곡을 연주하는 장면에서 남자애는 혼자 아무 악기도 없이 잔뜩 풀이 죽은, 어떻게 보면 약간 화난 것 같은 표정으로 몸을 흔드는 둥 마는 둥 서 있었다. 어렴풋이 저 날을 기억하지만 그 애가 저런 표정이었는지는 오늘 처음 알았다.

저 비디오를 찍고 며칠 후 그 애가 날 찾아와 기타를 가르쳐 달라고 애원하며 매달렸던 기억이 났다. 왜 기억이 나지 않겠는가? 녀석은 수도꼭지처럼 눈물을 쏟으며 의주를 좋아한다고 고백까지 했었다. 음악적 센스를 타고난 건지 짝사랑의 힘인지, 녀석은 얼마 안 있어 나를 밀어낼 만큼 기타 실력이 일취월장했다. 배인이, 고배인.

잠시 후 영상은 아내의 대학 시절로 넘어갔고, 그때부터 배인이는 더 이상 보이지 않았다. 이 시기의 영상은 피아니스트로서 아내의 독주가 대부분이었다. 연주도 팝이 아닌 난도 높은 정통 클래식이었다.

옆에서 코 고는 소리와 쌔근대는 소리가 같이 났다. 아버님은 창문 쪽 의자에 등을 기댄 채 꾸벅꾸벅 졸고 있었고, 자애는 어느새 내 옆에 비집고 들어와 잠들어 있었다. 화면에서는 피아노 클래식이 자장가처럼 계속 흘러나왔다.

아내가 내 얼굴을 만져주었지만 나는 아무것도 느끼지 못했다. "여보, 나 당신한테 말하지 못한 게 하나 있어요." 그녀가 나지막이 말했다.

응, 저번에 말하려다가 못했잖아. 기다리고 있었어. 여보, 말해봐.

"나 몇 달 전에 우연히 배인이를 만났어요."

그랬구나. 나는 많이 놀라지 않는 나에게 놀랐다. 지금은 멋진 중년이 돼 있지, 배인이? 무슨 일 한대? 회사 임원? 아니면 나처럼 사업을 하려나? 설마 여태 음악을 하는 건 아니지?

"아빠한테 인사도 드리고 자애한테 선물도 사줬어요."

잘됐어. 그러잖아도 그 녀석 나도 꼭 한번 보고 싶었는데. 할 애기도 있고. 언제 한번 초대할 수 없을까?

"내가 당신이랑 결혼했다는 얘기는 아직 못했어요. 미안해요. 숨기려는 건 아닌데…."

그랬구나. 말 안 해도 알아. 당신이 사과할 일은 아니야.

침묵이 흘렀다.

화면에서 멋진 드레스를 입은 아내가 연주하는 베토벤 피아노 소나타 8번 2악장이 흘러나왔다. 그녀는 어렸을 때부터 유난히 이 곡을 좋아했었다. 대학 때 그녀가 이 곡에 대해 해줬던 말이 떠올랐다. "우리나라 사람들은 이 곡 제목을 '비창'이라고 알고 있는데, 그건 잘못 번역된 거래요. 본래 제목은 프랑스어로 〈빠떼지크〉라고 해서, 우리말로 하면 한없이 슬프기만 한 '비창'이 아니라 슬픔을 누르고 꿋꿋이 선다는 뜻의 '비장'이래요. 이 곡을 만들 때 베토벤 귀가 안 들리기 시작했는데, 그 비참함을 토로한 게 아니라 반대로 비장함을 내보인 거죠."

여보, 나도 떠나기 전에 당신에게 꼭 전해야 할 말이 있어.

"열, 아홉, 여덟… 셋, 둘, 하나, 해피 뉴이어!"

올해 우리는 집이 아닌 병실에서 새해를 맞았다. 그래도 예년처럼 모두 손을 맞잡고 카운트다운을 합창했고 창밖을 보며 소원을 빌었다. 송년 음악회에서 행하는 우리 가족의 전통이다. 연로하신 아버님과 어린 자애가 일찍 잠에 곯아떨어지곤 하지만 귀신처럼 제때 일어나서 우리와 함께 카운트다운을 했다.

올해 내 소원은 명확했다. 지금의 나처럼 극단적인 상황에 부닥치면 매사가 구차하지 않고 깔끔해지기 마련이다. 내가 떠나기 전에 아내에게 꼭 전해야 할 말이 세 가지 있습니다. 그것만 전할 수 있게 해주세요. 그 이상은 아무것도 바라지 않습니다.

아내는 뭐라고 빌었을까? 부디 내 남편이 일어나게 해주세요. 딸아이는? 우리 아빠가 나랑 다시 놀 수 있게 해주세요. 아버님은? 저 녀석 대신 이 늙은이를 데려가 주세요.

이건 단지 내 추측일 뿐이고, 어쩌면 현실을 받아들여서 실용적이기로 마음먹었을지도 몰랐다. 통장 잔고가 바닥났어요. 새해 첫째 주 로또에 당첨되게 해주세요. 우리 가족에게 꼭 필요합니다.

새해맞이 연례 의식을 마치고 덕담을 주고받고, 셋은 이제 집으로 돌아갈 채비를 했다. 많이 늦었다. 내년부터는 이들이 예전처럼 편하게 집에서 새해를 맞길 바랐다. 아내가 "여보, 새해엔 모든 게 좋아질 거예요. 잘 자요. 내일 또 올게요."라고 하며 내 이마에 입을 맞추었고 옆에서 자애가 "아빠, 조금만 기다려. 곧 내 소원대로 될 거야."라고 했다. 아버님은 아무 말 하지 않았다.

아내가 자애의 손을 잡고 병실을 나서려고 문을 열었다. 그때였다.

갑자기 복도 끝에서 쿵쾅거리며 요란한 소음이 빠르게 다가왔다. "빨리요, 서둘러요." 고미남 레지던트의 다급한 목소리가 먼저 들렸고, 이동식 침대의 바퀴 소리와 서너 장정의 둔탁한 발소리가 몰려왔다.

"어, 아저씨?" 자애가 놀란 목소리로 외쳤다.

아저씨?

"아, 여자애구나. 지금 좀 급한 일이 있어서 나중에 보자." 어떤 젊은 남자의 다급한 목소리가 병실 앞을 빠르게 지나갔다. 고미남은 아니었다.

"저기 대체 무슨 일이에요?" 아내가 누군가에게 물었다.

"응급환자예요. 위급한 상황이에요." 누군가가 헐떡거리며 답했다.

"세상에, 새해 벽두부터 이게 무슨 일이람." 아내가 말했다.

"엄마, 혹시 묘쉡이한테 또 무슨 나쁜 일이 생긴 걸까?"

"아니 그렇지는 않을 거야, 자애야. 고양이였다면 동물병원으로 갔을 테니까."

"내가 가서 묘쉡이 아저씨한테 물어보면 안 돼?"

"지금은 너무 늦었어. 위급한 상황이라고 했으니까 우리가 방해될 수도 있고. 자애야, 오늘은 집에 가고 내일 엄마랑 같이 와서 물어보자. 하루만 더 기다릴 수 있겠지?"

딸아이가 고개를 끄덕였다.

아내와 아버님이 양쪽에서 딸아이의 손을 잡고 병실을 떠났다.

도대체 무슨 일이길래 고양이 주인이 여기까지 나타났지? 또 무슨 희한한 짓을 벌였길래. 자애야, 제발 그쪽으론 얼씬하지 마. 아빠랑 약속했잖아. 약속까진 안 했나?

다음 날 아침, 다행스럽게도 새벽에 들어온 응급환자가 위험한 고비를 넘겼다는 소식이 들렸다.

오후에 병실을 찾은 고미남은 간 간호사한테 간밤에 일어났던 일에 대해 침을 튀겨가며 허세를 부리기 바빴다. "제가 호출받자마자 슈퍼맨처럼 나타나지 않았다면 진짜 큰일 날 뻔했어요. 그때 잠이 오지 않아서 한강 변을 걸으면서 사색하고 있었는데, 응급 호출받자마자 정말이지 영화의 자동차 추격 장면처럼 날아오다시피 했다니까요. 나야 어떻게 되던, 소중한 생명을 반드시 지켜내겠다는 일념 하나였죠. 땀에 흠뻑 젖은 내 모습을 간 간호사가 봤어야 했는데."

"어제 당직 아니셨어요?" 간 간호사가 물었다.

"네? 그랬나요? 그저께 아니었나? 제 말은 당직실에서 호출 받고 거의 날아서…." 고미남이 괜히 차트에 대고 뭔가를 끄적였다. 이렇게 쓰는 것 같았다. 역시 난 뭘 해도 안 돼.

오후가 돼서 아내와 자애가 왔을 때 나는 자세한 사정을 들을 수 있었다. 간밤에 꽤 심각한 상황까지 갔었는지 오전엔 경찰까지 왔었다고 했다. 고양이 주인은 경찰의 질문에 답변을 마친 뒤 집으로 돌아가고 없던 터라 아내가 간호사들한테 손수 수집한 정보였다.

응급환자는 고양이 주인의 옆집에 사는 50대 홀아비라고 했다. 변변한 끼니도 챙겨 먹지 못하고 허구한 날 술·담배로만 연명했다나. 다니던 회사에서도 잘리고 한 달이 넘도록 집 밖으로 나오지 않았다는 것이다. 우편함에 각종 청구서가 더 이상 들어갈 자리 없이 넘쳐나는 걸 이상하게 여기던 차에 신음을 들은 고양이 주인이 문을 부수고 집 안으로 들어갔을 때, 그는 가스가 끊겨서 난방도 되지 않는 얼음장 같은 방 한가운데 수북이 쌓인 소주병과 담배꽁초 사이에서 간신히 숨만 쉬고 있었다고 했다.

경찰은 그의 가족이 외국에 있어서 연락이 닿지 않는다고 했다. 그의 휴대폰 안을 조사하려 했지만, 이삼일 후면 대화가 가능할 거라는 의료진의 판단으로 며칠을 더 기다려 보기로 했다는 것이다.

환자가 나와 비슷한 나이대라서인지 남 일 같지 않았다. 그에겐 어떤 사연이 있는 걸까? 기러기아빠? 그런 꼴로 사는 사람이 해외의 가족을 부양하는 건 말이 되지 않았다. 가족한테 버림받은 이혼남?

아내와 딸아이가 돌아간 뒤 병원은 응급사태 이전의 차분한 분위기로 돌아갔다.

다음날 혼자서 이런저런 상념에 잠겨 있을 때 누군가 병실 밖에서 노크했다. 형식적으로 한두 번 정도가 아니라 여러 번을 했다. 의료진이나 가족은 아니라는 뜻이었다.

누구세요?

누군가 문을 조금 열고 얼굴을 배꼼이 내밀었다. 처음 보는 사람이었다. 누구시죠?

"안에 아무도 안 계세요?"

여기 누워 있잖아요. 댁은 누구냐고요?

"아무도 없나 보네." 그가 이불에 가린 나를 못 봤는지 다른 쪽을 쓱 한번 훑더니 조용히 문을 도로 닫았다.

뭐 하는 사람이야? 싱겁긴.

5초도 안 돼서 다시 문이 열렸다. 아까 그 얼굴이 다시 병실 안을 살폈다. 이번엔 그가 병실 안으로 들어와서는 소리 나지 않게 문을 닫았다.

누구예요? 뭐 하는 거예요? 여기 함부로 들어오면 안 돼요. 간간호사, 고 선생, 변 박사, 여기 이상한 사람 있어요.

그가 내 앞에 섰다. 그러고는 내 두 눈을 유심히 들여다보았다.

'뭐예요? 당신 누군데 그렇게 기분 나쁘게 쳐다봐요?'

"네? 아, 죄송합니다. 여자애 있으면 인사나 하고 가려고 했는데. 저번에 여자애 부탁으로 동영상 편집할 때 거기서 아버님을 뵀어요. 부디 꼭 이겨내세요. 이 말씀 드리고 싶었어요. 쉬시는 데 방해해서 죄송합니다. 그럼 이만 갈게요."

'뭐라고요? 저기 잠깐만요.'

"네?"

'그럼 혹시 그 흰 고양이 주인?'

"아, 네. 백수군이라고 합니다. 여자애가 제 얘기를 했나 보군요? 정말 똑똑하고 예쁜 아이예요. 여자애 있을 때 다시 올게요. 안녕히 계세요."

'잠깐만요. 우리 자애한테 고양이랑 대화한다는 얘길 듣긴 했는데 믿지 않았어요. 당신 정말 눈빛만 보고 내 얘기를 알아듣는군요?' 나는 침을 꿀꺽 삼키고 싶었지만 어떤 근육도 움직일 수 없었다.

"아, 그러고 보니 그러네요. 사람도 어차피 동물이라서 그런가? 신경 쓰지 마세요. 실례했습니다. 그럼 이만."

'잠시만요. 괜찮으면 나랑 얘기 좀 해요. 부탁이에요.'

"여기 복잡한 의료 기계도 있고, 제가 들어오면 안 되는 거 같은데요. 다음에 사람들 있을 때 다시 올게요."

'상관없어요. 신경 쓰이면 저기 문을 잠가도 좋아요.'

"무슨 일 때문에…?"

'백수군 씨라고 했나요? 제가 좀 오해했던 부분이 있었던 것 같네요. 우선 사과 먼저 할게요. 오늘 이렇게 직접 뵈니까 좋은 분 같군요. 역시 자애가 엄마를 닮아서 사람 보는 눈이 있어요. 다른

게 아니고, 날 좀 도와주세요….'

나는 그에게 애원하듯 설명했다. 내가 원하는 건 하나였다. 아내를 불러서 내가 하는 말을 그대로 전해 달라는 거였다.

'그래 줄 수 있죠? 부탁이에요. 그 은혜는 죽어서도 잊지 않을 게요.'

"글쎄요," 백수군이 말했다. "어떤 얘기를 하시려고?"

'아주 중요한 일이에요. 우리 자애의 미래가 달린 일이에요. 자애가 잘 되길 바라시잖아요, 그렇죠?'

"뭐가 뭔지 모르겠지만 그렇게 중요한 거라면, 제가 전한다고 해도 어머님이 절 믿어주시지 않을 거예요. 오히려 절 이상한 사람으로 오해하실 게 분명해요. 이미 좀 그렇게 보고 계신 거 같은데."

'믿게 만들어야죠. 예전에 〈사랑과 영혼〉이라는 영화 봤어요?'

"패트릭 스웨이지하고 데미 무어 나오는 거요? 우피 골드버그도 나오고."

'맞아요. 나랑 아내만 알 수 있는 비밀을 몇 가지 알려줄게요. 내가 말하는 거라고 아내가 믿을 수밖에 없을 거예요. 그건 내게 맡기세요.'

"근데 구체적으로 무슨 말을 전달하시려는 건지? 자애의 미래가 달린 일이라는 게?"

'꼭 전하고 싶은 게 세 가지 있는데 제일 급하고 중요한 건…,'

나는 잠시 천장을 봤다가 다시 말을 이었다. '돈 문제예요. 내가 아내를 만나러 가는 길에 사고가 나서 이 꼴이 됐어요. 그래서 가족을 위해 모아둔 돈 얘기를 하지 못했어요. 그걸 꼭 알려줘야 해요.'

"그게 무슨 돈인지 제가 어떻게 알고요." 고양이 주인이 말했다. "자애 말로는 큰 사업을 하다가 잘 안되셨다고 하던데. 죄송합니다, 자애 아버님. 자애를 위해서라면 뭐든 돕고 싶지만, 이건 제가 낄 자리가 아닌 것 같네요. 전 그냥 남들보다 동물에 대해 좀 더 많이 아는 게 다고 그냥 공부하는 사람이에요. 문제에 휘말리고 싶지 않아요. 죄송합니다."

그때 밖에서 노크 소리가 한번 나고 바로 문이 열렸다.

"사모님 오셨…? 밖에서 대화 소리가 들려서요. 어머, 근데 누구세요?" 간 간호사였다. "혹시 어제 응급환자 모시고 온 분 아니세요?"

"아 네, 지나가다 그분 병실인 줄 알고…."

"여긴 함부로 들어오시면 안 돼요. 그분은 회복실에 계세요. 빨리 나오세요. 제가 그쪽으로 안내해드릴게요."

간 간호사, 괜찮아요. 내가 부탁할 게 있어서 들어오라고 했어요.

"죄송합니다." 고양이 주인이 도망치듯 병실을 나갔다.

이봐요, 백수군 씨. 잠깐 내 말 좀 들어봐요. 백수군 씨. 그냥 가면 안 돼요. 안 돼요.

　나는 3주 전에 예약해둔 호텔 스카이라운지의 창가 자리에 앉는다. 코트는 종업원에게 건네고, 양복 상의에 주름이 가지 않게 허리를 꼿꼿이 세운다. 오늘 나올 세트 메뉴를 훑어본 뒤 창밖에 번쩍거리는 금요일 밤을 내려다본다. 서울의 밤거리는 이제 내가 어릴 적 지겹게 다니던 마을 어귀처럼 별다른 감흥을 주지 못한다.

　십 년 전 목이 축 늘어진 티셔츠에 낡은 가방과 통기타를 메고 하숙집을 찾아 헤매던 촌놈은 사라진 지 오래다. 서른 살의 나는 평생 서울에서 산 사람처럼 말하고, 이 호텔에서 불과 한 블록 떨어진 고층 스튜디오에 살며, 거기서 세 블록 떨어진 회사에 고가의 차를 몰고 출퇴근한다. 집과 사무실의 경계가 없는 치열한 삶에 익숙해진 지 오래다. 나도 내가 이런 승부사 기질을 지녔다는 걸 깨달은 지 몇 년 되지 않는다. 자신감에 찬 나는 내 미래를 낙관한다.

　그러나 지금 이 순간 나는 경쟁과 승리만으로는 차지할 수 없는, 오랜 시간 내 마음을 헤집어 놓은, 반드시 내 안에 품고 싶은 소중한 숙원을 맞대한다.

　"와, 이렇게 비싼 데 안 와도 되는데." 세상에서 가장 아름다운 여인이 된 의주가 다가와서 내 맞은편에 선다.

"어서 와. 밖에 꽤 춥지?" 내가 일어나서 그녀가 벗은 코트를 받아 종업원에게 건네주고 의자를 빼준다. 나도 자리에 앉는다.

주문해놓은 음식이 나온다. 테이블이 풍성해진다.

내가 와인잔을 들자 그녀도 따라 든다. 잔을 가볍게 부딪치며 내가 말한다. "합격 축하해, 의주야. 이제 우리 동문인가?"

"네, 선배님." 의주가 웃는다. 컴컴한 터널의 끝을 알리는 빛처럼 아름답다.

"내가 너무 오랫동안 연락을 못 했지? 너 공부하는 데 방해될 거 같기도 하고, 올해 새로운 롤을 맡게 되면서 눈코 뜰 새 없이 바쁘기도 했어. 내가 집에 놀러 갔던 게 설날이었으니까 일 년 만에 보는 거네. 아버님은 여전하시지?"

"오빠 만날 거면 집으로 오지 뭐하게 이런 비싼 데서 돈 쓰냐고, 나 나오는데 엄청나게 잔소리했어요. 응, 아빠 여전하세요."

"여기서 밥 먹고 디저트 맛있는 거 사가지고 집에 가서 먹자. 나도 아버님 오래 못 봬서 오늘 뵙고 싶어."

우리는 적당한 속도로 뜨문뜨문 이어서 나오는 음식을 먹는다. 의주는 자기 것 중 일부를 내 플레이트에 덜어주고, 나는 그녀의 스테이크를 가져와서 따각따각 접시 소리를 내며 먹기 좋게 썰어준다. 우리는 중간중간 와인을 마신다. 대화는 수다스럽지 않지만 끊기지 않는다. 내 말에 그녀는 웃기도 하고 탄식하기도 한다. 전투적인 회사 생활이며, 그녀 앞에 펼쳐질 대학 생활에 대한 기대감이며, 어릴 적 레코드 가게의 추억이며, 이 다양한 주제가 하나의 노랫말처럼 테이블 위에 흐른다.

의주가 글라스에 새로 채워진 빨간 와인을 들여다보며 말한다. "근데 배인이가 걱정이에요. 누구보다 열심히 했는데 운이 따르지 않았어. 올해 내내 나랑 도서관 다니면서 정말 열심히 했거든요."

"그럼 배인이는 재수할 거래?"

"그럴 수밖에 없겠죠." 의주가 뚫어지게 보던 와인을 마신다. "그런데도 지난주에 나 축하해준다고 나오라는 거 있죠? 밥 먹는 내내 참으려고 해도 얼마나 눈물이 나던지. 막판에는 우리 집 앞에서 둘이 부여잡고 펑펑 울었어요."

둘이 부여잡았다는 말에 질투가 난다. 울었다는 말에도. "길게 보면 그깟 일 년 아무것도 아니야. 내년에 더 좋은 데 가면 되지."

"혹시 배인이한테 연락 없었어요?" 의주가 묻는다. "걔가 속에 있는 얘기할 사람이 나나 오빠 말고 없을 거예요. 혹시 인생 상담한다고 전화 오면 오빠가 좋은 얘기 많이 해줘요. 배인이가 어려서부터 오빠 말은 잘 들었잖아."

"의주야, 입학선물로 뭐 해줄까?" 내가 묻는다.

"응? 아 미안, 오빠. 나 입학 축하해준다고 오빠 바쁜 시간 낸 건데 그런 얘기만 해서."

"아니야. 친구니까 걱정하는 게 당연하지. 배인이는 내가 따로 만나서 잘 얘기할게."

우리는 식사를 마치고 스카이라운지에서 내려와 의주의 집으로 향한다. 나는 택시 안에서 혹여 내가 묘한 기운을 발산하고 있는 건 아닌지 걱정한다. 오랜 기다림과 숙성된 와인이 섞이면서 감정이 의도대로 절제되지 않는다. 하지만 의주는 이런 내 마음을 아는지 모르는지 여전히 배인이 걱정만 한다.

내가 말한다. "너 중학교 때였던가, 밸런타인데이에 나한테 초콜릿 주면서 카드에 뭐라고 썼는지 기억나? 공부 열심히 해서 내가 다니는 대학 들어갈 거라고, 그리고 나한테 시집을 거라고 했던 거."

"헉, 기억나요." 의주가 웃는다. "그때 왜 가만히 놔뒀어요? 머리 한 대 콩 쥐어박아 주지."

"그러게. 안 그랬던 거 두고두고 후회하고 있어."

우리는 웃는다.

"그때 배인이가 그걸 어떻게 봤는지, 아마 내가 쓰다가 망쳐서 버린 카드를 봤나 그랬을 거예요. 이거 진심이냐고 울고불고 난리 쳤잖아. 오빠가 기억할진 모르겠지만 그 일 있고 거의 석 달 넘게 오빠랑은 한마디도 안 했을걸요." 의주가 더 크게 웃는다.

물론 기억난다. 그때 배인이는 내게 와서 따져 묻기까지 했다. "사춘기 여자애들은 감성이 풍부해서 주위의 오빠한테 그런 짝사랑 감정을 느껴. 하지만 그건 감기 같은 거라서 잠시 앓다가 금방 사라지는 거니까 걱정하지 마."라는 말로 배인이를 안심시켰었다. 기억나고말고.

"그랬었나? 석 달이나?" 나도 웃는다.

5

병실을 찾는 이들의 반응을 보면 12월보다 훨씬 더 매서워진
1월의 추위를 실감할 수 있었다. 눈이 내리는 날도 잦아졌고 창밖
의 고드름도 홍당무처럼 두꺼워졌다. 이틀 전 기적적인 첫 대면
이후 고양이 청년은 다시 나타나지 않았다. 수동적으로 받아들여
야 하는 기다림에 나는 안달과 조급을 넘어 지쳐가고 있었다.

문밖에서 인기척과 노크 소리가 났다. 제발. 문이 열렸다. 실망.
이제 이게 루틴이 됐다.

의료진이 오랜만에 정예멤버로 날 찾았다. 변 박사는 언제나
처럼 미간에 주름을 잡고서 꼼꼼히 나를 살펴보았고, 고 레지던
트는 언제나처럼 이유 없이 히죽거리면서 변 박사의 동작을 따
라 했고, 근래 들어 기색이 한결 나아진 간 간호사는 둘 사이에서
줄타기하듯 묘하게 중심을 잡았다. 그러나 그게 무엇을 의미하든
나는 더 이상 이들에게 관심을 둘 여유가 없었다.

변 박사는 바뀐 게 없어서 나도 다 외워버린 내 몸 상태에 대한

설명을 하고는 물었다. "참, 고 선생. 회복실로 간 그 응급환자 상태는 어때?"

좋은 질문이야, 변 박사. 그리고 그 환자를 데리고 왔던 사람은 도대체 어디 있는지도 좀 물어봐 줘.

"네? 아 그…."

"방부재 환자님은 거의 회복했고 지금은 일반병실에서 안정을 취하고 있습니다." 고미남이 버벅대는 사이 간 간호사가 대답했다.

"아, 방부재씨요. 네, 일반병실로 옮겼습… 써요?"

"아까 경찰이 왔다 가는 거 같던데?" 변 박사가 차트에 뭔가를 적으면서 또 물었다.

"상태가 많이 호전돼서 형식적인 질문만 한 십 분 정도 하고 갔어요." 간 간호사가 대답했다.

"음, 제가 지시한 대로 최대 십 분은 넘지 않았죠?" 고미남의 말에 아무도 반응하지 않았다.

간 간호사, 그 사람을 데리고 왔던 청년은요? 안 왔어요?

"딱히 보호자가 없다고 들었는데," 변 박사가 말했다. "입원 중에도 그렇고 나중에 퇴원할 때도, 친지가 됐건 지인이 됐건 보호자가 꼭 필요한데."

역시 박사는 아무나 하는 게 아니야. 변 박사, 계속 아주 날카로운 질문을 토해내고 있어. 좋아. 간 간호사, 보호자가 필요하다잖아요?

"미국에 있는 가족은 연락할 수 있는 상황이 아닌가 봐요. 그래서 전 직장 동료라고 하는 분이 지금 보호자로 와서 필요한 수속을 밟고 있어요."

젠장, 전 직장 동료라고요? 옆집 사는 고양이 청년은요? 그 사람이 발견하고 데려왔잖아요. 그 사람 좀 불러줘요.

"그 보호자분, 내가 좀 봤으면 좋겠는데." 변 박사가 말했다.

"그분 아직 접수실에 계실 거예요." 변 박사의 말이 떨어지기가 무섭게 간 간호사가 병실 문을 열고 나갔다. 그녀의 발소리가 채 멀어지기도 전에 그녀의 목소리가 들렸다. "안녕하세요, 사모님. 지금 오세요?"

"네, 간 간호사님." 아내와 마주친 모양이었다.

"저기요." 멀리서 간 간호사가 외쳤다. "방부재 환자님 보호자분, 잠깐만요. 원장님 좀 보고 가세요."

그리고 병실을 나서는 변 박사의 굵은 목소리. "제수씨 오셨군요. 그러잖아도…."

"네." 가위처럼 자르는 아내의 외마디 답변에 이어 깜짝 놀라는 외침이 터졌다. "어머, 거기 너 배인이 아니니?"

사이를 두고 멀리서 전해오는 남자 목소리. "어, 의주야?"

"앵? 저분은 응급환자 보호잔데, 사모님이 아는 분이세요?" 어리둥절해하는 고미남과 그 외 사람들.

"배인아, 여긴 어쩐 일이야?" 아내의 놀란 소리를 끝으로 병실 문이 딸각하고 닫혔다. 그 뒤로는 웅웅거리는 소리밖에 들리지 않았다.

뭐야, 배인이가 여길? 갑자기? 분명히 아내는 전혀 예상하지 못한 말투였다. 배인이가 응급환자의 보호자? 뭐가 어떻게 돼가는 거지? 삽시간에 일어난 일이었다. 누가 나 좀 일으켜 세워줘요.

"형, 나 이제 어떡하지? 혼자 할 자신이 없어." 열아홉 살 배인이가 눈물을 흘린다. 십 년 전 나에게 기타를 가르쳐 달라며, 의주를 좋아한다고 고백하던 열 살짜리 남자아이의 모습이 중첩된다. 배인이가 말한다. "항상 의주가 옆에 있었어. 그리고 난 거기에 길들어 있어. 이해하겠어, 형?"

"아니," 내가 쏘아붙인다. "이해 못 하겠어. 그럼 의주가 널 위해서 입학 포기하고 재수라도 같이해야 한다는 거니?"

"당연히 그런 뜻은 아니야." 뭔가 좋은 생각이라도 난 듯 배인이가 울음을 멈추고 눈물을 닦아낸다. "대학에 들어갔어도 어차피 의주도 공부는 해야 하잖아. 그러니까 내 말은, 계속 같이 도서관도 다니고 주말에 같이 밥도 먹고 같이 음악도 하고, 고등학교 때랑 달라질 필요는 없는 거잖아."

"누굴 위해서?" 나는 점점 더 차가워진다. "분명히 말하지만 그건 너한테도 안 좋아. 의주한테는 말할 것도 없고. 대학생하고 재수생이 붙어 다닌다고 고등학교 때의 감정이 되살아나지는 않아. 이제 너희 둘은 다른 삶을 살아야 해. 적어도 앞으로 일 년은. 모르겠어?"

"그럼 당장 내가 어떡해야 하는데?"

"일 년 동안 의주한테 연락하지 말고, 연락이 와도 받지 말고 입시 준비에만 전념해. 일 년간 의주는 없는 사람 쳐. 그리고 합격한 후에 다시 예전처럼 의주를 만나."

"그 일 년 동안 의주하고 멀어질까 봐 두려워. 일 년 후에 만났는데 서먹해지면? 혹시라도 의주한테 남자친구라도 생기면? 대학교에선 미팅 같은 것도 자주 한다던데."

"합격 축하해주려고 의주 만나서 같이 저녁 먹었어. 얼마 전에 너를 만났다고 하더라."

"그랬어."

"의주는 남들이 다 부러워하는 최고의 대학에 수석으로 합격했어. 축하받고, 앞으로 펼쳐질 대학 생활의 기대에 들떠 있어야 마땅해. 그런데 그 애는 자기 혼자 붙었다는 죄책감에 시달리고 있었어. 나랑 같이 밥 먹는 내내 우울해 보였어. 대학 들어가면 하고 싶은 것도 많을 거고 가보고 싶은 곳도 많을 텐데, 앞으로 너 마음 상하지 않게 어떻게 처세해야 할지 걱정하고 있었어. 그게 네가 의주한테 바라는 거야?"

"아니야, 절대 아니야. 난 의주가 무조건 행복했으면 좋겠어."

"그게 사실이라면 형 말 대로 해. 앞으로 일 년은 네 인생에서 가장 중요한 시기야. 의주한테도 그렇고. 네가 이렇게 정신 못 차리면 그게 일 년이 아니라 이 년, 삼 년, 아니 훨씬 더 길어질 수도 있어. 하지만 네가 잘만 하면 일 년이란 시간은 생각보다 훨씬 빨리 지나가."

"꼭 그렇게까지 해야 해? 없는 사람처럼?"

"해야 해."

배인이를 보내고 나는 그 길로 차를 몰아 의주에게 간다. 동네에 있는 빨간벽돌 교회 앞에 앉아서 나는 의주에게 이렇게 말한다.

"내년에 시험 볼 때까지 배인이한테 연락하지 마. 이건 배인이가 나한테 전해 달라고 부탁한 거야. 자기가 직접 말할 자신이 없다면서. 네가 배인이랑 어울려준다는 거 그 애는 동정으로 받아들일 수밖에 없고, 표현은 못 해도 자존심이 무척 상할 거야." 나는 눈물을 흘리는 의주를 본다. "배인이가 더 이상 마음고생하지 않고 공부에만 전념해서 내년에 합격하길 바란다면 내 말 명심해, 의주야."

"꼭 그렇게까지 해야 해? 없는 사람처럼?"

"해야 돼."

서너 시간이 훌쩍 지나서 아내가 돌아왔다.

왜 혼자 와? 배인이는? 여긴 어쩐 일이래? 나는 질문을 쏟아냈다. 평소처럼 그녀가 침대 옆에 앉아서 병실 밖에서 무슨 일이 있었는지 이런저런 이야기를 해주길 바랐지만, 그녀는 가만히 서서 창밖을 바라볼 뿐이었다.

문밖에서 누가 노크했다. 제발. 문이 열렸다. 또 실망.

"사모님이 들어오시는 걸 봤어요." 고미남 레지던트가 멋쩍게 히죽거리며 들어왔다. "다른 게 아니고, 변 박사님이 상의드릴 게 있다고 하셔서요. 혹시 지금 시간 되세요?"

"아니요, 지금 좀 정신이 없네요. 무슨 얘긴지 아니까 이따 갈 때 찾아뵙겠다고 해주세요."

"그렇죠? 그게 좋겠죠? 저도 그렇게 생각했어요." 다가오던 고미남이 빙그르르 돌아서 오던 길로 향했다. "그럼 쉬세요."

아내가 문이 닫힌 걸 확인하고는 내 옆으로 와서 앉았다. 내 손을 잡았다. 그녀의 감촉을 느끼고 싶지만 그럴 수 없었다.

그녀가 말했다. "당신 친구라는 사람은 우리가 여기서 나가주길 바라고 있어요. 내가 계속 버티니까 이젠 우리 상황에 더 맞는 요양병원을 소개해주겠대요."

우리가 걱정돼서 그런 거야.

"결국 돈 문제예요."

여보, 솔직히 말해서 나도 이제 더는 여기 있고 싶지 않아. 그냥 누워 있을 뿐인데, 그게 여기일 필요는 없잖아. 그리고 내게 얼마 남지 않은 소중한 시간을 여기서 다 쓰고 싶지 않아.

"걱정하지 마요, 여보. 나만 믿어요. 당신 심장박동만 멈추지 않는다면 나도 멈추지 않을 거예요."

여보, 그건 내가 바라는 게 아니야. 당신과 자애의 희생은 내겐 고문일 뿐이야. 어떻게 하면 이런 내 뜻을 당신에게 알릴 수 있을까? 하나님, 부탁입니다. 제발 고양이 주인을 보내주세요.

"이제 좀 쉬어요."

여보, 난 일 년 동안 누워서 쉬는 중이야.

"음악 틀어줄게요." 아내가 태블릿을 집어 들었다. "당신 이 곡 기억나요?" 음악이 흘러나왔다.

베토벤 피아노 소나타 8번 비창 2악장, 물론 기억나고말고. 빌리 조엘의 〈디스 나잇〉을 통해 이 멜로디를 처음 접한 어린 의주는 한동안 클래식 원곡에 푹 빠져 지냈었다. 그러다 문득 곡이 너무 나약하고 슬퍼서 마음에 들지 않는다며 강하고 빠르게 연주하기 시작했고, 그때 의주가 열 살이었나 열한 살이었나, 개성 넘치는 첫 편곡작업을 멋지게 해냈었다. 나중에는 (가르쳐준 나도 놀랄 기타 실력자가 된) 배인이와 함께 완성도 높은 록버전을 만들었는데 나와 아버님이 듣고 감탄했던 기억이 난다.

근데 여보, 왜 배인이 얘기는 하지 않는 거지? 혹시 지금은 말하기 불편한 거라면 언제든 당신 내킬 때 해줘. 많이 궁금해.

반복 재생해 놨는지 그 곡이 끝나고 다시 시작했다. 이번엔 아내가 첫 소절부터 "음음음~." 하며 특유의 청량한 콧노래로 멜로디를 따라 했다. 듣기 좋았다. 조바심이 사라지고 마음이 가라앉았다.

그때였다.

문밖에서 인기척과 함께 누가 노크했다. 제발. 문이 열렸다. 환호!

"누구세요?" 아내가 태블릿의 음악을 멈추며 물었다.

드디어 와줬군요. 고마워요. 여보, 내가 기다리던 사람이야. 빨리 들어오라고 해. 과일이나 마실 거 좀 내오면 좋을 텐데.

"안녕하세요, 백수군이라고 합니다."

"저 혹시 묘쉥이…?"

"네, 맞아요. 묘쉥이 잃어버렸을 때 자애랑 어머님이 신경 많이 써주셔서 감사합니다. 덕분에 묘쉥이는 건강하게 잘 있습니다."

"제가 한 건 없고, 자애가 묘쉥이를 워낙 좋아해요. 아, 그리고 우리 가족 동영상 편집해줘서 고마워요. 덕분에 모두 아주 오랜만에 원 없이 웃었어요. 근데 자애 지금 여기 없는데, 무슨 일로?"

"오늘 제가 찾아뵌 이유는 자애가 아니라 어머님께 드릴 말씀이 있어서입니다." 그가 나를 가리켰다. "저기 계시는 아버님 일로."

여보, 그분 얘기 잘 들어야 해. 나는 애써 그와 눈을 마주쳤다. '이름이 백수군 씨라고 했나요? 수군 씨, 제 아내한테 우선 지난번에 내가 했던 말 먼저 전할 수 있겠어요?'

백수군이 내 말을 알아들었다는 표시로 고개를 끄덕이고는 아내에게 설명하기 시작했다. 듣는 동안 아내는 믿을 수 없다는 듯 고개를 흔들기도 하고 인상을 찌푸리기도 했지만 그의 말을 막지는 않았다. 오히려 몇 번 되묻기를 반복했다. 백수군이 마지막에 이렇게 덧붙였다. "전 남의 복잡한 일에 엮이는 건 정말 딱 질색이에요. 그래서 그냥 모른 척하고 넘어가려고 했지만, 자애 때문에 도저히 그럴 수가 없었어요. 자애의 미래를 위한 거라고 그러셨어요. 고민 끝에 아버님 부탁을 들어주러 온 거예요."

잘 왔어요. 정말 고마워요. 죽어서도 이 은혜는 잊지 않을게요. 그리고 자애야, 고맙다. 이상한 사람이랑 어울리지 말라고 (안 들렸겠지만) 잔소리한 거 미안해. 역시 우리 딸은 항상 진리야.

영화 같은 이야기를 듣고 난 아내는 나를 한번 힐끗 본 뒤 "그쪽 분이 고양이랑 대화를 한다고 자애가 처음 애기해줬을 때, 난 어떻게 하면 그 애의 순수한 마음에 상처를 주지 않고 그건 사실이 아닐 거라고 말해줄지 고민했어요. 물론 지금도 계속 고민 중이고요."라고 말했다. 당연한 반응이었다.

백수군 씨, 날 봐요. 여기요. 그가 아내 말에 뭐라고 답해야 할지 몰라 손가락을 꼼지락거리다가 날 보았다. 내가 눈으로 말했다. '베토벤 피아노 소나타 8번 2악장. 그냥 그렇게 말해보세요.'

"방금 아버님이 베토벤 피아노 소나타 8번 2악장이라고 말해보랬어요."

'그 곡의 원래 제목은 약해빠진 '비창'이 아니라 슬픔을 누르고 꿋꿋이 서는 '비장'이라고 하세요. 〈빠떼지크〉.'

"그 곡의 제목은 약해빠진 비창이 아니라 슬픔을 누르고 꿋꿋이 서는 비장이래요. 그리고 빠떼루?" 백수군이 자기가 생각해도 이상한지 날 봤다. "빠삐코?"

"빠떼지크." 아내가 대신 말했다. 귀신에 홀린 사람처럼 입만 움직였다.

나는 백수군에게 태블릿에 멈춰 있는 노래를 이어서 틀어보라고 부탁했고 병실에 다시 비창 2악장이 흐르기 시작했다. 아내는 열 살 때인가 열한 살 때 이 곡을 자기 스타일대로 편곡해서 연주할 만큼 각별히 좋아했다고 얘기해줬고, 백수군이 그대로 전했다.

결국 아내가 비틀거리며 의자에 털썩 주저앉았다. "그만요."

'여보, 괜찮아?' 내가 물었다.

"괜찮냐고 물으시는데요?"

"당신 같으면 괜찮겠냐고 해주세요."

"당신 같으면…."

'나도 들었어요.' 내가 말했다.

"아, 네."

태블릿에서는 베토벤의 비창 2악장이 계속 나오고 있었다.

아내가 물었다. "남편이 제 말은 들을 수는 있다고 했죠?" 백수군이 그렇다고 하자 아내는 내 옆으로 와서 내 눈을 빤히 들여다

보았다. "여보, 믿기지 않지만 믿을게요. 그냥 다 믿을게요. 말해 봐요. 꼭 전해야 하는 말이 뭔지?"

아내의 눈물방울이 내 얼굴에 떨어졌지만 느껴지진 않았다.

'두 가지가 있어.' 내가 말했다.

그리고 백수군이 옮겼다. "너무도 간절하게 사모님께 꼭 전해야 하는 두 가지가 있대요."

'저기 수군 씨. 신경 써주는 건 고마운데, 마음대로 수식어 잔뜩 집어넣지 말고 그냥 내가 말한 대로만 담백하게 옮겨줬으면 좋겠는데.'

"아, 죄송합니다. 저도 모르게 감정이 복받쳐서 좀 강조하느라. 말씀하신 그대로 전할게요." 그러고는 백수군이 아내에게 고쳐 말했다. "두 가지가 있대요."

"수군 씨, 저도 부탁 하나만." 이번엔 아내가 말했다. "괜찮으시면, 있대요, 했대요, 이렇게 말고 그냥 이이가 말한 그대로 듣고 싶어요."

"아무래도 그게 더 와 닿겠죠?" 백수군이 작게 헛기침을 두어 번 한 후 힘주어 말했다. "두 가지가 있어."

"듣고 있어요, 여보." 아내가 날 보며 말했다.

끝내 회사를 포기한 나는 오랜 시간 수정 보완해온, 앞으로 나

대신 우리 가족을 지켜주리라 믿어 의심치 않는 플랜B의 마지막 카드를 실행에 옮긴다. 내 행동에 일분일초의 허비도 있을 수 없다. 떨어지는 화살이 내 정수리에 꽂히기 전에 모든 준비를 마치고 아내에게 알려야 한다.

비밀리에 관리하던 유동자산을 안전한 장소로 옮긴다. 강력한 보안을 자랑하는 사설 대여금고다. 비밀번호와 아날로그 열쇠의 조합으로 나와 내 가족의 접근만 가능하도록 설정한다. 공금횡령이 아니냐고 묻는 양심에 나는 당당하게 답한다. 신의를 저버리고 떠난 배신자들과 우리를 부당하게 압박하고 갈취한 대기업의 횡포에 맞선 나의 정당한 지분이라고, 전혀 부끄럽지 않다고. 마지막으로 최근 몇 년 새 들어놓은 생명보험 증서들도 금고에 넣어둔다.

금고 비밀번호와 열쇠를 챙겨서 아내를 만나기 위해 아버님 집으로 차를 몬다. 몇 달 만에 가족을 보러 가는 터라 가슴이 터질 듯이 두근거리고 벅차오른다. 그게 안도감과 기대감 때문인지, 망가질 대로 망가진 내 몸 상태 때문인지 헷갈린다. 그래도 깨어 있어야 하기에 각성제를 한 움큼 삼키고 시커먼 커피에 강장제를 벌컥벌컥 마신다.

내 몰골을 보고 깜짝 놀란 아버님은 자애가 옆방에서 자고 있으니 조용히 하라고 타이른다. 나는 아랑곳하지 않고 아내가 어디 있는지 캐묻는다. 그러고는 그녀가 이 늦은 시간에 번화가의 한 바에서 일한다는 걸 알아버린다. 피아노 연주하는 건전한 곳이라는 아버님의 해명은 귀에 들어오지 않는다. 흥분과 분노가 나를 뒤덮는다.

아내는 전화를 받지 않는다. 나는 거실에 있는 그녀의 어릴 적 피아노 상판을 열고 그 안에 금고 열쇠를 숨기고는 속으로 울부짖는다. 여보! 이거면 당신하고 자애, 나 없이도 살 수 있어. 당장 그런 짓은 그만둬.

나는 백수군을 통해서, 피아노 안에 사설 금고 열쇠와 아내에게 남기는 편지가 있다고 알려주었고, 그게 내가 전하고 싶은 첫 번째 이야기라고 말했다.

그 길로 나는 차를 몰고 아내가 일하는 곳으로 질주한다. 눈발이 날리기 시작한다. 나는 개의치 않고 차들을 보는 족족 추월하며 미친 듯이 달린다. 눈앞이 뿌옇다. 위험천만하지만 나는 그걸 인지할 만큼 이성적이지 못하다. 각성제를 한 움큼 더 삼키고 작은 박스째 산 강장제를 물처럼 쏟아붓는다.

"여보, 도대체 무슨 생각으로 그런 델 다니는 거야. 미안해. 다 네 탓이야." 나는 내 뺨을 마구 때린다. "끝까지 책임져주지도 못할 거면서 그때 왜 둘을 떼어냈어, 이 이기적인 놈아!" 내 뺨을 더 때린다.

내가 정확히 언제부터 나보다 열두 살이나 어린 의주를 마음에
두었는지는 기억나지 않는다. 하나 확실한 건 대학합격을 축하해
주기 위해 호텔 스카이라운지에서 그녀와 재회했을 때 내 마음은
폭발했다는 거다. 꾹꾹 눌러 온 봇물이 터지듯. 그러나 그런 내 마
음을 아는지 모르는지 의주는 배인이 걱정만 했고, 나는 그 자식
이 죽도록 미웠다.

그날 스카이라운지에서 저녁을 먹고 나온 뒤 나는 계획을 바꿔
의주를 집에 내려주고 곧장 배인이를 만났다. 녀석의 자존감을
지구 핵까지 떨어뜨리고 싶었고, 둘을 떼어놓고 싶었다. 위해주는
척, 도와주는 척, 나는 목적을 달성했다. 둘이 최소한 일 년 동안
은 보지 못하게 만들었다. 그날 나는 다짐했다. 그 안에 의주를 내
여자로 만들겠다고.

"미안해, 의주야, 배인아. 모든 게 다 못난 나 때문이야." 약물
에 취한 두 눈에서 눈물이 쏟아진다. 몽롱함이 점점 더 차오르고
차창 밖의 사물이 두 개 세 개로 쪼개진다. 거리 감각이 사라진다.
분명히 멀리 있던 앞차가 순식간에 내 바로 앞에 나타난다.

나는 급브레이크를 밟지만 차가 눈으로 젖은 아스팔트 위를 썰
매처럼 미끄러지며 쾅 하고 부딪히는 순간, 내 가슴이 튀어 나가
경적을 누른다. 뇌가 흔들린다. 후미가 박살 난 스포츠카에서 젊
은 남자가 튀어나온다. "당신 미쳤어? 저기 빨간 불 안 보여?" 내
가 대꾸하지 않자 더 악을 쓴다. "뭐야, 이거. 이 새끼 술 마신 거

아냐?" 조수석에서 따라 내린, 허벅지를 드러낸 여자가 와서 거든다. "오빠, 저 인간 약 빨았나 봐? 저 눈이랑 식은땀 흘리는 거 봐." 남자가 전화를 건다. "경찰이죠? 여기 약쟁이가 사고를 냈어요."

차를 약간 후진한 뒤 스포츠카를 한 번 더 박아서 밀어내고 다시 달린다. 백미러로 둘이 길길이 날뛰는 모습을 보며 나는 자지러지게 웃는다. 그럴수록 오른발에 힘이 더 들어가고 속도계 바늘이 올라간다. 열린 차창으로 스멀스멀 들어오는 타이어 타는 냄새가 공복에 피우는 담배처럼 기분을 띄운다.

신호등이 빨간색으로 바뀌는 걸 보면서도 엑셀을 더 세게 밟는다. 웃음을 그치고 울부짖는다. "의주야, 거의 다 왔어." 다시 의주와 배인이 생각이 난다. "다 내 잘못이야. 용서해줘, 얘들아." 사이렌 소리가 따라온다. 눈발이 더 굵어진다. 나는 속도를 더 높이고 급하게 차선을 홱 바꾼다.

그때 인도를 걷는 남자가 눈에 들어온다. "이럴 수가… 배인아! 너 배인이 맞지?" 숨이 턱 막힌다. "배인아, 거기 좀 서 봐. 할 말이 있어."

다음 순간, 내 앞에 비현실적인 광경이 펼쳐진다. 나는 휘날리는 눈꽃을 보며 하늘을 날아서 배인이에게 다가가고 있다. 무중력 세상처럼 모든 게 늘어지고, 내 피만 빠르게 돈다. 명치에서 정수리로 타는 듯한 열기가 솟구친다. 여기서 소리치면 배인이가 들을 수 있을 것만 같다. "배인아, 너한테 해줄 얘기가 있어."

나는 금고에 배인이에게 쓴 편지를 남겼다고 알려주었고, 그걸 전달해 달라는 부탁이 내가 아내에게 전하고 싶은 마지막 두 번째 이야기라고 말했다. 백수군이 전하자 아내는 말없이 병실을 나갔다. 혼자만의 시간이 필요한 듯했다. 이해할 수 있었다.

병실에 백수군과 나 둘만 남았다.

'마지막으로 전할 말이 하나 더 남았어요. 휴, 힘이 좀 드는군요.' 내가 말했다.

"그렇죠? 저번에 분명히 세 가지라고 하셨던 거 같은데, 이상하다고 생각했어요. 그럼 잠시만요. 자애 어머님 얼른 다시 모시고 올게요."

'아니요. 이건 아내가 아니라… 미안하지만, 이 병원의 변원장 박사를 좀 불러주겠어요?'

이 말을 하고 나니 이상하게 마음이 편해졌다. 혼신을 다해 달려온 마라토너가 스타디움에 들어서서 관중의 박수갈채를 받으며 피니시 라인을 보는 기분이 이럴까? 변 박사를 데리러 가는 백수군의 뒷모습과 문 닫히는 소리가 평소보다 멀게 느껴졌다. 거의 다 왔어. 꽤 잘했어.

그로부터 일주일 후, 하얗게 눈이 내린 날 나는 나 자신의 장례식에 참석했다. 내 유지대로 가족끼리만 치른 장례식에 외부인으로는 유일하게 고배인과 백수군, 그리고 (안 와도 되는데) 최근 몸이 안 좋다는 교회 목사를 대신해 굳이 그의 아들이 참석했다.

그런데 공교롭게도 셋은 초면이 아닌 듯했다. 백수군이 들어오다가 고배인을 보더니 깜짝 놀라며 자신을 컬트고배인TV의 열혈 구독자라고 소개하고는 그의 음악과 꿈을 응원한다며 사인까지 받았다. 그러고는 자리에 앉다가 앞에 앉은 목사 아들을 보고 또 화들짝 놀라서 밖으로 뛰어나가 자기 누나한테 전화를 걸었다. "누나 휴대폰에서 본 그 새로운 교회 오빠 있지? 그래, 목사 아들 말이야. 지금 어디 있는지 알아맞혀 봐."라면서 놀리다가 그의 누나로부터 행여라도 아는 척하면 너도 곧 장례를 치를 거라는 협박을 들었다.

놀라웠다. 난 여기 맨 앞줄에 앉아서 교회 여기저기 동시다발적으로 벌어지는 일들을 다 보고 들을 수 있었다.

의주와 자애와 아버님은 서로 손을 꼭 맞잡고서 남편이자 아버지이자 아들 같았던 사위에게 마지막 인사를 건네고 있었다. 나는 망자만 가능한 방식으로 그들을 오랫동안 부둥켜안은 뒤, 배인이에게는 사과의 포옹을, 백수군에게는 고마움의 악수를, 굳이 안 와도 됐던 목사 아들에겐 가벼운 눈인사를 건넸다. 마지막으로 아내와 자애를 다시 한번 꽉 안고서 그 행복한 느낌을 내 영혼

깊은 곳에 저장했다.

　내가 뒤돌아서자 일곱 개의 작은 반딧불 같은 빛이 앞에 나타났다. 나는 그들을 따라갔다. 허공에 커다란 문이 열렸고 일곱 빛이 그 안으로 들어갔다. 그들은 나를 기다리는 듯 더는 앞으로 나아가지 않고 공중에 둥둥 떠 있었다. 아내와 자애를 한 번 더 본 뒤 나도 문 안으로 들어갔다.

　그러자 수많은 차원이 밤하늘의 별처럼 내가 선 공간에 쫙 펼쳐졌다. 지금껏 한 번도 경험해보지 못한 경이로운 광경이었다. 일곱 개의 빛이 하나로 합쳐지며 그중에 한 차원으로 빨려 들어갔다. 그리고 나를 빨아들였다. 그 속엔 놀랍게도….

　세상에 이럴 수가!

에필로그

주식회사 SHIT는 무리한 사세 확장으로 끝내 부도 처리됐다. 파산한 박구자 회장은 강남에 있는 모 고급빌라의 경비원으로 취직했는데, 민원 프로세스를 개선한답시고 자꾸 쓸데없는 절차를 만들어서 입주민들의 원성을 샀다. 몇 년 전 부동산 붐을 타고 빌라 분양 사업을 기웃거리며 재기를 노렸으나 어림도 없었다.

반 대리와 숙 과장은 알렉스 팀장과의 불화가 오히려 전화위복이 돼서 제때 이직에 성공할 수 있었고, 지금 각자의 위치에서 하루하루 열심히 버티고 있다. 공다희는 알 팀장과 영리한 썸을 타다가 차버리고 아버지의 소개로 만난 젊은 벤처 CEO와 결혼했다. 알 팀장은 필리핀으로 이주해서 한국 관광객을 상대로 현지 여행사를 운영하고 있으나 면세품 쇼핑과 가이드 팁 강요로 평판이 좋지 않다.

석 대리는 도 팀장과 함께 회사 부도 직전, 과거 자신들이 합병작업에 간여했던 대리운전 업체를 좋은 조건에 인수해서 독립했으며, 만취고객에게 이튿날 아침 대리운전을 패키지로 묶어 제공하는 공격적인 마케팅으로 나름대로 선전하고 있다. 지금은 석 사장과 도 회장으로 불리는 둘의 사적 관계는 베일에 가려 있다.

아들 학비와 아내 위자료로 퇴직금을 전부 써버린 후 속세와 연을 끊고 지리산으로 들어간 방부재는 지인들의 우려와 달리 최근 모 종편 채널의 〈나 혼자 자연인으로 산다〉라는 프로그램에 지리산의 로빈슨 크루소로 소개되며 건재를 알렸다. 고질적인 만성 비염과 위장병을 떨쳐낸 그는 어느 때보다 행복해 보였다.

고배인은 퇴직 후 4년여의 피눈물 나는 노력 끝에 '비장'이라는 EDM 곡으로 영화 사운드트랙 앨범에 참여했고, 영화의 흥행에 힘입어 연주곡으로는 이례적으로 각종 음악차트 상위권에 올랐다. 컴퓨터음악의 기조 위에 어쿠스틱 악기의 유니크한 음색을 강조하는 기법으로 자신만의 음악적 색깔을 구축한 그는 이후 다수의 영화, 드라마, 광고 음악 작업을 통해 상업적 성공을 거두었다. 우리나라 최초 빌보드 정상 등극의 꿈이 BTS에 의해 깨진 후에는 최초의 자작 연주곡 1위로 목표를 살짝 틀어 여전히 달리고 있다. 다만 음악적 성공과 달리 연애 사업은 고전을 면치 못하고 있는데, 여의주에게 세 번이나 고백했다가 거절당한 후 지인 소개로 만난 한 전문 직종 여성과 짧은 연애 끝에 최근 헤어졌다.

파장 마태오는 엄마의 편지 유언을 실천한 아버지의 사과를 받아들이고 개종을 선택했다. 아버지의 전폭적인 지원 아래 초고속으로 신학 과정을 마치고 파티시엘 백수양과 결혼한 뒤 아버지를 예정보다 일찍 은퇴시키고 담임목사에 취임했다. 그의 과거 이력과 교회 세습의 폐단을 문제 삼는 반대 세력의 견제에도 불구하고 자기 아내를 교회 재무 책임자에 앉혔고, 유두성 전도사를 선교사업 총괄로 다시 불러드렸으며, 베이커리 등 교회 내 상업시설 관리를 제자 이봉구에게 일임함과 동시에, 삼촌이 맡은 의류사업을 교회와 연계하여 확장했다. 최근에는 아버지의 측근들을 과거 비리를 문제 삼아 교회에서 쫓아냄으로써 오랜 시간 공들여 수정해온 자신만의 복수 공식을 최종 증명했다.

백수군은 2년여의 준비 끝에 축산기사 자격증을 취득했고, 이듬해에 에버월드 사파리에 정규직 사육사로 당당히 입성했다. 예전에 고양이 소개팅을 했던 일진이가 묘쉡이를 못 잊어 한 덕분에 미모의 여집사 정규숙과 재회할 수 있었고, 1년 뒤 묘쉡이 커플과 함께 합동결혼식을 올렸다. 최근에 묘쉡이의 셋째 새끼 묘세와 쌍방 소통이 가능하다는 걸 깨달은 백수군은 흥분을 감추지 못하고, 못다 이룬 인터넷방송 대박의 불씨를 다시 지피며 남몰래 (특히 묘쉡이 몰래) 물밑 작업을 벌이고 있다.

서울역에서 노숙 생활을 하던 전 302호 아저씨는 백수군의 소개로 에버월드 소속의 운전기사로 취직했다. 그가 원룸을 얻었을 때 백수군은 집들이 선물로 금색 나무 테를 두른 고급 전신거울을 사주었다.

동물병원의 작가 남편은 야심 차게 출간한 미스터리 스릴러물 〈공포의 동물병원〉이 전국에 고작 열다섯 부 판매에 그치는 폭망에도 불구하고 꿋꿋하게 속편을 준비 중인데, (와이프의 강요로) 전편에서 개죽음당한 수의사의 쌍둥이 여동생이 갑자기 혜성처럼 나타나서 악명 높은 마약 조직을 소탕한다는 내용이다. 그의 끝없는 도전은 애완동물 산업의 급속한 팽창에 힘입어 대로변에 동물병원을 확장 이전한 능력자 와이프 덕분에 가능했다. 중학생이 된 아들내미는 하루가 다르게 옆으로만 커지고 있으며 아직도 정신 못 차리고 자애 꽁무니만 따라다니고 있다.

간 간호사는 소심한 변 박사를 단념하고 자기를 개처럼 따라다니는 고미남과 비공개 연애를 시작했으나, 전문의가 되자마자 맞선 본 부잣집 딸과 결혼해서 개인병원을 차린 그 개자식에게 치를 떨며 자신의 결정을 뼈저리게 후회했다. 지금은 최연소 수간호사를 목표로 일과 사랑에 빠졌다.

한편, 친구를 떠나보낸 후 죄책감에 힘들어하던 변 박사는 순수한 시골 소녀처럼 자신을 흠모하던, 그래서 힘든 시간 유일한 위안이었던 간 간호사가 비상구 계단에서 고미남과 키스하는 장면을 목격한 후 우울증에 시달리다 메스를 내려놓고 지금은 대학 강단에만 서고 있다. 소심했던 지난날에 복수라도 하듯 대학에서 갖가지 스캔들을 일으키며 늦바람이 더 무섭고 추하다는 속설을 몸소 증명하고 있다.

아이들을 가르치는 조그마한 피아노학원을 운영 중인 여의주는 최고의 피아니스트를 꿈꾸는 딸 자애와, 아직도 약수터를 혼자 다닐 만큼 정정한 아버지와 함께 소소한 행복을 만끽하며 살고 있다. 남편이 남긴 재산 대부분은 귀신처럼 냄새를 맡은 채무자들이 권리를 행사했다. 남편의 마지막 바람과 달리 고배인과는 친구로만 남기로 마음먹고 그의 고백을 세 번이나 거절했다. 그러나 그의 꿈과 열정을 향한 지치지 않는 행보에 대해선 존경심을 갖고 있으며, 몇 달 전 그가 누군가와 교제한다는 이야기를 들었을 때 폭발한 질투심에 자신도 깜짝 놀랐다. 내일 자애와 아버지와 함께하는 연말 가족음악회에 오기로 한 고배인이 한 번 더 고백해온다면 이번엔 거절할 자신이…. "안 하기만 해봐라."